回声之巢
帕索里尼诗选

Nido degli echi
Raccolta delle poesie di Pier Paolo Pasolini

［意］皮埃尔·保罗·帕索里尼　著

刘国鹏　译

北京联合出版公司
Beijing United Publishing Co.,Ltd.

雅众文化　出品

目 录

致新读者

我的上一本诗集是 1964 年出版的《玫瑰形状的诗篇》（*Poesia in forma di rosa*）。六年过去了，这段时间里，我拍摄了好几部电影（从《马太福音》——《玫瑰形状的诗篇》出版时，我正忙于这部电影的拍摄——到《大鸟和小鸟》《俄狄浦斯王》《定理》《猪圈》《美狄亚》）：所有这些电影，我无不是"以诗人的身份"[1]在进行拍摄。这里，不适合对我电影中的某些片段，以及诗集中的某些段落所产生的"诗意的情感"的等效性（equivalenza）进行分析。定义某种等效性的尝试从来没有付诸实施，只是以内容为基础，笼统地涉及过。不过，不容否认，我相信在我的某些诗句和镜头面前，对某种事物进行尝试的特定方式正在如出一辙地

1　我是在狭义的"技术"层面来使用这一说法的。——作者注

重复着。

1964 年以后，我就只通过电影来写诗：但也只有那么一两年，作为"分行写作的诗人"，我是完全保持沉默的（虽然写的东西仍未出版，而且不完整）。1965 年，我卧病在床长达月余，康复期间，我重新投入工作——或许是因为生病期间，我以一种无以言表的喜悦重读了柏拉图的著作——我埋头创作戏剧：六部悲剧风格的诗剧，我花费了五年的时间才全部完成——有时是在间隔一年或更长时间后重新接续——它们即将以《卡尔德隆》[1] 为题出版。

显然，在那个时候，我只能通过角色来写诗，这些角色是我的中间人。

但是，从一些应景诗，甚至受邀创作的诗篇开始——在第一个粗加工的作品之后——《意大利共产党致青年人!!》[2] 创作于 1968 年 3 月初，没过多久，在我不知情的

1　*Calderón*，帕索里尼创作的诗剧，1966 年创作完成，1973 年 9 月出版。该剧部分效仿了西班牙文学黄金时期的重要人物佩德罗·卡尔德隆（Pedro Calderón）的《人生如梦》，并借用了《梦》中的人名和主题，剧本设置的背景为佛朗哥统治时期的西班牙。——译者注，若无特别说明，本书注释均为译者注

2　《Il PCI ai giovani!!》，一首反对 1968 年学生运动的自由韵体诗。这首诗原本是为《新话题》（*Nuovi Argomenti*）杂志创作的，却被《快讯》（*L'Espresso*）杂志抢先发表于 1968 年 6 月 16 日出版的第 24 期上。诗人在稍后提及这首诗"被背信弃义地发表在一份刊物上"所指的就是《快讯》违背作者初衷抢先发表一事。该诗聚焦背景未 1968 年 3 月 1 日，学生和警察在罗马大学建筑学院附近发生的冲突。帕索里尼的判断因其单边主义而引起轰动。在学生和警察之间的冲突中，他自认站在警察一边，警察大多是工人和农民的孩子，他反对学生，因为他们大多是资产阶级的孩子。泛言之，帕索里尼将 1968 年的抗议运动解读为现代化加速所引发的系列影响之一。在此情形下，他将学生抗议解释为一场资产阶级"内部"的政治斗争，一场保守的父亲和任性的孩子之间的冲突。

情况下，被背信弃义地发表在一份刊物[1]上——当年秋季，我"再次"成为一名俗常所谓的思如泉涌的诗人：现在，一部新的诗集《超然与组织》(*Trasumanar e organizzar*)已整装待发，很快就会在同一家出版社出版，眼下，出版社请我针对之前的"旧"诗写一些介绍性文字。

六年光景稍纵即逝，但如果想到入选本诗集的第一辑是1957年6月结集出版的〔而这部诗集的同名诗作《葛兰西的骨灰》(*Le Ceneri di Gramsci*)则创作于1954年5月〕，那么，六年的间隔便成为整整一代文学和政治的间隔（虽然在某种程度上，伴随着最晚近的诗歌，上述时代经历了转变）。

就此，我假设自己面对"新的读者"。对此，除了提供某些信息，我无从知晓，也无意给予别的东西。

《葛兰西的骨灰》并非我的处女作，我开始写诗的时间要早得多，确切地说，是1929年，那时我刚满七岁，在萨奇莱[2]上小学二年级。

是我的母亲向我展示了诗歌是如何以具体的方式，而不仅仅是在学校里朗读的作品中（"空气玻璃般透明……"）被呈现。一个美好的日子，母亲神秘地向我展示了一首她创作的十四行诗，诗中表达了她对我的爱（我不知道出于

1　如果它发表在专业杂志（《新话题》）上，那将是另一回事。——作者注
2　萨奇莱（Sacile），意大利弗留利－威尼斯朱利亚大区（Friuli-Venezia Giulia）波尔代诺内省（Pordenone）的第二大城市。

哪种押韵的需要，为什么这首诗以"我多么爱你"[1]结尾）。几天后，我写下了平生第一首诗：诗中描写了"夜莺"和"花花草草"。我相信自己那时还无法真正区分什么是夜莺，什么又是苍头燕雀，还有杨树和榆树。此外，在学校里（来自托斯卡纳的任课老师艾达·科斯特拉夫人，令人印象深刻，她是我小学二年级的老师），彼特拉克肯定还没读过，所以我不知道自己从哪里学到了语言自择和他择的古典代码。事实上，我没有意识到母亲"内心的富足"[2]，我一开始就何等严格地进行"自择"和"他择"。

从那以后，我创作了多部诗集：十三岁的时候，我已经是一名史诗诗人了（从《伊利亚特》到《卢济塔尼亚人之歌》）。我也未尝忽视诗剧，随着青春期的到来，我不可避免地与卡尔杜齐[3]、帕斯科利[4]和邓南遮[5]迎头相遇，这一

1　原文为：« di bene te ne voglio un sacco »。

2　这里，诗人使用了拉丁语 abundantia cordis（内心的富足），语出《马太福音》12：34。

3　焦苏埃·卡尔杜齐（Giosuè Carducci, 1835—1907），意大利诗人、教师，1906年获得诺贝尔文学奖，也是首个获得该奖项的意大利人，被称为19世纪意大利诗歌的顶峰。

4　乔瓦尼·普拉西多·阿戈斯蒂诺·帕斯科利（Giovanni Placido Agostino Pascoli, 1855—1912），意大利诗人、古典学家，19世纪末意大利文学的象征人物。他与加布里埃尔·邓南遮一道，被视为意大利颓废派最伟大的诗人。

5　加布里埃尔·邓南遮（Gabriele d'Annunzio, 原名 Gaetano Rapagnetta, 1863—1938），意大利诗人、记者、小说家、戏剧家和冒险家，曾在意大利文学界占有举足轻重的地位。主要作品有《玫瑰三部曲》。他在政治上常被视作墨索里尼的先驱，因而颇受争议。其思想和美学影响了意大利法西斯和德国的希特勒。

阶段始于斯坎迪亚诺[1]——我在雷焦艾米利亚读高中，经常往来于雷焦艾米利亚和斯坎迪亚诺两地之间——而终于博洛尼亚，1937年我就读于加尔瓦尼文科高中（Liceo Galvani）。那年，一位代课教师，安东尼奥·里纳尔迪（Antonio Rinaldi），在课堂上朗读了兰波的一首诗。

从1937年到1942、1943年，我经历过一段伟大的隐逸派（ermetismo）时期，进入大学后，我投身于朗吉[2]门下，在文学上和一帮趣味相投的同龄人保持着天真的关系——其中两位是弗朗西斯科·列奥内蒂[3]和罗维西[4]；弗朗切斯科·阿尔坎杰利[5]，后来还有阿方索·嘉托[6]，尽管他比我们年长几岁，也加入我们的阵营。那时我是一名早熟的大学

1 斯坎迪亚诺（Scandiano），意大利雷焦艾米利亚省（Reggio Emilia）的一座市镇。1935年底至1936年间，帕索里尼和父母及弟弟圭多（Guido）住在科尔迪街8号（Via Corti, 8）。

2 罗伯托·朗吉（Roberto Longhi, 1890—1970），意大利学者、艺术史家和策展人，对帕索里尼的电影有着一定的影响。

3 弗朗西斯科·列奥内蒂（Francesco Leonetti, 1924—2017），意大利诗人、小说家、艺术评论家、教师和政治活动家。1960年同卡尔维诺等人创办文学杂志《装帧样本》（Il Menabò）。1964年再度同帕索里尼合作，在电影《马太福音》中扮演加利利的统治者希律·安提帕一角。

4 罗伯托·罗维西（Roberto Roversi, 1923—2012），意大利诗人、作家和记者。1955年，他与弗朗西斯科·列奥内蒂、帕索里尼共同创办了《工作坊》（Officina）杂志。后创办文学杂志《报告》（Rendiconti）、极左报纸《继续战斗》（Lotta Continua）。

5 弗朗切斯科·阿尔坎杰利（Francesco Arcangeli, 1915—1974），意大利诗人、艺术史家。1967年于博洛尼亚大学接替朗吉执掌艺术史讲席，曾获费尔特里内利奖（Il Premio Feltrinelli）。

6 阿方索·嘉托（Alfonso Gatto），意大利诗人、作家，被认为是20世纪意大利最重要的诗人之一，也是隐逸派诗歌的主要代表。曾在帕索里尼的电影《马太福音》中，友情出演使徒安德烈一角；在《定理》中，扮演一名医生。

生，但我不仅仅是一名学徒，还是一个新手。1942年，我在兰蒂（Landi）先生的古董书店自费出版了平生的第一本诗集：《献给卡萨尔萨的诗篇》（*Poesie a Casarsa*），那年我正好二十岁。大约三年前，在我母亲的家乡——卡萨尔萨[1]，每年夏天我都要去那里，在贫穷的乡村和那里的亲戚们待上一段时间，公职在身的父亲薪水微薄，这也是一种权宜之计。诗集中收录的作品便创作于此时。

作品是以弗留利语创作的："声音和意义之间持久的犹豫"[2]对声音有一个明确的最终选择；声音在语义上的扩张导致了义素（i semantemi）转移到另一个语言领域，这反过来使得义素变得难以理解。

距诗集出版大约半个月的样子，我收到了吉安弗兰科·孔蒂尼[3]寄来的明信片，告诉我他非常喜欢这本书，恨不得马上为它撰写评论。

心中的快乐谁人能解？我在博洛尼亚的门廊上蹦蹦跳跳，手舞足蹈；至于那为写诗带来灵感的尘世的满足感，当天在博洛尼亚的满足感中已曲尽无遗：而今，没有它我也能过得很好。孔蒂尼的评论并没有像他打算的那样，发

1　卡萨尔萨（Casarsa），意大利弗留利-威尼斯朱利亚大区波尔代诺内省的一个市，位于的里雅斯特（Trieste）西北约八十公里，东距波代诺内市约十五公里。这里是诗人帕索里尼母亲的出生地，帕索里尼过世后即埋葬于此。

2　瓦雷里语，引自雅各布森（Jakobson）。

3　吉安弗兰科·孔蒂尼（Gianfranco contini，1912—1990），意大利学者和语言学家。曾于弗莱堡大学、佛罗伦萨大学和比萨高等师范学院任教，学术成果颇丰，门下学生甚众。

表在《权威》(*Primato*)杂志上,而是发表在域外,瑞士的《卢加诺信使报》(*Corriere di Lugano*)上,按照定义,那是一片流亡者的土地。为什么?因为法西斯主义——令我大吃一惊——不承认意大利有地方特色,也不承认不好战的、固执的方言。因此……我的"纯诗歌语言"被误认为一份现实的文件,证明了贫穷古怪的农民的客观存在,至少,对中央的理想主义苛求一窍不通……的确,自从1937年的某一天我读到兰波的诗歌起,我就不再是"天生的"法西斯主义者了,但现在,反法西斯主义不再是纯粹的文化——是的,因为,我在自己的例子中进行过实验。

正是那年冬天,我们全家疏散到了卡萨尔萨,1943年依然是我生命中最美好的一年:"我的青春,在卡斯蒂利亚的土地上有二十年了!"[1]

我继续用弗留利语创作诗歌,但也开始用意大利语写作类似的诗。曾经的卡萨尔萨口语,不折不扣地成了现今诗歌中的弗留利语(并非皮罗纳[2]发明的弗留利方言)[3];而意大利语,则因为对方言的转借,从而获得了一种浪漫和天真的气息。然而,意大利语作为书面语——曾几何时被

---

1 马查多。——作者注

2 皮罗纳,当指雅克波·皮罗纳(Jacopo Pirona, 1789—1870),意大利19世纪的一位修道院院长、作家和语言学家。他和侄子朱利亚·安德烈(Giulio Andrea)合作编纂了历史上第一部统一弗留利语拼写法的词典,即《弗留利语词典》(*Vocabolario friulano*),该词典系意大利语-弗留利语双语词典。

3 弗留利-意大利语词典。——作者注

称为新拉丁语，通过隐逸派，尤其是列奥帕尔迪[1]——继续将其自择的和他择的传统强加于我，对此无人可以幸免；因此，我创作诗歌（《日记》[2]），并主持着一份报纸[《记事本》(Scartafaccio)，类似于《杂录》(Zibaldone)]，继续遵循某种"中间路线"，这种路线早于1942年我以弗留利语出版的诗集，从一开始就是一种特权（注定永远无法消失），因此，与雄心勃勃的文学作品相比，后者不过是粗俗的"荒唐言"[3]。只是，在特殊情况下，我不晓得以何种方式，但的确以某种方式——我知道，尽管也许我没有告诉自己这一点，也正是那些"荒唐言"举足轻重。

1954年，我在桑索尼(Sansoni)出版社结集出版了那些以弗留利语创作的诗歌；而当时开始用意大利语写下的"荒唐言"则成了《天主教会的夜莺》(L'usignolo della Chiesa Cattolica, 1958)。与此同时，从1943年9月1日到9月8日，我只服了几天兵役。继我拒绝服从军官们的命令，把武器交给德国人（在利沃诺附近的一条运河上）之后，继步行上百公里之后，继千百次差点被送上前往德国的火车的惊心动魄之后，我衣衫褴褛地从比萨回到卡萨尔萨，脚上穿

1　贾科莫·列奥帕尔迪（Giacomo Leopardi, 1798—1837），一译莱奥帕尔迪，意大利著名诗人、哲学家、作家和语言学家。被公认为意大利19世纪最伟大的诗人和世界文学最重要的代表人物之一。其诗歌具有非凡的抒情性，其影响远远超出了其所处的时代，对后世意大利诗歌创作的影响极大。

2　I diari，帕索里尼1950年出版的一本诗集。

3　原文为 nugae，拉丁语，"蠢话"之意，这里采取意译。

着模样迥异的两只鞋。我不久又开始用弗留利语和意大利语进行诗歌创作，描写《灿烂青春》[1]和《夜莺》[2]中乡村的壮丽。这并没有阻止我在墙上写下"**自由万岁**"，这是我有生以来第一次在安全的房间，体验所谓人类的秩序。从那以后，我的一生都在躲藏、追捕和极度恐惧中度过，因为那时我对死亡有一种病态的确凿无疑的恐惧——我一直被用钩子钩住自己、了结生命的念头困扰：这就是那些逃避兵役或公开反对法西斯主义的年轻人会在亚得里亚海岸结束生命的原因。当时，小我三岁的弟弟也应征入伍，他上山当了一名武装游击队员，我陪他到火车站（他把手枪藏在一本书里）。他一开始是个共产党员；而后，在我的建议下——在法西斯统治时期再活三年至关重要——他转而加入行动党[3]和奥索波（Osoppo）分队。共产党当时与铁托的部队有联系，他们想吞并弗留利地区，于是杀了他。战争结束了，我却迎来人生中最为悲惨的时刻（当时我还在继续创作《灿烂青春》和《夜莺》）：弟弟的死和母亲的悲痛欲绝；父亲从监狱里放了回来——他病了，在祖国，

---

1 *La Meglio Gioventù*，直译为"最好的青春"，此处取其意译，为帕索里尼以弗留利语创作的诗歌，1954 年结集出版。后意大利导演吉奥达纳（Marco Tullio Giordana）拍摄了一部同名电影，并于 2003 年上映。
2 即诗集《天主教会的夜莺》，1958 年结集出版。
3 行动党（Partito d'Azione，简称 PdA），意大利政党。名称源于朱塞佩·马志尼（Giuseppe Mazzini）于 1853 年创立并于 1867 年解散的政党。该党成立的宗旨包括普选、新闻和思想自由及政府对人民的责任。1942 年 6 月 4 日，该党由律师、政治家和反法西斯主义者费德里科·科曼迪尼（Federico Comandini）于罗马正式重建，到 1947 年便宣告解散。

被战败的法西斯主义所毒害，在家里，被战败的意大利语所毒害；战败的、凶恶的、失去权力的暴君，被低劣的红酒灌得神志不清，越来越爱我的母亲，而她却从来没有如此爱过他，现在，她只想独自承受自己的痛苦；此外，还有我的生活和肉体上的苦恼。1949 年冬，我亲爱的读者，因为是新面孔，因为你们是廉价简装本普通诗集的购买者而愈显亲近，我和我的母亲一起逃到了罗马，就像小说里发生的那样。

弗留利时代结束了；这些诗集会在我的抽屉里搁上很长时间，而后在我提到的日子面世。但很快，在罗马，我重新开始写日记，用不那么古怪的诗句，以书面语和后隐逸派相互交错的方式，正如我说过的那样，在弗留利的时候，在它的葡萄藤和桑树林中，我从来没有停止过创作小说。后来，我把一组小说汇总在一起，命名为《罗马 1950》(*Roma, 1950*)；同时，我会继续创作小说，直到 1960 在赛维勒出版社（Scheiwiller）出版《春天十四行》(*Sonetto primaverile*) 为止。就在到达罗马短短数月之后，一方面，我继续进行着巴洛克和加达[1]式的反意大利语研究，此前我曾以小说和弗留利语为线索；另一方面，我也开始写小说，日后我将其命名为《求生男孩》(*Ragazzi di Vita*, 1955)。在罗马，我先是住在科斯塔古提广场（Piazza

---

1　加达（Carlo Emilio Gadda，1893—1973），意大利作家。作品有《哲学家的圣母》《曼罗拉纳大街上的惨案》《痛苦的认识》等。

Costaguti），靠近奥克塔维亚拱廊（Portico D'Ottavia）（贫民窟！），后来搬到市郊瑞比比亚（Rebibbia）监狱附近的贫民窟，最后住在连屋顶也没有的房子里（每月租金一万三千里拉）。足足两年，我煎熬于一种令人绝望到近乎要自杀的失业生活；而后，我在钱皮诺[1]的一所私立学校谋到了一份月薪两万七千里拉的教职。在位于市郊的瑞比比亚的家中，在罗马市郊，我开始——通常以假嗓（以方言诗和类似的方式发声），在某种缓慢地对反意大利语的偶然性进行转化与融合中——创作真正的、本己的"诗歌作品"，这些作品而今在我看来似乎是"旧作"，从《葛兰西的骨灰》到《玫瑰形状的诗篇》。

在多次采访中，我已不厌其烦地提到，对于我想要发表的讲话，这几乎已成为某种机制（以便按照我的意图解释现实）：促使我成为共产党员的，是战后不久一场弗留利雇农反对大地主的斗争（《嘉斯佩里的裁决日》[2]，应当是我的第一部小说的题目，不过，在1962年出版时，更名为《一件事的梦想》）。我和雇农们站在一起。之后我阅读

---

1 钱皮诺（Ciampino），意大利拉齐奥大区罗马省的一个小镇。该镇名称源自17世纪修道士、科学家、考古学家钱皮诺（Giovanni Giustino Champino）。罗马的钱皮诺机场即位于该地。

2 *I giorni del Lodo De Gasperi*，帕索里尼创作于1949—1950年的第一部小说，但直到1962年才正式出版，出版时更名为 *Il sogno di una cosa*。1946年3月，时任意大利总理阿尔契德·德·嘉斯佩里（Alcide De Gasperi）发表了一份声明，试图在土地所有者和农民之间就所谓的土地分配纠纷达成和解，该声明被称为"嘉斯佩里的裁决"（il giudizio De Gapari），"Lodo De Gasperi"为这一称呼的另一种通俗提法。

了马克思和葛兰西的著作。

我所说的转化与融合，是指我的两大诗歌主线——反意大利语的假声和被拣选的意大利语的转变和融合，是在我从来都不正统的马克思主义的标志下进行的。慢慢地，我沿着葛兰西的骨灰抵达"世俗之诗"（poema civile）：整部诗的第一部分，从《亚平宁》（L'Appennino）到《卑微的意大利》（L'umile Italia），是它的史前史时期：土地洁净，森林定期砍伐的阿尔卑斯南麓的精神依然保留在罗马无产阶级的市郊，借助阻滞性元素的形式，这一精神尤为庄重地凝聚在出于（三行诗节）押韵（法）需要而强行挤压的空间中。此外，我现在意识到，从雇工开展斗争到今天，我里里外外几乎没什么变化。就在我为非专业读者写这篇简介的时候，我正在制作一部有关罗马清洁工人罢工的纪录片（《一部关于垃圾的小说笔记》[1]），我一点也意识不到那是近乎三十年前的事了。也许，1968 到 1970 年的年轻人的阶级斗争意识使他们回想起那些伟大的日子，而不管这是不是一种幻觉。此外，阶级斗争是一种三十年内无法消除的现象，其特征总是相同的。

对此，我想特别提请年轻读者注意诗歌《一场诗歌论

1　*Appunti per un romanzo sull'immondezza*，帕索里尼于 1970 年春天拍摄的一部有关罗马的清洁工的纪录片，时长 85 分钟。该片在时间上介乎电影《非洲俄瑞斯忒斯的札记》（*Appunti per un'Orestiade Africana*）和《十日谈》之间，但该片并未完成剪辑。

战》[1]和诗集中的最后一首《胜利》，如果诸君能在其中找到今天激励他的政治和理想主义精神的预兆，我将心满意足。

诗选中的其他作品，出自1951年到1964年共计十三年间所出版的诗集，它们构成了一个连贯而紧凑的整体。这些诗触动找的地方在于——好像我是在进行自我疏离，其实并非如此——它是一种普遍的、令人沮丧的痛苦感：一种作为语言自身的内在构造的痛苦，犹如一种在数量上可以减少而近乎肉体痛苦的事实。这种不快乐的感觉（几乎是一种权利），如此地压倒一切，以至感官自身的快乐（这方面，本书可以说俯拾皆是，如同罪过一般）被它所笼罩；世俗的理想主义也是如此。当我重读这些诗句时，令我感触良多的，是我意识到，当初写作这些诗句时内心的膨胀是何等天真：就好像我在为那些不可能真正爱我的人创作一样。现在我明白，为什么当初我如此多疑、满怀憎恨。

II

最后，我想补充一句，就像在附录中一样，一道具有

---

1 « Una polemica in versi »，最初发表在1956年11月出版的诗歌双月刊《工作坊》第七期上，帕索里尼以该诗对共产主义者的立场发起攻击，特别是后者主持的周刊《当代》（*Il Contemporaneo*）。该诗出乎意料地受到《工作坊》另一位创办者福尔蒂尼（Franco Fortini）的猛烈回击，他也发表了一首诗歌，名为《超越希望》（Al di la'della Speranza），发表在《工作坊》第八期上。

追溯价值的光源——这是最近几个月创作的一首诗，名为
《（肮脏的）特许状》[1]——它自然无助于为我这本老诗选的
编排增光添彩，也不会引起他人的同情；相反，它将使一
切重新受到质疑，因为，我最终，有意无意地，拒绝一切
形式的和解……

（肮脏的）特许状

对于西方世界而言，需要时不时地

离开职责范围——返回一体化

枝叶纷披的月桂树

这对革（命）善莫大焉……

否则，若是表现得像个僧侣（因为抗议、严厉之类）

他们就会弃之如敝屣（因污迹斑斑，字迹难以辨认）。

得操心一下他的事业

只有当他被逮……才对……"有用"

——满是因关系引发的过错（同上，字迹难以辨认）。

——（热衷于家庭的工人喜欢这样）

——好人为了信誉而战斗！

---

1 《CHARTA(SPORCA)》，Charta 为拉丁语，意为"特许状"，该词最
早来自古希腊语，意为"莎草纸的层次"。Charta 对应英文的 charter，
意为一种法律上权利所有人（一般是政府机构）对个人、团体或其他法
人某一独特权利的许可和声明；这种权利一般是对土地、经营权或其他
所有权的有限独立垄断。

——成千上万平日里不光彩的琐事

好提升对一个现实主义政党有用的荣誉！

这些东西会落到说话者的头上。

——使其日益悲惨，归于无用。

但总得有人把十字架扛在可怜的

肩上（"该死"和其他难以辨认的字迹，原因同上）

因为某种可疑的圣洁而失去名誉：可不！

不过得找个浑身长满瘢痂的人，

贱民

那些赌注下得小，输赢毋论的人

就想定睛观瞧那些豪赢豪输的场面

最好是那些输得惨不忍睹的场面，恐怖的世界。

——我们指的是我们自己，反正是换个花样，

如果需要的话，再诋毁我们多一些

——因为，我们没能及时成为坏孩子

我们已摇身一变，成了坏爸爸（同上，字迹难以辨认）

——从那些浑蛋儿子那里得到父亲的责备

这该会极大地满足死亡的愿望

有些人认为我们不应该为自己担心

再一次，严肃被视为男性气魄的某个方面

——有男子气概的不再是那个温顺、听话的（武装的）年轻人了

有男子气概的反倒是专业的学者……有组织的年轻人

是的，年轻人把自己的肉体投入战斗，

但他们并没有当真考虑它的脆弱

有人说，他们认为这么做，不受欢迎而且多余

——当身体虚弱的他们（字迹难以辨认）

互相拍拍对方的肩膀，还不忘

上了年纪的国会议员的俏皮话！

——他们完全是，或者更确切地说，是政治家

这不可能没有后果。

身体（每个身体），满布瘢痂，永远被钉在十字架上，

（无可奈何！）被人取笑；

身体是隐私，最好略过不提，保持沉默

——或者，只是暂缓拿我们寻开心。

因此，最大的耻辱并不在于

自我排斥或对圣洁的渴望

而是在自我排斥的诱惑和对成功的追求

之间保持暧昧，或者，至少是自相矛盾。

——看起来糟糕透顶，毫无清晰性可言，我是说，

就像从前，在上流社会那里，这是不可接受的

当一个是世界，一个便是人类的未来

面对卑微的年轻诗人的荣耀施舍者——

同一个小伙子梦想着革命之事……

总之，这关乎一场梦的纷扰

不仅无人愿意评判

甚至也不视之为一个真实的事实（字迹难以辨认）

——所有这些当真是（字迹难以辨认）梦的纷扰，

但有些人会说起此事，而有些人不，有些人认得清，而有些人

　　甚至做梦也没想过

——最后，有人把这种接纳扔到

赌桌上（只为输掉）

——年轻人，那些婊子养的，一点也不怀疑

这种梦的纷扰，今天（1969 年）依然如故

——他们满脑子是（字迹难以辨认）诸如严肃和严肃的人

之类的男子气概的观念，说白了，没有也从未有过梦想！

——何等的奇迹！资产阶级把橡木王冠戴在我的头上，

而工人阶级用那副加冕的头颅对抗资产阶级。

这显然既疯狂又不值当，但有一个功能：

用弱者而非圣人来统治世界。

——"我可以谈论一个在第三重天被绑架的人

而我谈论的"，其实，"是一个软弱的人"。

——我这么说，为的是炫耀我的强力：

在所有的梦想中，我剩下的唯有力量。

——我不知为什么，我要做出决定，这该是这本诗集中

最后的诗篇，这诞生于闹剧中的诗集，

正是作为一个诗人，我参与其中。没有任何理由

在如许诗行的末尾写下此语

（完）

第一辑
葛兰西的骨灰
1957 年

葛兰西的骨灰

I

这肮脏的空气，不像五月天，

晦暗的外国人的花园 [1]

更形晦暗，或者，在炫目的阳光下

令人眼花缭乱……淡黄色

天台上的苍穹，分泌着唾液

以无尽的半圆，天台为

台伯河的曲线，拉齐奥 [2] 苍翠的

群山蒙上面纱……古老的城墙间

1　安东尼奥·葛兰西（Antonio Gramsci，1891—1937），意大利共产党的创始人，20世纪重要的马克思主义思想家和西方马克思主义流派的奠基性人物，被认为极大地拓展了马克思主义的理论边界。1926年，葛兰西遭墨索里尼政府逮捕，被判处二十年徒刑；1929年2月，于狱中开始获准撰写《狱中札记》，该作被视为葛兰西哲学、政治思想和文艺理论的集中表述，也被认为是意大利文学不可多得的杰作。1937年4月27日，葛兰西因脑出血病逝于狱中，死后葬入罗马的英国人公墓。葛兰西的墓碑上仅仅刻着"葛兰西的骨灰"（Cinera Gramsci）的字样和立碑日期。此处所言"外国人的花园"，即指罗马的英国人公墓而言。
2　拉齐奥（Lazio），意大利二十个大区之一。其名称来自拉丁文 *Latium*，即"拉丁人之地"，系古罗马文明的发源地。位于意大利中部，大区首府为罗马。罗马也是意大利的首都和全国最大的城市。

秋日般的五月，弥漫着一阵致死的宁静，

兴味索然，一如我们的
命运。世界的阴沉包蕴其中
十年穷途处，似乎全然

天真无望的努力，要在
废墟间重新改造生活；
静寂，潮湿而贫瘠……

你，年轻人，在那个五月，生命
依然是谬误，在那个意大利的五月
生活至少伴随着激情，

你至少没有我们的父辈那样的轻率和
下流的健康——不是父亲，而是卑微的
兄弟——已经用你瘦骨嶙峋的手

为理想勾勒轮廓，照亮
（但不是为了我们：你，死去，而我们
也同样，同你一道，在这潮湿的

花园死去）这片沉寂。你看到了吗？

你除了长眠于这片异乡人的土地，

依然被放逐，而无可奈何。达官显贵的

空虚萦绕在你的周围。只有平淡的，

来自泰斯塔奇奥[1]工厂里，锤击铁砧的

声音光顾你，黄昏时

渐渐平息：在破败的窝棚，成堆

裸露的白铁，废弃的金属间，

一位伙计哼着走调的歌声，他已

干完一天的活儿，四周，雨已止息。

Ⅱ

两个世界之间，我们没有休战。

抉择，献身……而今，除了这不幸

而高贵的园子，没有别的

1　泰斯塔奇奥（Testaccio），罗马的第二十区，标记为 R.XX。1870 年意大利统一之后，泰斯塔奇奥区成为罗马的一个工业区，同时也是贩夫走卒会聚之地，人口繁盛，穷人众多。为当时有名的贫民区。

声音，这里，顽固的欺骗
在死亡之中安抚着剩余的生命。
石棺周围，这些灰色、

短小而又庄严的石头上，
尘世的碑文展示的
仅仅是平信徒苟活的

命运。列强之国
亿万富翁们的骨骸
依然恬不知耻地燃烧着

放纵的激情；皇亲贵胄，鸡奸者们的
嘲讽嗡嗡嘤嘤，几乎从未消失，
他们的躯壳，在零乱的骨灰盒里

化为灰烬，但依然难称清白。
这里，死亡的沉默，是世间
之人某种文明的沉默的

信仰，是陵园的厌倦中，某种
悄然转变的厌倦的信仰：冷漠的
城市，将其放逐于

教堂和阴暗龌龊之地，注满怜悯，
于此消弭它的荣光。它的土地
满布荨麻和豆荚，孕育着

这些纤瘦的柏树，这阴郁的
湿气，使周围的墙壁长出
黄杨般暗淡不规则的斑点，黄昏

放晴，在藻类朴实无华的气味中
熄灭……草儿稀疏
淡而无味，紫罗兰沉溺于

周围的气氛，伴随着一阵
薄荷，或腐烂的干草的颤抖，
以白日的忧郁，预示着

黑夜寂寞无声熄灭的焦虑。围墙
之内，土壤有着恶劣的气候，
甘甜的历史，其他的土壤

从中露出；这潮气
记得别的潮气；虔诚的祈祷声
——自熟悉的纬度和

地平线，英国丛林为空中

迷路的湖泊加冕，在那绿得

像含磷的台球桌，或祖母绿的

草地上："还有，哦！汝等清泉……"[1]——

重新回荡。

III

一块破烂的红布，犹如

系在游击队员脖子上的那种，

骨灰瓮旁，苍白的土地上，

两株天竺葵迥异的红色。

你躺在那里，被放逐，以非天主教徒的

硬朗的优雅，被编入异域死者的

行列：葛兰西的骨灰……在希冀

和经年累月的怀疑之间，我靠近你，

1　本句引自华兹华斯的诗歌《不朽颂》(*Ode: Intimations of Immortality from Recollections of Early Childhood*)，原句为："还有，哦！汝等清泉、草地、山岗、丛林，／不要预示我们之间会割袍断义！" (And O ye Fountains, Meadows, Hills, and Groves, ／ Forebode not any severing of our loves!)

在这窄小的温室，你的

墓前，偶然邂逅你长眠于地下的
灵魂，与这些自由的灵魂为伴。（哦，或许，
它是别的东西，更令人陶醉

也更加卑微，青春的情欲
与死亡的迷狂的共生……）
在此国度，你的焦虑

从未平复，我觉得，你何等错误，
——在这坟茔的宁静中——你又
何等正确——在我们不安的

命运中——在你被谋杀的日子里
你撰写了那些卓越的篇章。
瞧，这里，证实了古老统治的

种子尚未消亡。
这些执着于占有的死者
他们的厌恶和伟大已被占有深埋了

数个世纪：那疯狂的

铁砧的锤击声，暗中，

与压抑和伤心一道——自卑微的

街区——证实了它的末日。

瞧，这里我也同样……贫穷，身穿

穷人面对闪烁着粗糙光彩的橱窗

凝视良久的大衣，最偏僻的

街道上，电车长凳上的污垢，

已使它褪色，在那里，我迷茫地

度过自己的岁月：而我的空闲

却日益稀少，为了维持生计

而备受折磨；如果我偶尔

爱上这个世界，那绝非因为暴力

和天真的感官之爱

就像，青春期的迷茫，我曾痛恨过

一个时代，如果在它身上，资产阶级的

恶曾让资产阶级的我受过伤害：而今，这个世界

——同你——决裂，这有权有势的

一方，难道不是怨恨

和近乎神秘的蔑视的对象？

然而，没有你的严峻，我依然活了下来

因为我别无选择。我活在死气沉沉的

战后的无所希冀中：我热爱

我痛恨的世界——在它的苦难中

我高傲，又不知所措——出于良知

隐秘的羞辱……

Ⅳ

我自相矛盾的丑闻——赞同

你，又反对你；在我内心，

在光芒下，赞同你；而在幽暗的脏腑反对你。

尽管我是父亲身份的背叛者

——在我的脑海里，在行动的表象中——

我知道，在本能和审美激情的

热忱中，我与它紧密相连；

被一种无产阶级的生活引向
从前的你，对我而言，宗教

乃是它的快乐，而非那千年的
战争：是它的本质，而非它的
良心；是人类原初的

力量，在行动上已丧失殆尽，
给予它乡愁的痴狂
和一道诗性之光：而别的

我无可奉告，抽象的
爱，既不合理，也不
真诚，无法激起锥心的同情……

我贫困，一如穷人，像他们
一样，我乞灵于卑微的希望，
像他们一样，竭尽全力活着，

日复一日。然而，在我被剥夺了
继承权的凄惨的状况中，
我却拥有：资产阶级所拥有的一切中

最令人亢奋，最无与伦比的
状态。可是，一如我拥有历史，
它也拥有我；我被它照亮：

而这样的光又有何用？

       V

我不说个体，感官
和情欲现象……
他还有别的罪恶，其余的，乃是

其罪孽的名称和必然性……
然而，在他里面，充满了何等普遍的，
襁褓中的罪！和何等

中性的罪！无论内在还是
外在的行为，在生活中成了肉身，
均无法在任何一个宗教中

获得免疫，在生命中宗教承担起，
死亡的抵押，被设计用来

欺骗光明，照亮欺骗。

他在维拉诺[1]的骨骸

注定被下葬，他与之

斗争的是天主教徒：内心

拥有耶稣会士的狂热；

比内心更内在的：是他的良知

具有圣经的狡计……和自由的令人讽刺的

热情……以及粗糙的光明，夹杂在

乡下的纨绔子弟，乡下的问候当中的

作呕感……直至在最不值一提的琐事中

慢慢消散，在动物般的内心深处，

威权和无政府……被肮脏的

德行和迷狂的罪孽保护得密不透风，

捍卫着某种癫狂的天真，

---

1 1937年4月25日，葛兰西突发脑出血，两天后宣告不治。他的妻姐塔蒂亚娜（Tatiana）保存了他的笔记本和书籍。葛兰西的骨灰最初被送往意大利罗马的维拉诺公墓（Cimitero del Verano）下葬，随后被安葬在罗马的非天主教墓地。"维拉诺"的名称源自古罗马时期的"维拉诺广场"（Campo dei Verani）。

以何等的良知！，"我"活着：我，
活着，逃避生活，以胸中

某种生命的意识，那是锥心般的
激烈的遗忘，……噢，我何从
理解，在腐烂的微弱声响中，

风的沉默，这里，罗马是沉默的，
你的近旁，在无精打采地晃动的
柏树间，灵魂镌刻在石头上的文字，发出声响：

"雪莱"……正如我所理解的那样，感觉的
旋涡，心血来潮（贵族
心中的希腊人，度假的

斯堪的纳维亚人）将他吞入第勒尼安海
盲目的苍穹；奇遇中
肉体的欢愉，美观

而幼稚：当意大利如果匍匐
在一只巨大的蝉的
肚腹里，敞开它白色的海滨，

装点着拉齐奥巴洛克风格的

暗淡松林，林中空地冒出

淡黄色的芝麻菜，那里，一名乔恰里亚

小伙子[1]，阴茎坚挺，衣衫褴褛，

沉睡在歌德式的幻梦里……

在马雷玛[2]，阴暗，长满慈姑[3]的

壮观的排水沟，明亮的榛树

铭记着，不谙世事的牧人

用青春填满羊肠小道。

韦西里亚[4]干瘪的曲线里

1　乔恰里亚（Ciociaria）系位于意大利拉齐奥大区弗洛西诺尼省（Frosinone）的一个山村。乔恰里亚人系古罗马时期的本地人种，身形高大而貌美，在当地享有盛誉。"二战"当中最大最激烈的山地战——蒙特卡西诺战役即发生于此地附近。蒙特卡西诺战役次日，隶属法国国外籍军团的摩洛哥军团在周围的乡村大肆抢劫骚扰，并在乔恰里亚进行大规模强奸。这种罪行的受害者在意大利被称为marocchinate，直译为"被摩洛哥人伤害的女子"。著名小说家莫拉维亚（Alberto Moravia）曾围绕该悲剧事件创作了小说《乔恰里亚》（La ciociaria），该小说被改编为一部成功的电影，由著名导演德·西卡（Vittorio de Sica）执导。

2　马雷玛（Maremma）是意大利中西部的沿海地区，与第勒尼安海接壤，包括托斯卡纳西南部的大部分地区和拉齐奥北部的部分地区。以前，这里多为沼泽地带，常有疟疾暴发，后被费尔南多·德·美第奇大公（Fernando I de'Medici）下令排干。

3　慈姑（erbasaetta），拉丁语名为Sagittaria sagittifolia，又称茨菰、菲菇、燕尾草、白地栗等，俗称慈姑、慈菇，球茎可食用，生长于海拔六百米的地区，一般长在水塘静水处、沼泽、湖边及缓流溪沟。

4　韦西里亚（Versilia）系托斯卡纳卢卡省的一部分，以韦西里亚河得名。

盲目的芬芳，沿着纷乱

失明的海边，展示洁净的

灰泥，全然人性化的复活节的

田野上微妙的镶嵌细工，

在钦克亚勒[1]变得黯淡，

散落在炎热的阿普亚内山[2]下

玫瑰上蓝色的玻璃晶体……礁石般的，

山崩、动荡，如同穿越一段惊慌的

芬芳，在里维埃拉[3]，柔软，

陡峭，那里，阳光和微风在缠斗

使大海的油脂达到无以复加的

和煦……一望无际的性和

光明的打击乐在周围发出

1　钦克亚勒（Cinquale），托斯卡纳大区马萨-卡拉拉省（Massa Carrara）
蒙蒂尼奥索市（Montignoso）下辖的村镇，西面被利古里亚海环绕。
2　阿普亚内山（Apuane），全称为"阿普亚内阿尔卑斯山"（Le Alpi
Apuane），系意大利托斯卡纳西北部的山脉。该名称源于远古时代居住
在当地的阿普安尼·利古里亚（Apuani Ligures）部落。
3　里维埃拉（Riviera）为意大利狭窄的沿海地带，位于利古里亚海与
由近海的阿尔卑斯山、亚平宁山组成的山脉之间。里维埃拉几乎涵盖了
利古里亚海在意大利境内的所有海岸线。历史上，"里维埃拉"一直向
西延伸，直到现在的法国领土，甚至包括马赛在内。

愉快的嗡嗡声：意大利已如此

习惯于这一切，一点也不为此颤抖，似乎
在它的生命中死了过去：浑身湿漉漉的
少年们，面孔晒成棕色

自数以百计的港口，在海边的
人群中，热烈地呼喊着
同伴们的名字，在靠近刺蓟园的地方，

肮脏的海滩上……

你，朴实无华的死者，可会请求我，
放弃这存活于尘世的
绝望的激情？

VI

我要走了，留你独自在黄昏
尽管令人伤感，夜幕，伴着蜡制的
光芒，如此温和地莅临我们生者，

凝结在半明半暗的居民区。
剧烈地摇晃它。使它涨大，空洞，
萦绕，也更加遥远，用令人焦躁的

生活重新点燃它，用电车沙哑的
滚动，用人的叫嚣，
方言，成就一场微弱的、无与伦比的

音乐会。你感觉得到，就像那些遥远的
存在，在生命中，吵嚷，欢笑
在他们各自的车辆里，在贫困的

公寓里，那里，人们消费着不忠，
喜好扩张的生存天赋——
那生命只不过是一阵战栗；

肉身的，集体的在场；
你感到真宗教的
缺失；不是生活，而是幸免于难

——或许是生命中最令人愉悦的——犹如
一个动物般的民族，性快乐让他们
弯成弓形，除了每日的劳作

再无别的激情：

卑微的堕落为卑微的激情

营造出一种节日的意味。所有的

理想越是空洞——在这历史的空白，

在这生命保持缄默的嗡嗡叫的

间歇里——绝妙的，焦渴的

近乎亚历山大式的声色犬马就

越是显而易见，一切都精雕细琢

被不洁地点燃了，当这里

在世上，某种东西倒塌，世界

在半明半暗中，步履蹒跚，重新进入

空荡荡的广场，进入令人沮丧的工厂……

灯已点亮，匝巴里亚街[1]，

富兰克林街[2]，灯火通明，整个

泰斯塔奇奥区，朴实无华，在它广阔

---

1 匝巴里亚街（Via Zabaglia），位于罗马泰斯塔奇奥区，其名称源自意大利 18 世纪的发明家、工程师和工匠尼古拉·匝巴里亚（Nicola Zabaglia or Zaballi）。
2 富兰克林街（Via Franklin），位于罗马泰斯塔奇奥区的一条街，以美国独立建国的奠基者之一的本杰明·富兰克林的名字命名。

脏乱的山丘上，台伯河沿岸，黝黑的
背景，河对岸，蒙特韦尔德[1]
聚拢，又渐渐消隐于天际。

灯光失去了鲜艳的，
海一般悲伤冰冷的
王冠……临近晚餐时分；

街上，寥落的公交车光影闪烁，
一排排的工人依着车窗，
成群结队的士兵不慌不忙地，向着

山上走去，山丘掩映着潮湿的
堆土和阴影中成堆的
垃圾桶，年少的妓女躲在暗处，

恼怒地等候在那催情的
污秽之上：不远处，在山脚下
非法的小屋，或者，在

楼房间，几乎是另一个世界，破布般

---

1 蒙特韦尔德（Monteverde）是处于罗马历史中心之外的居民区。
Monteverde 的本意为"青山"，以该地区所在的山丘而得名。

39

轻飘的少年，迎着春日不再寒冷的
微风在玩耍；罗马

五月的黄昏，年轻人的冲动
在燃烧，阴郁的青少年
吹着口哨在人行道上

庆祝；突然间，车库的
卷帘门欢快地落下，
倘若黑暗已使夜晚变得宁静，

在泰斯塔奇奥广场的悬铃木中间
风激起一阵颤动，
相当柔和，尽管掠过屠宰场

的凝灰岩，那里浸透着腐败的
血液，到处都是
骚动的垃圾和不幸的气味。

生活是一阵细语，这些迷失于
其中者，也会平静地失去它，
倘若内心被它充满：就在那里，

穷人，安享着黄昏：无力者
蕴藏着伟力，因为他们，神话
重生……而我，怀着一颗只有

活在历史中的人才有的自觉之心，
倘若我知道，我们的历史已终结
我能否依然怀着纯粹的激情去行动？

1954 年

挖掘机的哭泣

I

唯有爱，唯有了解
才算数，而不是爱过，
不是了解过。活在一段

消耗殆尽的爱中，令人
悲伤。灵魂不再成长。
瞧，在夜迷人的

热情里，下面，在河流的
弯道和城市平静的景象
之间，灯光弥漫，

成千上万的生命发出回响，
厌倦，神秘，和感官的
痛苦，使我成为世界的

敌对形式，直到昨天

它们还是我生存的宗教。

无聊，疲累，我穿过漆黑的

集市广场回家，在棚屋和

混合仓库之间最后的

草地上，忧郁的街道

围绕着河港。那里，一片致死的

寂静：而下面，马可尼大街[1]，

特拉斯泰韦雷[2]车站，夜晚依然

显得甜蜜。年轻人，骑着轻型

摩托车，回到各自的街区，

各自的市郊——穿着工作服或

劳动裤，在节日的热烈的催迫下——

和摩托车后座上的伙伴们

笑着，脏兮兮的。最后的

1　马可尼大街（Viale Marconi），罗马市中心的一条大街，以意大利著名电气工程师、发明家，无线电报的发明者马可尼（Guglielmo Giovanni Maria Marconi）的名字命名。

2　特拉斯泰韦雷（Trastevere）为罗马的第十三区，位于台伯河西岸，梵蒂冈城以南。其名称源自拉丁语 Tiberim，字面意思为"跨越台伯河"。它的徽标是红色背景上的狮子的金头，其含义尚不确定。特拉斯泰韦雷的北边与第十四区博尔格（Borgo）接壤。

主顾们在夜里高声站着
聊天，四下里，空掉半数的
咖啡馆的小桌依然闪闪发光。

绝妙而不幸的城市，
你教给我那些快乐和凶暴之事
人们自孩童时期就已学会的东西，

在微不足道的事物中发现
生命宁静的伟大，犹如
坚定、敏捷地走向大街上

拥挤的人群，无惧地
面对另一个人，毫不害臊地
望着服务员用干瘦的手指

数点钞票，汗水
沿着面颊流下
以一种夏日永恒的颜色；

去自我保护，去冒犯，去面对
置身眼前而不是仅仅
默存于心的世界，去了解

很少有人知道我

所经历的激情：

他们待我虽不友善，却

因为人类的激情

而恰恰成了兄弟

快乐，无意识，全身心地

在我未知的经历里

成长。绝妙而不幸的

城市，你让我经历了

未知的生活：

直到我发现

每一个人的世界。

一轮明月在寂静中消逝，

它活着，在猛烈的热情中

漂白自己，悲惨地高悬于生命

缄默的地球之上，连同它美丽的大街，

没有耀眼灯光的逼仄的老路，

一丝儿鲜艳的云彩，在上面，

映照着整个世界。

这是夏天最美的夜晚。

特拉斯泰韦雷，在一阵旧马厩

的稻草味中，清空了

小酒馆，尚未入眠。

阴暗的角落里，平静的墙面

回响起迷人的喧闹声。

男人和孩子们开始回家

——在而今孤独的灯光的花环下——

迈向自家的胡同，黑暗和垃圾

阻塞了它们，迈着和缓的步伐

当我曾经真的在爱，当我

曾经真的想要了解，

灵魂就更容易被它充实。

和昔日一样，他们唱着歌，不见了。

II

像斗兽场的猫一样可怜，
我生活在一个石灰和尘土飞扬的
市郊，远离城市

和乡村，每天都要乘坐逼仄的
濒死一般气喘吁吁的公共汽车：
每次出门，每次回返

都是一次汗水和焦虑的磨难。
在一阵燥热的烟雾中漫长的行程，
桌上堆积的文件前

漫长的黄昏的光线，在泥泞的大街，
矮墙，没有窗户、被石灰笼罩的
小房子，以帘为门……

街上走过卖橄榄的，收破烂的，
来自某个别的市郊，
兜售的商品布满灰尘，活像

偷来的水果，未老先衰，

满身恶习的年轻人表情残酷的脸

一位贫穷、饥饿的母亲所生的孩子。

被新的世界重新焕发

自由—— 一阵火焰，一道呼吸

我无从解释，赋予现实

某种宁静、慈悲的意味，

现实卑微而肮脏，混乱而辽阔

充斥着城市的南郊。

我内心的灵魂，不仅仅属于我，

一个小小的灵魂，在那无涯的世界上

成长，被所爱之人的喜悦所

滋养，即便没有回报。

这爱照亮了一切，也许还只是

孩子的爱，英勇无畏，

却因经历了历史的

脚步而成熟。

我曾站在世界的中心，在一个忧伤的

贝都因人的郊区组成的世界里，

黄色的草原被

永不止息的风猛烈摩擦，

风来自菲乌米奇诺[1]温热的海水，

或罗马郊外的原野，那里，

城市消逝在贫民窟中；在那个世界

唯有感化院主宰着一切

淡黄色烟雾中

淡黄色的方形的光谱

被上千排整齐划一的封闭的

窗户凿出孔洞，

在古老的田野和沉睡的村庄之间。

盲目的微风四下拖拽着

废纸和灰尘，

来自萨比尼山[2]，亚得里亚海边

---

1 菲乌米奇诺（Fiumicino）是位于意大利中部拉齐奥大区罗马省的一个滨海小城。以莱昂纳多·达·芬奇-菲乌米奇诺机场而闻名，该机场为意大利最大的机场，也是欧洲第六大机场。
2 萨比尼山（Monti Sabini），位于意大利中部拉齐奥地区，系组成亚平宁山系的一座山脉。

瘦小的女人
声音微弱，没有回声，宿营
于此，而今身边带着一大群

营养不良，干瘦的小孩子
尖叫着，身穿破烂的背心
和灰色的，褪色的短裤，

非洲的阳光，肆虐的雨水
使大街成了泥浆的
溪流，公共汽车陷在

终点站的角落里
在最后一片白草和
酸腐、燃烧的垃圾堆之间……

这里曾是世界的中心，正如
我对它的爱位于历史的
中心：爱依然是

为了新生而变得这般
成熟，一切都只为了
变得清晰起来——显而

易见！那片在风中裸露的市郊，
并非罗马的市郊，并非南方的市郊，
亦非工人的市郊，乃是生活

在它最为现实的光芒里：
生活，和生活的光芒，充斥着
混乱，但依然不是无产阶级的，

正如党支部发行的粗糙的
日报，最新散发的胶印传单
所愿意看到的那样：日常的

生存之骨，
生存，因为太过
接近，完全是因为

太过悲惨的人类，而变得纯粹。

III

现在我回家，那段岁月充实于内心
如此新鲜，以至我从未

意识到，在与它们相距遥远的

灵魂中，它们的衰老，像每个过往那样。
我迈上贾尼科洛山 [1] 上的大街，逗留于
花叶饰风格的交叉路口，一处林木茂密的小广场，

一座城墙的残骸——眼下，走到了城市的
尽头，登上面朝大海
波状起伏的平原。使我的灵魂

重新萌芽——灵魂迟钝、阴郁
犹如被抛弃在香气中的黑夜——
一粒种子如今已太过成熟

而无法结出果实，在那堆已变得
又累又酸涩的生活中……
瞧这里，庞菲利别墅 [2]，掩映在

1　贾尼科洛山（Gianicolo），罗马西部的一座小山。位于台伯河以西，罗马古城墙外，不在罗马著名的七座山丘之列。梵蒂冈即位于此地。
2　庞菲利别墅（Villa Pamphili），又名多利亚·庞菲利别墅（Villa Doria Pamphili），系17世纪的一座别墅，现如今是罗马最大的景观公园。该别墅位于蒙特韦尔德区，贾尼科洛山上，圣潘克拉齐奥门（Porta San Pancrazio）的古罗马城墙之外，这里还是奥雷里亚罗马古道（Via Aurelia）的起点。

崭新的墙壁上悄然回荡的

光线里，我住在这条街上。

住家附近，草丛中

只余下肮脏的泡沫，

从凝灰岩中刚挖出的一条新鲜的

裂缝形成细流——每一个破坏的愤怒

平息了——一台挖掘机，了无生气，

昂头冲着杂乱的建筑物和

碎片状的天空……

在这些仰卧的、散落在泥泞中的工具面前，

什么样的痛苦侵入我的内心，

在这张搭在角落

架子上的红色抹布前，

那里，夜晚似乎更为悲伤？

为什么，我的良心如此盲目地抵制

这种淡淡的血腥，隐藏起来，

几乎没有强迫症，

使所有内心深处都感到难过？

为什么在没完没了的日子里

我的内心总是拥有相同的想法，

就像那台挖掘机

在死去的苍穹中晒得发白？

在进入睡眠的芳台雅纳街[1]

上千房间中的一间，我脱掉衣服。

时光，你可以在一切万有之上挖掘：希望

和激情。却无法在这些纯粹的

生活形式上挖掘……当在

世上的经验和信任

满全，人就会沦落为

它们……噢，瑞比比亚[2]的日子，

我曾经以为它们消失在必然性的

1　芳台雅纳街（Via Fonteiana），帕索里尼 1953—1964 年间生活于蒙特韦尔德区，先是住在芳台雅纳街 86 号（Via Fonteiana, 86），后搬入卡利尼街 45 号（Via Carini, 45）。

2　瑞比比亚（Rebibbia），意大利首都罗马的第四区，位于罗马的东北郊。帕索里尼曾生活于此。今天在该区的费里阿尼广场（piazza Feriani）上，竖着一块牌子，上面刻有引自此处的诗句：«Ah, giorni di Rebibbia / che io credevo persi in una luce // di necessità, e che ora so così liberi! »（"噢，瑞比比亚的日子，/ 我曾经以为它们消失在必然性的 // 光照中，如今我知道它们竟如此自由！"），以纪念帕索里尼。

光照中，如今我知道它们竟如此自由！

那么，与面向艰难境况的心灵
一道，这境况已迷失了通往
人类命运的道路，

在热情中赢得无能的
清澈，在单纯中
赢得无能的平衡——头脑，

在那些日子，抵达清澈，
也抵达平衡。瞧，成熟
而不谙世事的意识形态

拒绝盲目的遗憾，所有
我与世界斗争的标记……
世界，已不再是奥秘的

主题，而是历史的主题。
正如每个人都谦卑地
知道的那样，认识它的喜悦

增加了上千倍。

马克思或戈贝蒂[1]，葛兰西或克罗齐

全都活在活生生的经验中。

当我花时间弄清

似乎是理想一代中最理想的人物，

十年来隐而不彰的天职的主题

就发生了变迁；

在我写下的每一页，

每一行中，在流亡瑞比比亚期间，

就有那份热情，那份桀骜，

那份感激。我更新

在老工作和

老苦难的新境况中，

偶尔有几个朋友来找我，

在感化院被遗忘的

---

1 皮耶罗·戈贝蒂（Piero Gobetti，1901—1926），意大利记者、哲学家、出版商、翻译家和反法西斯主义者。被认为是后启蒙运动（post-illuminista）和自由主义哲学-政治西斯传统的宝贵继承者，该传统从意大利复兴运动（Risorgimento）到晚近以来一直指导着意大利众多极富才智之士。先后创办并主编《新能量》（*Energie Nove*）、《自由的革命》（*La Revolutione Liberale*）和《巴雷蒂》（*Il Baretti*）等杂志，为政治和文化生活做出了根本性贡献。后因健康状况恶化，在法国流亡期间不幸去世，死时尚未满二十五岁。

早晨或晚上，在一道

强烈的光线中，他们看到我：

内心和言语间

革命般的温和、激烈。一个人在怒放。

      Ⅳ

它把我紧紧地抵在他年迈的，散发出

林木味道的长发上，它那长着公猪

或流浪公熊般獠牙的嘴脸

合着玫瑰的气息，

压着我的嘴唇：我周围的房间

乃是一片林中空地，被子浸透了最后一阵

青年人的汗水，舞曲

宛如花粉的面纱……实际上，

我正走过一条在初春的草地间

挺进的道路，草地在

一缕天堂的光照中凌乱……

天堂已被步履的波浪带走，

我留在背后的，轻盈而悲惨，
那不是罗马的郊区：墨西哥
万岁！被用石灰写在，或刻在

神庙的遗迹上，和岔路口的矮墙上，
衰弱、轻飘，一如骨头，在灼烧的
天空的边缘没有一丝激动。

这里，在古老的亚平宁
山脉，起伏波动，
夹杂着云层的山顶上，

半个城市空荡荡的，或因为
拂晓时分，妇女们都跑去
购物，或被夕阳烫成金色的傍晚，

孩子们与母亲一起
在校外的庭院奔跑。
街道被一种巨大的寂静所侵袭：

那些微微皲裂的鹅卵石路面消失了，

它们与时间一样衰老，与时间一样灰暗，
两条长长的石质人行道

在街上奔跑，光彩照人。
有人在寂静中移动：
那位老妇，那个在

游戏中迷路的小男孩，那里，
十六世纪和蔼的门户
在宁静中开启，或是，边缘

镶嵌着小兽的浅井
置身于可怜的草地上，
某个岔路口或被遗忘的歌曲中。

孤独的市政厅广场在小丘之巅
敞开自己，低矮的墙壁外面，
在房屋与房屋之间，以及与一棵

大栗树的绿色之间，看得到
山谷的空间：但看不到山谷。
一座天蓝色的空间，或者说，方才还是

苍白的，在晃动……然而，道路在继续，
超越了那座悬浮在亚平宁
苍穹中，熟悉的广场：

稍稍下降到半山腰，深入
更为狭窄的房屋当中：再往下
——当巴洛克式的房屋变得稀少——

于是，山谷显现出来——还有荒原。
距离拐弯的地方仅
几步之遥，道路已伸展于

裸露、陡峭和卷曲的
草坪之间。左手边，对面的斜坡上，
教堂看起来几乎倒掉了，

它沿着塌陷被消除的
疤痕，在满满当当的壁画，蓝色的，
红色的壁画，后殿，涡形装饰中

站立起来——从那里，只有它，
巨大的贝壳，向天空
保持着敞开的姿态。

那里，从山谷以外，从荒野，
吹起一阵风，轻微，绝望
使甜美的皮肤开始燃烧……

就像是从刚刚打湿的
田地或河岸发出的气味，
在天气晴朗的初日，

吹向城市的上空：而你
并不认识它们，但几乎
后悔到发狂，你试着了解

它们是否来自霜上燃起的火焰，
或来自丢失在某个
被美丽的朝阳晒得发暖的

谷仓里的葡萄或枇杷果。
我高兴地大喊，肺深深地
被空气所刺痛，

目睹空旷的山谷，
我如同在呼吸着一阵畅快或一缕阳光

V

一丝宁静就足以显露

内心清晰的

痛苦，恰如晴空下的

海底。无须尝试，

你就能辨别出，恶在

那里，在你的床上，胸口，大腿和

放松的双脚上，就像一个

耶稣受难的苦象——或者，像喝醉的

诺亚，天真地意识不到

儿子们的快乐，梦见

在他身上，坚强者，纯洁者，在嬉戏……

如今，日子上了你的身，

就像一头狮子睡在房间里。

经由何种路途，心方能使自己变得

充实，完美，即便在这种

至福与痛苦的混合中？

一丝宁静……在你心里重新唤醒的
乃是战争，是上帝。激情才刚刚
开始扩张，新创的伤口才刚刚

开始愈合，你已经在滥用
你的灵魂，在一切付诸东流的
梦境行动中，似乎花得

精光……看哪，如果点燃
希望的话——伏特加臭烘烘的
老狮子，赫鲁晓夫就要

从他被冒犯的苏联向世界报复——
瞧，你意识到自己在做梦。
你所有的激情，所有

你内在的折磨，所有
你不存在的单纯的羞耻，
都似乎在宁静快乐的八月

燃烧着——在感觉中——

迎着世界更新之点。
相反，那股新风

又将你逐回原处，那是所有的风
偃旗息鼓之地：那儿，一个重生的
肿瘤，你会发现

爱陈旧的熔炉，
意义，恐惧和欢乐。
光恰在那

半昏半醒中……而纯洁
就在那童婴、动物或天真浪子的
无意识中……最狂飙的

英勇乃是在那逃离中，最神圣的
感觉在那消耗于清晨梦境的
人类低级的行为中。

VI

在清晨太阳慵懒的

激情中——而今，它掠过
工地，又在暖和的窗棂上

重新燃烧，——绝望的
振动刮擦着寂静
它狂热地意识到隔夜的牛奶，

空荡荡的广场和清白。
至少从七点开始，那股颤动就已
随着太阳而加剧。十几名

老年工人状况堪忧，
身着破旧的衣服和汗水灼烧过的
背心，声音寥落，

他们反对污泥横淤街道，
反对泥石流的斗争，
似乎也在那颤动中溃败了。

但是，在挖掘机铲斗执拗的
爆裂声中，它盲目地肢解，盲目地
捣碎，盲目地抓取，

似乎从无目的，

一声突如其来的号叫，人性的号叫，

传来，断续地重复，

如此发疯似的疼痛，人性的疼痛，

似乎立刻遁于无形，重新变成

呆滞的刺耳的声音。而后，慢慢地，

在强烈的光线中，在令人眼花缭乱、崭新的、

整齐划一的大楼间，

唯有垂死之人方能发出的号叫复活了，

它会在最后一刻，抛入

依然残酷照耀的阳光里，

阳光已被少量的海洋空气所软化……

衰老的挖掘机在哭泣，

在成年累月清晨的汗水中

肝肠欲断——一大群沉默而

蹩脚的雕刻师

陪伴着它：一起翻天覆地

挖出新土方，或者，在二十世纪

地平线上短暂的边界内，

蹂躏整个小区……是城市，

沉浸在节日的亮光中，

——是世界。有终又有始者

在哭泣。那原来是

一片草地，开放的空地，后来

变成了院子，洁白如蜡，

封闭在某种装饰里，那装饰乃是怨恨；

那原来是古老的集市，

有着阳光下歪斜的新涂的灰泥

现在变成了新的城市街区，熙熙攘攘

置身于一种了无生气的痛苦的秩序。

那经历变迁的在哭泣，即便是为了

变得更好。未来的光明

永远也不会停止对我们的

伤害：在这里，它灼烧着

我们每日的行为，

即使在赋予我们生命的信任中，

在面对这些工人戈贝蒂式的

激情中，也让人感到痛苦，他们在开辟出

人类另一条战线的街区，沉默地举起

他们希望的红色破布。

1956 年

叙事 [1]

老蒙特韦尔德区 [2] 在阳光下曾是多么新颖！
我以受伤的手为镜，

好看看周围生气勃勃的大街小巷和山上的街道
它的旧生活里的新人。

我热烈而颤抖地来到广场，
因那霜冻和阳光共同簇拥着令人眼花缭乱的街区

它们以无声和迷狂的喧闹使一切发白。
社区富有，但平民的欢乐却

以模糊、猛烈的声音侵入
地下室和阁楼，伙计、女佣和

1　本诗的标题，帕索里尼用了一个法语词：Récit，意为"叙事""故事"，
旧的用法也有"独奏曲""宣叙调"之意。
2　蒙特韦尔德区分为两部分，一部分叫老蒙特韦尔德（Monteverde
Vecchio），主要是 20 世纪初的豪华别墅区；一部分叫新蒙特韦尔德
（Monteverde Nuovo），大部分由半高层的建筑组成，建于 20 世纪下半叶，
拥有大量中产阶级人口。

工人欢乐和强烈的歌声

在白色的脚手架和白色的垃圾间迷了路。

怎能感觉不到，心灵与生活

既不同又合二为一，既是寒冰也是阳光？

怎能感觉不到，羞辱和赤裸

也是对世界的纯粹感激之情？

朋友在空荡荡的广场的日光下

等候我，如同不确定之物……噢，我仓促的步伐

是何等盲目，我轻松的奔跑是何等盲目。

清晨的光亮曾是黄昏的光亮：

我立刻告诫自己[1]。他眼中的褐色

分外鲜明，带着虚假的快乐……

他急切而温和地告诉我消息。

人性的不公，阿蒂利奥[2]，却是最人性的

---

1 这里，帕索里尼使用了威尼托地区的方言：subito me ne avvidi，相
当于意大利语的：subito me ne avvisai（我立刻告诫自己）。

2 阿蒂利奥·贝托鲁奇（Attilio Bertolucci，1911—2000），意大利诗人、
作家，曾获塞维阿雷乔文学奖。电影导演贝纳尔多·贝托鲁奇（Bernardo
Bertolucci）和朱塞佩·贝托鲁奇（Giuseppe Bertolucci）的父亲。1953—
1964年，帕索里尼一直生活在蒙特韦尔德区，距阿蒂利奥的家不远，二
人结下了深厚的友谊。

如果在伤害我之前已光顾过你，
而造就一日之黄昏的痛苦的

最初的运动，就是你的痛苦。
与此同时，在凉爽的阳光下，一切一如既往。

确实，正午宁静的金黄
似乎使周围的一切变得永恒。

我独自重临：眼睛追随着巴士
和他一起消逝，空气中，任何釉

荡然无存，空气中，唯有空气，
人们生活于空气中，无知而痛苦，

每一天无声地吞食生活，
空气令人反感或甜蜜，快乐或敌意。

对于方才走在不同海岸上的人来说，
刚刚，每一声欢快的叫喊该是多么的奇怪。

在偏僻的道路上，在阳光下，透过毛衣或
碎布隐约闪现的，抖动的羞红，

乃是一只毫无戒心的动物，被驱逐，被追捕。
自受伤的胸口滴落的鲜血。

与此同时，最新被创造的日子
为街区镀上了清晨太阳甜蜜冰冻的

金色，太阳被从那使世界金光灿灿的
最古老的日子的深处唤醒。

叫卖蔬菜水果的小贩，如何顶着日头，
推着沉重的小车走过稍显泥泞的路面；

刮脸的伙计，吹起爱的口哨，
站上踏板，唱着：Anema e core[1]

从阳光灿烂的工地到阳光灿烂的土方，
整个蒙特韦尔德都在锤子的敲击声中震颤。

但这只是受尽屈辱者的热情：
只有一个繁忙的城市在它的光线里

---

1 《Anema e core》，源自那不勒斯的流行歌曲，原文为那不勒斯方言，意为"全心全意"。1950 年由意大利著名男高音歌唱家蒂托·斯基帕（Tito Schipa）率先介绍给听众。

散播着和平，如同一段纯粹的时光，
甘愿被战胜，任黑暗麇集。

南方的腔调，老年人的笑声
有着历史所无法听到的喧闹：

一身破衣服闪动得更加鲜活，一道目光
在阳光下将更加死气沉沉的大自然重新点燃。

瞧，这是我的家，在清晨的心脏地带
在芳台雅纳街海边的光芒里：

我的书房，毫不设防，昧于希望，
驱散我剩余的最后的犹豫。

我走进书房，闭门不出，沉默，黯淡，犹如
一个被吊死的人，只留下他的身体和名字。

切开血管的太阳刺目的油滴
多么甜蜜地滴落我的房间！

啊，我知道，母狗，以它们的吠叫，
懵懂地唤醒了被遗忘的上帝：

我感到我的存在，我记得从前的样子，
从他[1]出其不意的一瞥中看得出。

但即使是最单纯的人，鲜血也会在
受伤的胸部发黑，即使是最温和的人

痛苦也会在他惊愕的眼睛里发黑。
一个时代越是柔情，心肠就越是冷酷。

而且他深谙那些而今拒绝激动者的
冰冷、冷漠、沉默和令人沮丧的

厌恶，在它们下面，隐藏着
他真正的感情孤独的暴力。

无辜的他，沉默地垂下目光，好引起
罪犯们的公愤，或颤抖着据理力争

——严厉的蔑视和令人恐惧的笑声
使他衰老而幼稚的脸庞变得混乱——

粗野而挑剔，难看而精致。

1　这里的"他"（Lui）为大写，指前面提到的"上帝"。

而如果这是骄傲，这便是惩罚。

谁在无所经历中变得不洁
也就在绝望和黑暗的经历中无所经历。

哦，太阳用复活节的曙光淹没
我可怜的房间，灼烧着我的心。

在温热的浪潮中，你雨点般从天而降
使这内里散发出纯净而轻盈的真相，

婊子们的尖叫，愚笨、哽咽
承诺轻视，绝望和死亡……

可是，为什么要强迫我去仇恨？我
几乎已为我的邪恶，我的与众不同

向这个世界表示感激——也为了被仇恨——
尽管我只知道爱、忠诚和悲伤？

那些二十年来因胸中的激情
窒息而死的人们，已不再存活于世，

因为他们是世界的敌人，他们

受到伤害，因为他们是国家所有的悲伤和快乐

行为，所有的惩罚或庆典的局外人。

对于被排除在外的人，越是不知情，就越是诚实？

那些二十年来，在不育的仇恨中

怀着如此多产的、炽热的心灵活着的人们？

瞧，那边，在那芬芳的阳光后面，

在土方工程和脚手架之间，一处裸露如

地狱的市郊闪烁着油浸的光辉，

一条河流经梯田，紧贴着乡村憔悴的

屏障，在它弥漫的大火中，

珀莫里奥[1] 从起重机之间吹起了橙黄色的大火；

在崩塌的、破败的房屋，某个腐朽的果园

以及成排的、已在清晨衰老的工地之间，

1　珀莫里奥（Permolio），位于罗马市郊的一座炼油厂，始建于 1927 年，1946 年起更名为"珀莫里奥"，1951 年更名为"布尔费纳"（Purfina），1964 年更名为罗马炼油厂。

吞噬费罗·贝顿[1]那吞噬性的垒墙。
几乎是快乐的，的确如此，以它们

在炎热的沥青街道上的命运，朝向工棚
草地、伙计、工人、女佣、失业者

挤满了最新受造的日子
为恬静冰冷的社区镀上一层晨晖的

金色，从那为世界镀金的
最古老的日子的深处复燃……

不过，我很清楚！在那日光下，
在欢乐的街区，倘若狗痛苦的狂吠令人焦躁不安，

预示着死亡的危险，着魔一般下流地
攻击那些因与众不同而背叛的人，他们，

在甜过头的空气中，在人类的天真中
不过是我良心的使者。

1956 年

---

1 拉·费罗－贝顿（la Ferro-Beton），罗马一座生产钢筋混凝土的公司，
位于蒙特韦尔德区奥林匹亚夫人路（Via di Donna Olimpia）附近。

一场诗歌论战

在肮脏的照片中，在热闹的科佩德[1]

尘世的和法西斯主义的大理石

微光中，正午近乎黑天，

无色的，近乎向罗马进军前夕[2]的

玩世不恭的法西斯分子废弃的

粗呢军服，他们已不复初出茅庐；

被遮盖的太阳犹如躺卧在

油脂，复写纸，三轮车黑色

车底的震动，以及红绿灯前

喘着粗气的无轨电车的轮胎

1　科佩德（Coppedè），罗马的一座街区，距市中心不远，与玛格丽特
皇后大道（Viale Regina Margherita）毗邻，建造于 1919—1927 年。其
名称源自意大利建筑师、新艺术运动的代表人物吉诺·科佩德（Gino
Coppedè）。
2　"向罗马进军前夕"（antemarcia），历史背景是，墨索里尼因不满
法西斯党在 1921 年的意大利国会选举中，在总共 535 个席位中只取得
105 个议席，从而于 1922 年 10 月号召三万名支持者进入首都罗马。此
举令当时的意大利国王伊曼纽尔三世成功任命墨索里尼为首相。"向罗
马进军"从而成为近代史的一件大事，它标志着法西斯主义的崛起。

以微弱的压力缓缓下降

所扬起的灰尘形成的

面纱里，红灯是对黑手党或

神经衰弱的狂热：绿灯亮起，

它在闷热中拐向十一月四号街 [1]……

黄昏降临，但依然遥不可及：

如同一场暴风雨，突然间

使云层变厚，而后慢慢

散开——在天空中

抛弃了它暴力的威胁。

发白的太阳使它的光线

更为强烈，每条街道，每个广场，

几乎寂静无声地聚集着

人的喧嚣，只有人山人海、种族。

"这是混乱的时刻，我们活着却如同

---

1 十一月四号街（Via Quattro Novembre），罗马的一条街，从圣使徒
广场（Piazza Santi Apostoli）通往国民街（Via Nazionale），终于大那不
勒斯小广场（Largo Magnanapoli），横穿蒙蒂和特雷维两个区。

迷失在时间中……", 你曾对我喃喃自语,
痛苦, 十年来置身其中的

幻想令你幻灭, 如此显明,
以至于世界和心灵之间几乎是一首田园诗:
而你的疲倦——有点庸俗——

生着一副南方移民中长子的
鬼脸, 他们在可怜的外来者
天真的教条主义者紧皱的眉头

后面流露出饥饿和胆怯。
你希望自己的生活是
一场战争。瞧, 而今, 它

在停车线上, 这不, 没有风,
红色的旗帜落了下来。你
四十来岁, 有着年轻人的

——就像那些从未熄灭过
旧有的热情之人——微笑和姿态。
而在热情熄灭后, 你退回到父辈身边,

你专注于我，以朋友热情

冲动的亲密，以绝非徒劳的，

无意识的谦逊的算计。

而我……我屈服：我只能像往常一样

变得充满激情：疯狂，

我为什么应该保持沉默，而不是招致批评，

不承认我是男孩子，

仍然，永远缺乏自卫能力；

激情并不总是那么优雅。

我知道，通常，我所具有的，

我就以闪电对于镁的燃烧

并无二致的行动去表达。

我以我毫无经验的眼睛凝视，

我疼痛难当地变成了专家——谦虚的

摄影师，呆滞的夜晚

在德行一动不动的海市蜃楼后面跳动——

世界无用、偏僻的

角落，伴随着尖叫，灯光，

在生活最黑暗的市场

出卖自己男人的话语。

在一座敌意的城市，我曾把

欢乐无声的证书带回内心。

这座城市的夜晚广大

而不幸：骨瘦如柴的光线

上千次的呼吸在青春密集的队列上，

在马达的洪流，在颤动的小饭馆

和了无生气的摩天大楼之间黑暗角落的

湖面上闪烁着光芒。可是，在内心，

一千个行为的每一个都是相同的。

一千种欢乐，每一个都是痛苦。

受压迫和无意识的人民哑口无言的

证明，被分割在地下室，破败的小屋，

一块块的土地中——性爱和恐惧

使无产阶级依附在泥泞的

街道上：但是，新的

道路——依然未知——对他而言，以贪婪

和犬儒主义为标志，灵魂泛滥着
历史的饥饿。昨天的战斗计划
已显得陈旧，最新鲜的

海报在墙上散成碎片。
得以了解事物发光原理的装置
在任何一个夜晚都会发生变化。

而生命更加鲜活地重现：一种迹象，
表明某种东西，在曾经活过的人身上，死了。
它在无止境的设计中

行进：但是，你们的痛苦，
该是最纯粹的痛苦，不再处于
第一线，倘若在错误，

即使是十足的错误，获得补偿的那一刻，
你们就有力量告诉自己有罪。
但是，在伟大而短暂的十年里，

战斗结束的烙印对你们来说
太深了：你们，正义的
仆人，希望的杠杆，

已习惯于羞辱人心和

良知的必要行为。

对于做作的沉默，精打细算的

言语，毫无憎恨的

中伤，没有爱的颂扬；

对于审慎的残酷

和喧嚣的伪善。

你们，为所做的事情蒙蔽了双眼，

不是在人民的心中为人民服务，

而是在人民的旗帜中：你忘记了

他们必在每一个机构

流血，因为神话不复存在，

我继续创造的痛苦。

像其他路途中的伙伴一样，

一项行动不可思议的严密

总是与想法旗鼓相当，我不向你们祈求：

就连这个，也要不动感情地付出代价。谁因

害怕走在自己的路上

而疯狂，害怕以天真的
回报，以人道主义的无力的爱，
以向善的恐惧向人民

表白——那就并不疯狂。是我
把你们推向错误，推向宗教的
错误……在依然闷热的

秋日正午的红色阳光中，
在死亡的气氛中，你们的聚会
重新开始。喊喳声可怜而

具有煽动性。在一个虚假鲜艳的
环里，在冰冷的躯干
和纯洁的表面散布着

十年的泛黄胆识。
上百间简陋的小屋——那里，人们
越是谦卑地喜欢

那玩世不恭地显现出来的不合时宜的
平民主义美德，它就越是，
被高高地举上——

悲惨的驼峰，格洛里别墅 [1]

潮湿的山坡，使奄奄一息的夏日里

春天的空气充满

随波逐流的古老喧嚣的

民间节日……成千上万的成员

雨点般来自被排斥和被蔑视者的城区，

发起攻击，安营扎寨，人多势众，

勇敢无畏。动作轻快的年轻人

身穿节日的服装，缎带和

手帕四处挥舞，墨西哥大草帽

下面，期待的喜悦令人发狂，

红彤彤的如同鲜血，在开阔的空地

和树木之间，人们一队队无序地

移动，或三五成群，或独自一人，

以他们无耻的慷慨，

1　格洛里别墅（Villa Glori），一座位于罗马市内、面积达二十五万平方米的城市公园，也被称为阵亡将士陵园（Parco della Rimembranza）。其历史可追溯至古罗马时期，但是，与古罗马时期众多的郊区别墅有所不同，格洛里别墅最初是一片作为葡萄园和狩猎之用的乡村空地，其最古老的建筑仅是些简单的坚固农舍（casale）。

嚼着美式口香糖。

男人们，已迷失于堕落的、

像痛苦一样隐藏着的酗酒之中

的男人，带着他们的家人，紧紧地

围绕着午后的点心筐，

似乎指引他们登向可怜的巅峰……

在山顶，被闪闪发光的

半个天空毫无热量的大火

融为一体的帐篷下面，

舞台，空空如也。没有比这

造作的聚会更令人锥心的了。

在最响亮的叫声中，深深的

寂静浮现。没有什么是

生动的：甚至连儿童拳击手

幼稚的打斗也不是，在这松林间

即兴发挥的舞台上，在小小的

拳击场上趾高气扬，面对公众的

叫喊，他们对讽刺与邪恶、

欢乐而无信的争吵照单全收。
然而，当傍晚最令人期待的
时刻临近时，死亡的

诱骗却让人激动
不已：但你仍然不知道
该承受更强烈的痛苦还是更强烈的

爱。突然间，在已变成紫色的空气中，
在被毁损的公园里，欢呼，
或溃败中的人群，迷失在

一道被遗忘的薄暮的阴影下
另一个生命，一望无际的军队的
沉默和喧嚣中。

如同一阵战栗，或一道盲目的回头浪
在山坡上，在寸草不生的草地，
棚屋之间无序的人群上空漫过，

从四散的乐队发出
和谐的乐声，黄铜在无名的
淤塞的河流中，在红色的毛衣和

徽章间闪闪发亮。
而且，瞧，一位犹豫不决的老头
从发白的头上摘下帽子，

在一阵新的狂飙般的激情中抓住
一面笔直的旗帜，放在
面前一个人的肩上，紧贴

胸口，而后，当所有人齐声
歌唱，彼此亲如兄弟般围绕在
黄色的乡间小号旁，老头直立着

叉开摇摇晃晃的双腿，与此同时，
把圣洁的旗帜摇过众人的
头顶，以一个贫穷的醉醺醺的

泥瓦工沙哑的声音唱将起来。
然后，欢快的歌声
响起，绝望的歌曲停止，老人

放下了旗帜，慢慢地，
眼里含着泪水，
将帽子重新戴在头上。

在熙来攘往的别墅里，淹没了

绝望的喜悦的黑暗，

也许，比早早降临的黑夜有着更多的

令人怀疑的阴影。是对昔日时光的

怀旧，对错误的恐惧，尽管已

消除，散发出对于凋谢的聚会

浓厚的忧愁——不是秋天的

空气或停息的雨水。

然而，生活就在此忧郁中。

1956 年

劳作之地 [1]

"劳作之地"而今已近在咫尺，

三三两两的水牛群，西红柿、

常春藤，和可怜的木桩子之间

几处扎堆的房子。

地面上，一条小溪不时

出现在满是葡萄藤和

榆树的枝丫间，黑黢黢的

像一条排水沟。里面，在空了一半的

疾驰的火车上，秋天的

寒冷笼罩着悲伤的木头，

湿透的破衣服：如果外面

是天堂，这里就是死者的

1　Terra di Lavoro（拉丁语：Liburia），意大利南部区域的历史名称，相当于现意大利从拉齐奥南部、坎帕尼亚北部到莫利塞的上西北边界和西部边界的广大地域。该名称源自更为古老的莱波里尼部落（Leborini），最初指意大利南部古老的利布里亚（Liburia），位于今坎帕尼亚大区卡塞塔省阿韦尔萨（Aversa）市以北区域。

王国，他们从痛苦向痛苦

穿越——毫无疑义。

长凳上，走廊里，

瞧，他们的下巴窝在胸前，

肩膀抵着背部，

嘴巴支着一小块油腻的

面包，他们吃相难看，

可怜、阴郁，像狗一样

咀嚼着偷来的一小口食物：如果

你打量他的眼睛，他的手，一道

令人怜惜的腮红就会升上他的颧骨，

灵魂在其中发现了敌人。

但即使是那些没有吃东西或没有

向身边专心致志的听众讲故事的人，

如果你打量他，他就会全神贯注地盯着你，

眼里，几乎含着恐惧，

告诉你他没做错

任何事，他都是无辜的。

来自枫迪[1]或阿韦尔萨的一位年轻女性

摇晃着怀里的、睡在小羔羊生命

深处的小宝贝，女人用像这世界

一般疲倦的话逗他

——要是他从睡梦中醒来，

说出的话该像新生的世界——

这位女士，如果你观察她，她一动不动

像一只假装死去的野兽；

她蜷缩在自己可怜的

衣服里，双眼茫然，聆听着

声音，那声音犹如心跳一般，

每时每刻都使人想起她的贫穷。

然后，她叹了口气，又重新晃起怀里的孩子，

她又瞎，又聋，甚至都没有意识到。

小脸黢黑犹如泥炭，

1　枫迪（Fondi），位于意大利拉齐奥大区拉蒂纳省（Latina）的一个小城，居于罗马和那不勒斯之间。在 20 世纪 50 年代，罗马到那不勒斯的高速公路修通之前，枫迪是罗马阿皮亚古道（Via Appia）上一个重要的定居点。

散发出羊圈无声的味道，

一个年轻人倚在窗户边上，

一个几乎不敢开门的

敌人，惹恼了他的邻居。

他怔怔地注视着山峦，天空，

双手插在口袋里，无赖模样的巴斯克帽

压在眼睛上：他看不见陌生人，

他什么也看不见，衣领因寒冷

而高高竖起，或者由于罪犯，

被遗弃的狗，那不可思议的狐疑。

潮湿令木头的古老气味

再度复活，油污的木头和烟熏的木头，

将它们与新的，人类草料

蓬勃的小小的喧闹混杂在一起。

现在，从紫罗兰色的田野中，

发出一道光，它发现了灵魂

而非肉体，在比光更尖锐的

眼中，它发现了灵魂的饥饿，

奴役和孤独。
充满世界的灵魂，
如同世界的历史忠实而

赤裸的影像，尽管它们在某个历史
而非我们的历史中沉没。
以别的世纪的生命，他们活在

这个世纪：他们在世上，向对世界
有意识的人展示自己，向一群
除了痛苦一无所知的人展示自己。

出于他们唯一的法则，他们一直是
奴性的仇恨和奴性的喜悦：然而
在他们的眼中，人们现在可以

读懂另一种饥饿的迹象——像对面包的
饥饿一样黑暗，而且，像那种
饥饿，是必需的。一道

被冠以希望之名的
纯净的阴影：几乎被人类重新
获得，救赎之光，

在它顺从的生物群之上，

看到了羞怯的南方。

但是现在，对于这些以暮光为标志的

灵魂而言，对于这座气馁的

旅客的宿营地而言，

突然间，所有内在的光明，所有

良知的举动，都恍如昨日之物。

今天，对于这位摇晃着怀中的小宝贝的

女士而言，对于这些面色黧黑

一无所知的农民而言，敌人就是那

在其他的母亲，在其他的受造物中，

因他们的自由获得拯救而

死去之人。敌人就是

在其他的奴隶，其他的农民中，

因他们那燃烧着的，即便是正义的

私生子的渴望而死去之人。

他的敌人就是如今

撕碎了凶手的红旗之人，

他的敌人就是，从白人凶手中，

忠诚地捍卫它之人。

他的敌人就是希望他们

投降的主人，和要求他们为

某种信仰而战的同伴，而今，这信仰

乃是对信仰的否定。他的敌人为了

古老民族的反抗而

感谢上帝，他的敌人就是

以新民族的名义

宽恕流血之人。就这样，

在一个血腥的日子里，世界

在一个似乎终结的时代得以复原：

洒落在这些灵魂上的光

依然是那古老的南方的光，

这片土地上的灵魂是陈旧的泥浆。

如果你在尘世，在你的内心衡量失望，

现在，你会感到，它并不会导致

新的枯燥无味，而是旧日的激情。

于是，你迷失在这光里，

突然，一阵雨水，掠过

红色的鼠尾草的土块，肮脏的房屋。

你迷失在古老的天堂，

天堂之外，一张天蓝色的面孔，

尽管是人类的面孔，朝向熔岩山脊，

地平线上，那不勒斯迷失在

灰色的唾液中，正午的

雷阵雨，侵入晴朗的天空，

一阵下在很远的地方，在拉齐奥的山上，

另一阵下在这片被遗弃的土地上

在肮脏的菜园，泥塘，

和城市般广阔的村庄。

雨水和阳光在一阵欢乐中

混合，或许，这种欢乐被保存

——像其他人的，而不再是我们的

历史片段——在这些

可怜的旅行者的心底：

活着，只是活着，在历史上
最伟大的生命的温暖中。
你在内心的天堂迷失了自己，

就连你的怜悯，也是他的敌人。

1956 年

第二辑
我的时代的宗教
1961 年

I 财富

(1955 年—1959 年)

罗马之夜

前往卡拉卡拉浴场

性爱，痛苦的安慰

我对财富的渴望

死亡的凯旋 [1]

坐上人们回家的无轨电车或

有轨电车，穿过罗马的街道，

你去往何方？匆忙，痴迷，犹如

一件需要耐心的工作在等待着你，

这个时辰，其他人放下工作，返回家中？

就在晚饭后，当风中

成千上万的厨房散发出

温暖的家庭贫困的味道，弥漫在

长长的灯火通明的街上，

对此，群星窥视得更加清晰。

在博尔盖赛区附近，每个人的内心

都对岁月静好心满意足，

即便是下流地，他们想在

1　在该组诗歌中，帕索里尼打破常规地将一组诗歌的题目集中罗列在起首的位置，读者可以根据诗歌的顺序来确定其与题目的对应关系。

自己存在的每个晚上都充满这种宁静。

啊——在一个罪孽深重的世界——

与众不同，并不意味着是无辜的。

走下去，沿着通向特拉斯泰韦雷的

昏暗曲折大道：

那里，城市静止不动，心烦意乱，仿佛

被从其他世纪的泥土中挖掘出来

——使那些向着死亡和痛苦又

挣扎了一天的人们可以享受到——

整个罗马都在你的脚下……

我迈步下行，穿过加里波第桥[1]，

沿着桥墩，鲜艳的梧桐树的

穹顶之上，在夜晚轻柔呼吸的

温暖中，指关节触碰着

石头被啃蚀的坚硬的

边缘。河对岸，连续的

灰白的平板，填满了

褪色的天空，铅灰色，扁平的，

暗黄色建筑物的阁楼。

1　加里波第桥（Ponte Garibaldi），罗马台伯河上的一座桥，始建于1888年，连接着雷戈拉区（Regola）的隆戈泰韦雷·德·钦齐（Lungotevere De'Cenci）河岸与特拉斯泰韦雷区的朱塞佩·乔阿奇诺·贝利广场（Piazza Giuseppe Gioachino Belli）。

我一边观瞧，一边穿过破烂的，

骨质的街道，更准确地说，是嗅着，

平淡无奇、醉醺醺的——点缀着

衰老的星辰和华而不实的窗户——

广阔而熟悉的城区：

风从拉齐奥的草原上接踵而来，

掠过铁轨和房屋的正面，散发出

肮脏难闻的气味，阴郁的，潮湿的

夏日为街区镀上一层金色，

天气闷热，气味如此密集，

以至于它本身成为空间，

下面，城墙：

逶迤，从苏布里齐桥 [1] 到贾尼科洛山，

恶臭混合着不是

生命的生命的狂喜。

穿过桥头的上了年纪的醉汉，

色衰的妓女，和成群结伙

误入歧途的顽童，是这里不洁的

迹象：受到人类感染的，

人类不洁的足迹，

1　苏布里齐桥（Ponte Sublicio），罗马台伯河上最古老的一座桥，约
建于前 642—前 617 年，为木桥，现已不复存在。现存的桥则建于 1918 年。

这些人，暴力而平静，在那里

述说着，他们无辜的卑微的

喜悦，他们的悲惨的目的地。

＊＊＊

他们前往卡拉卡拉浴场[1]，

年轻的朋友们，胯下骑着

鲁米或杜卡迪[2]，以男性的

腼腆和男性的下流，

裤缝的温暖褶皱

隐藏着冷漠，或显露出，

他们勃起的秘密……

波浪头，毛衣

朝气蓬勃的颜色，他们穿过

夜晚，在断续的

旋转木马上，入侵黑夜，

光芒四射的黑夜之主……

1　卡拉卡拉浴场（le Terme di Caracalla），为罗马城内第二大公共浴场
或温泉浴场，建于 212 年至 216 年之间卡拉卡拉皇帝统治时期。
2　鲁米（Rumi）、杜卡迪（Ducati），为意大利两大摩托车品牌。

他前往卡拉卡拉浴场，

胸膛挺得倍儿直，像走在亚平宁山脉

天然的斜坡上，羊肠小道间

散发着数百年来动物的气味，还有

柏柏尔人家乡虔诚的灰烬，这位十一岁

就迁居这里的牧羊人，戴着他那顶早已脏兮兮的

无赖般的、满是灰尘的贝雷帽，

双手插在口袋里，罗马式的笑容

顽皮而喜悦，鲜艳一如

红色鼠尾草，无花果和橄榄……

他前往卡拉卡拉浴场，

家里的老父亲，失业了，

凶猛的弗拉斯卡蒂[1] 已把他变成

一头蠢笨的野兽，一个神圣的傻瓜，

连带着他毁损的身体

那辆破车的底盘，变成一堆零件，

喘着粗气：衣服，一条麻袋，

兜着微驼的背，

1　弗拉斯卡蒂（Frascati），意大利中部罗马省拉丁区的一个小镇，位于罗马市东南二十公里处。靠近古城图斯库鲁姆（Tusculum）的阿尔巴诺之丘上。弗拉斯卡蒂风景秀丽，以众多的教宗别墅而闻名，且是几个国际科学实验室的所在地。此外，它还以盛产同名白葡萄酒而闻名遐迩，是一个历史和艺术中心。这里当借指葡萄酒。

两条大腿肯定已布满硬痂，

两条破裤子在下面晃来晃去

夹克的口袋鼓鼓囊囊地

塞满了脏乎乎的纸袋。满脸

堆笑：骨头在脸颊下，

咀嚼话语，咔嚓作响：

自言自语，然后停顿，

卷起旧烟头，

那所有年轻人曾经怒放过的

骨骸，就像某个盒子

或盆子里的一撮儿灰烬：

从未出生的人就不会死。

他们前往卡拉卡拉浴场

       * * *

性，痛苦的安慰！

妓女是一位女王，她的宝座

是一片废墟，她的疆土是

被粪土弄脏的草地，她的权杖是

一个泛着红色光泽的钱包：

她在夜里吠叫，肮脏而凶猛

像一位古老的母亲：捍卫着

自己的财产和她的生命。

周围，皮条客成群结队，

得意的，沮丧的，留着

布林迪西或斯拉夫式胡须，他们是

首脑，摄政王：他们

在黑暗中整合了一百里拉的生意，

不动声色地眨眼示意，交换

暗语：世界，被排除在外，在他们周围

缄默不语，世界，猛禽无声的腐肉互不相容。

但是，在世界的废料中，一个

新的世界诞生了：新的法律在

不再需要法律的地方诞生了；新的荣誉在

荣誉即耻辱的地方诞生了⋯⋯

权力和尊贵，在成片

野蛮的小屋中诞生，

在无数的地方，在你相信

城市将要穷尽之处，

它又重新开始，敌人，

从覆盖了整个地平线的

摩天大楼的海上风暴后面，

千百次，以桥梁和迷宫，以建筑工地
和土方工程，又重新开始。

在不费吹灰之力的爱中，
可怜虫觉得自己像个男人：
建立了对生活的信任，以至于
鄙视那些拥有另一种生活的人。
孩子们投身于冒险中，
在一个对他们，对他们的性怀有
恐惧的世界里安全地活着。
他们的怜悯在于无情的存在，
他们的力量在于无足轻重，
他们的希望在于没有希望。

* * *

我也动身前往卡拉卡拉浴场，
以我衰老的，以我
绝妙的思考的特权思考着⋯⋯
（在我内心思考的，依然是一个
迷失，虚弱，幼稚的神：
但是，他的声音如此人性化，

简直就是一首歌。）啊，挣脱

这个痛苦的监狱！摆脱使这些古老的

夜晚如此美妙的焦虑！

有些东西使了解焦虑和不了解焦虑的人

走在一起：人有卑微的欲望。

首先，一件洁白的衬衫！

首先，一双漂亮的鞋子，

几件正装！一栋房子，位于无须

疲于奔命的人士居住的街区，

一套单元房，在阳光最充足的一层，

带三四个房间，一个露台，

空置着，但要种上玫瑰和柠檬……

彻骨的孤独，我也梦想

停靠在坚固的世界，

穿过世界上方，似乎我只是一只眼睛……

我梦想，在贾尼科洛山上，有自己的房子，

面朝庞菲利别墅，绿色逶迤至海：

一个阁楼，洒满古老的阳光，

对罗马而言，它的新总是残酷的；

我会在露台，搭一扇玻璃门，

配上深色的窗帘，细帆布：

我会在角落里，放一张特制的

轻巧的桌子，以及上千个抽屉，

每个抽屉都有一份手稿，

这样就不会违背我的灵感中

贪婪的等级……

啊，我的工作，我的生活中，

微不足道的秩序，微不足道的甜蜜……

在桌子周围，我会放上几把椅子和扶手椅，

一张古董咖啡桌，几幅

残忍的矫饰主义者的古老画作，

镶着镀金的画框，挂在

心不在焉的玻璃门窗上……

在卧室（一张简单的

小床，脚下铺着卡拉布里亚

或撒丁岛妇女编织的花毯）

我会挂上我依然喜欢的

收藏的画作：在我的兹加纳[1]

旁边，我要挂上莫兰迪[2]的漂亮画作，

---

1 朱塞佩·兹加纳（Giuseppe Zigaina, 1924—2015），意大利新现实主义画家和作家。1946 年，兹加纳遇到了帕索里尼，两人从此建立牢固的艺术合作关系，包括绘制书籍插图，以演员和编剧的身份参与后者的电影拍摄。帕索里尼过世后，兹加纳曾出版了几本有关其艺术的书籍。
2 乔治·莫兰迪（Giorgio Morandi, 1890—1964），意大利著名画家。一生活动主要在其家乡城市博洛尼亚展开。1930—1956 年任教于博洛尼亚美术学院。他擅长静物画，画风受到意大利古典画派、基里科、塞尚和立体派的影响。莫兰迪被后世视为一位谜一样的大师。

一张马菲[1]的，四十厘米见方，一张德·皮西斯[2]的，

一张罗萨伊[3]的小作品，一张古图索[4]的大作品……

　　　　　* * *

一堆橙色的废墟，

被夜以深渊般凉爽的

色泽溅上了泥浆，浮石般轻盈的，

草状的堡垒的堆垛

升上天空：下面

更空了，卡拉卡拉浴场迎着灼热的

月亮在无草的草地上，

在捣碎的荆棘上展开静止不动的

棕色：在卡拉瓦乔式的灰尘柱廊，

和镁的扇形之间，一切都

蒸发了，变得微弱，

1　马里奥·马菲（Mario Mafai, 1902—1965），意大利画家。曾与妻子安东尼塔·拉斐尔（Antonietta Raphaël）创立了名为罗马画派（Scuola Romana）的现代艺术运动。

2　菲利普·德·皮西斯（Filippo De Pisis, 1896—1956），意大利画家、诗人，20世纪上半叶意大利绘画的主要代表人物之一。

3　奥托内·罗萨伊（Ottone Rosai, 1895—1957），意大利画家。

4　古图索（Renato Guttuso, 1911—1987），意大利画家、政治家，激烈的反法西斯主义者。在艺术领域，被视为社会现实主义的代表人物和意大利新现实主义的主将。1976—1983年曾在意大利政坛担任参议员。

田野里，月亮的小圆环

镌刻在彩虹般的烟雾中。

从那片辽阔的天空，沉闷的阴影中，

顾客们，来自普利亚或伦巴第的士兵，

或是来自特拉斯泰韦雷的儿童们，

形单影只，成群结队，凭空降落，

逗留在低矮的广场上，那里，女人们

干燥而轻盈，犹如傍晚空气中

抖动的破布，她们喊叫时，

脸色绯红——有脏兮兮的

小女孩，有清白的老太太，还有

母亲：在附近，城市的中心地带，

城市以电车的刮擦声，纠结的灯光

施加压力，她们在该隐环 [1] 中，

卷起灰尘仆仆的僵硬的长裤，

她们一时兴起，不顾一切地

在垃圾和苍白的露珠上奔跑。

---

1 参见但丁《神曲·地狱篇》第二十一章地狱第九圈所提到的"该隐环"。

晚上继续在圣米凯莱[1]

罗马的流氓无产者对财富的渴望

"新事物"电影院上映《罗马，不设防的城市》[2]

这卑鄙和苦难的

目击者和参与者，我沿着

珊瑚色的桥墩回返，

心跳收缩—不顾一切的

对于知识的渴望，对于理解的焦虑，

在生命中永无止境

即使生命，无论多么疯狂，

却旧病复发地单调，重新陷入

堕落和盲目感受的恶习……

仿佛罗马或世界在这古老的

夜晚开始，在这千年的

气味中，我漫步在峭壁上

1　圣米凯莱（San Michele），位于罗马的一条街，靠近台伯河沿岸的利帕大码头（Porto di Ripa Grande）和波特塞门（Porta Portese）。
2　《罗马，不设防的城市》（*Roma citta'aperta*），由意大利导演罗西里尼（Roberto Rossellini，1906—1977）执导，1945 年 10 月 8 日首映，曾获第 1 届戛纳国际电影节金棕榈奖、获第 19 届奥斯卡金像奖最佳编剧提名，被视为意大利新现实主义电影的开山之作。

粗野的台伯河在肮脏的

宿舍和高傲的红砖居民区

之间伸展，广场被灯光

压缩成一座废弃的教堂，

而今改为仓库的某个巴洛克式的

蜡质的涡形装饰，黑漆漆的巷子里，

灰尘、月亮、暮年、渎神

覆盖着白色—软骨

使脚下的路面发出声响。

我走上圣米凯莱街，穿过低矮的，

近乎炮台的城墙，月亮在颗粒状的

广场上发出辉光，犹如照在

老旧的砾石上，露台上

一株康乃馨隐约可见，

或者一束芸香，穿着睡袍的女孩子

在为它们浇水：而寂静的空气

传递着囚犯们的声音

在大门醒目如洞的凝灰岩墙壁

和偏斜的竖框窗户之间。但是，

男性自得的叫喊声仍然在柔和地回荡

他们看完头场演出，打道回府，背心

和短袖薄线衣在狭窄而衣冠不整的

生活上方飘扬……在房子下面的

小广场上，他们停下来，聚在已空荡荡的

咖啡馆周围，或者，在那边，在成排的

无声的锈迹斑斑的卡车或手推车之间，

月亮变得更加明亮，巷子，

斜敞着口，变得更加幽暗——或者说，

它的微光勉强遮得住自己，几面肿胀的墙壁，

用剃掉骨头的、像海绵般轻盈的

石头砌成，镶嵌着圆花窗和砌琢石；

在这个墨西哥式的街区，天空

映照出它被忽略的魅力，

晚上，吵闹而卑微的

无产阶级在聚会，他们的小屋上

散发出苹果皮一般新鲜的蒸汽。

* * *

我观察他们，这些人，带给

我另一种生活：历史的

果实如此不同，这里，在罗马最后的

历史形式中，几乎重新见到了

兄弟。我观察他们：所有人

仿佛牧马人的神情，睡觉时

手握佩刀：在他们生命的汁液中，

弥漫着浓烈的黑暗，

贝利[1]的教皇黄疸，

不是紫色的，而是暗淡的胡椒色，

暴躁的红砖色。下面的内衣

精细、肮脏；眼中充满讽刺，

流露出他潮湿，殷红，

不雅的灼烧。傍晚似乎将他们

暴露在僻静之所，暴露在

由小巷，矮墙，门廊和消失

在寂静中的小窗户组成的保留地。

他们首要的激情，当然

是对财富的渴望：肮脏的

渴望隐藏着，犹如他们未洗的

四肢，又一道儿赤条条的，

毫无羞耻：就像飞翔的

猛禽，一声不响地预感到

口中的美味，狼，或是蜘蛛；

他们像吉卜赛人，雇佣兵，

妓女一般渴望金钱：如果囊中羞涩，

他们就心生抱怨，使用卑劣的

1　贝利，或指 Giuseppe Francesco Antonio Maria Gioachino Raimondo Belli（1791—1863），意大利诗人，以其罗马方言十四行诗而闻名。

奉承得到它，如果口袋里

鼓鼓囊囊他们就表现出普劳提安[1]式的自得。

如果他们工作——诸如恃强凌弱的屠夫，

野蛮的擦鞋工，古怪的售货员，

无赖的电车售票员，发育不良的流动商贩，

狗一样的小工——碰巧

他们无一例外地具有盗贼的气息：

他们的静脉里，太多祖传的花招——

他们从母亲的子宫出来，

重返人行道或史前的

草地，在一本希望他们在每个故事中

都被忽略的户口登记簿上注册……

因此，他们对财富的渴望

如此像匪徒，像贵族。

跟我如出一辙。每个人都想

赢得痛苦的赌注，面带王者般的

冷笑，自言自语："搞定！"……

我们的希望同样难以释怀：

对我而言，是唯美主义的，对他们，则是无政府主义的。

感觉的同一个圣职等级

1　普劳提安（Titus Maccius Plautus，约前 254—前 184），古罗马剧作家，其喜剧作品是拉丁文学中幸存下来的最早的完整作品。

既属于高雅之士，也属于

流氓无产者：在一个除了性和内心

再无其他出路，除了感官

再无其他深度的世界上，

他们双双居于历史之外。

在那里，快乐是快乐，痛苦是痛苦。

* * *

心遭到何等的击打，当我在一张破损的

海报上……我移步近前，看到颜色

已来自另一时间，女主人公有着

温暖的鹅蛋形脸，可怜的，

不透明的招贴上英雄般的苍白。

我旋即进入：被里面的喧嚣所震撼，

下定决心在记忆中颤抖，

以完成我行为的荣耀。

我进入放映场地，观看最后一个节目，

毫无生气，灰色的人群，

亲戚，朋友，散落在长椅上，

迷失在清晰的白色圆圈的

阴影里，在凉爽的正厅后排……

立刻，在第一组镜头中，

我不知所措，被劫持……心跳

间断[1]。我置身于幽暗的

记忆街头，在神秘的

房间里，化身另一个人的身体，

过去的泪水浸湿了他……

但是，从久已习惯的行家里手的角度

我并没有失去思路：瞧……卡西里纳大道[2]，

罗西里尼[3]的城市大门

向着它悲伤地敞开……

这是新现实主义史诗般的风景，

电报线，鹅卵石，松树，

斑驳的矮墙，迷失在日常事务中的

神秘人群，纳粹统治的阴郁形式……

现在，麦兰妮[4]的尖叫，几乎是个标志

---

1 心跳间断，原文为法语：l'intermittence du cœur。

2 卡西里纳大道（Via Casilina），联结拉齐奥和坎帕尼亚（Campania）
的中世纪大道，从罗马一直延伸到今天的卡普阿（Capua）。由两条古老
的罗马大道：拉蒂纳大道（Via Latina）和拉比卡纳大道（Via Labicana）
重合而成。

3 罗西里尼（Roberto Rosselini, 1907—1977），意大利著名电影导演。
父亲和祖父均为著名建筑家。代表作有《罗马，不设防的城市》《德意
志零年》《罗维雷将军》等。1950—1958年与著名演员英格丽·褒曼有
过一段婚姻。

4 安娜·麦兰妮（Anna Magnani, 1908—1973），出生于埃及。早年
曾在罗马夜总会当歌女，1945年，因出演《罗马，不设防的城市》而
一举成名。1955年凭借在电影《玫瑰文身》（La rosa tatuata）中的表演
而获得奥斯卡最佳女主角奖。

在她蓬乱的头发下面，

叫声在绝望的全景中回荡，

在她生动而沉默的眼神中，

悲剧感加重了。

这里，此时此刻分崩离析，

残缺不全，吟游诗人的歌声震耳欲聋。

感性教育
反抗与光明
眼泪

我是谁？而今，在这部电影如此
悲伤地令人追忆起时间之外的
时间里，我的当下意味着什么？
眼下我对之尚无计可施，但我
迟早要穷追到底
直到得到最终的缓解……
我知道：我刚刚被分娩到一个世界，
在这个世界上，一种青春的奉献精神
——像他的母亲一样美好，冒失，
勇敢，不可思议地
羞涩，对一切非理想主义的
共谋置之不理——那是丑闻
令人泄气的标志，可笑的
神圣。它注定会
成为一种恶习：因为年龄会腐蚀
柔顺，对自我的天资产生
悲哀的执着。如果我在对

世界的爱中，重新发现一种

伤心的纯洁，我所拥有的，

不过是爱，赤裸裸的爱，没有

未来。太多的东西迷失在世界的

低语中，太多的东西弥漫在一种

纯粹的悲伤，卓别林式的

微笑的苦涩中……

那是一种投降。参与式的、热烈的——和

不活跃的沉思那卑微的狂喜。

在恶中，重新卑微地发现其他人

快乐地停留：现实，

他们生活的天堂，悲惨的、

喜笑颜开的所在，在欢快的

溪流奔涌的河岸上，在发光的

山口，在古老的饥饿

压迫的土地上……

一种宏伟的感觉，这种感觉

在我们每日最细微的行为上

折磨着我：感谢他们完好无损地重现，

使我得以幸存，饱含着

发霉的泪水……

*　*　*

这不是爱。可是，如果我的感情

不能成为爱情，那多大程度上是

我的错？很大程度上，我得

承认，即使我能日复一日地

生活在一种疯狂的纯洁，一种

盲目的爱中……

引发温柔的丑闻。但是，意义的暴力，

智力的暴力已困扰我多年，

而那是唯一的道路。起初，

在我的周围，只有既定的

欺骗，和应有的幻想的

语言：这并不能表达

一个小孩子最初的渴望，他已经

被玷污的，降生为人之前的激情。而后，

在青春期，我开始了解我的国家，

当然那不是儿童生活的

快乐——在一个外省的家乡，然而，

对我而言，那是绝对的、英勇的——

无政府状态。在一个毫无纯洁可言的

省份，新生的、业已贫困的资产阶级当中，

欧洲，以学徒身份，使用着

最纯正的表达，第一次

出现在我面前，一个失去

信仰的垂死的阶级

以疯狂和拓扑的优雅

进行补偿：以便语言

下流的清晰度突显

非存在的意志，无意识，

和继续享有特权和自由的

自觉的意志，

对恩典而言，它们无一例外地属于风格。

　　　* * *

就这样，我来到抵抗运动的时代

除了风格我一无所知：

风格全是光明，刻骨铭心的

阳光。它永远也不会枯萎，

哪怕是一瞬，哪怕当

欧洲在最致命的前夜颤抖。

我们把家什放在推车上，从

卡萨尔萨，逃到一座迷途在灌溉渠和

葡萄树之间的偏僻村庄：那是纯净的光明。

三月，一个安静的早晨，

我的弟弟，坐着火车，秘密地离开了

书里夹着一把手枪：那是纯净的光明。

他在山上生活了很长一段时间，

在弗留利平原阴郁的淡蓝色中

群山发出近乎天堂般的白光：那是纯净的光明。

从乡间小屋的阁楼上，母亲

总是拼命地注视着那些

已掌握命运的山脉：那是纯净的光明。

身边是几位做伴的农民，

受残酷法令的迫害，我过着

光荣的生活：那是纯净的光明。

死亡与自由的日子来临，被折磨的世界

重新在光明中认出自己……

那光明是正义的希望：

我不知道是哪种（光明）：正义。

这光明和其他的光明始终是相同的。

而后它发生转变：从光线变成了不确定的黎明，

黎明在弗留利的田野和灌溉渠上生长、扩展。

照亮了斗争中的雇农。

因此，新生的黎明是一道光

非风格的永恒性所可企及……

历史中的正义就是意识到

人类对财富的分配，

和希望有了新的光照。

* * *

瞧，那些被阳光充沛的图像的

残酷力量再造的时代：

那生命悲剧的光亮。

审判的墙壁，行刑的

草地：罗马郊区遥远的

幽灵，围成圈，

在裸露的光照中通体发白。

枪声；我们的死亡，我们的

劫后余生：幸存者，男孩们

在早晨苛刻的色彩中，走进

远处建筑物的光环。而我，

在今日剧院的正厅，我的肠子里

一条蛇在扭动：数不清的眼泪

从我全身每一个部位滴落，

从眼睛到指端，

从发根到胸前：

无止境的哭泣，因为，

在我明白之前，它已几乎先于

痛苦奔涌而出。

不知道为什么，当我瞥见那群男孩离开

走向一个未知的罗马严酷的光线，

我被倾盆的眼泪万箭穿心，

刚刚从死亡中露出面孔的罗马，

幸免于难，以全副动人的

喜悦，发出熠熠的白光：

在史诗般的战后，在值得

整整一生的短短数年，

光中充满了当下的命运。

我目睹他们走远：显然，

作为青少年，他们正走在充满

希望的道路上，在一片被洁白的

生命所吞噬的废墟中，

那生命在它的痛苦中，几乎是性，是神圣。

他们在光明中走远

使我如今在眼泪的边缘颤抖：

为什么？因为，在他们的未来

没有光明。因为，有的只是

这般疲倦的倒退，这般的黑暗。

而今，他们已长大成人：他们活过

被光芒所笼罩的腐败的

战后可怕的岁月，

他们围拢在我身边，可怜的人，

每时每刻的痛苦对他们都毫无用处，

时间的奴仆，在那段日子，

我们痛苦地惊觉，

我们赖以生存的

所有的光，只是一个梦，

无根，无实，如今是

孤独之泉，耻辱的泪水。

Ⅱ 我的时代的宗教

(1957 年—1959 年)

我的时代的宗教

接连发烧两日！足以

使我无法承受外部的世界，
尽管它刚刚自十月温暖的云朵
稍稍复苏，而今，它如此

现代——似乎，我已不再能
明白它——就像远处那两个人
在青春的曙光中，出现在道路尽头……

朴素，不起眼：然而他们
抹了头油，光鲜亮丽的头发
湿漉漉的——头油是从哥哥的

衣橱里偷来的；他们的帆布
休闲裤被奥斯蒂亚[1]的阳光

---

1 奥斯蒂亚（Ostia），位于第勒尼安海边的一座小镇，与菲乌米奇诺隔台伯河入海口相望，靠近古罗马港口，是罗马在第勒尼安海边唯一的辖区，著名的度假胜地。

和风所漂白，斜睨着孤独

千年的市民；然而在前额
金色的发绺上，在剑术上，
梳子的工作无情而老到。

自一栋建筑物的拐角，身姿
挺拔，但因爬坡而疲惫不堪。
消失在另一栋建筑物的拐角，

脚踝在他们身后失去了踪影。生活
似乎从来就没有存在过。
太阳，天空的色彩，敌意的

温和，自乌云复活的
阴沉的空气，又传递给万物，
一切似乎降临到我生存的某个

过往的时刻：博洛尼亚
或卡萨尔萨的神秘清晨，
像玫瑰一样痛苦而完美，

再次出现在这里，在男孩

心灰意冷的双眼所显现的光芒里，

除了迷路的艺术，他一无

所知，在他黑暗的挂毯中，他是明亮的。

而我从无罪过：我

纯洁得像一位年迈的圣徒，然而

我一无所有；令人绝望的

性的礼物，全都

烟消云散：我善良得

像一个疯子。我曾拥有的

过往，拜命运所赐，

唯有令人不快的空虚……

和安慰。我从窗台上，

附身，看着那两位在阳光下

轻快地走着；我就像一个幼童

为那不能独自拥有的东西，

也为那即将失去的而呜咽……

在那悲叹中，世界不过是

紫罗兰和草地的气味，而我的

母亲全都熟悉，在这样的春天……

气味因改变而颤抖，那里

悲伤即是甜蜜，在表达的

材料，语调中……疯狂

和真实的语言最熟悉的声音

我一出生就拥有，并在生活中纹丝不动。

* * *

迷恋消失了，化身

芳香的幽灵，弥漫

在光阴巨大而无声的光亮中，

当如此微弱的蓝色

点燃，它几乎是白色的，

在分散的噪音中，凝结为

自然的萧条无意义的

沉默，在午餐和劳动的

气味中，它们与林中漂泊的

微风混合，被埋葬在
第一道山丘最隐蔽，
或最明媚的角落——似乎是

其他时代的疲倦的冲动，而今在这个
时代成了幸运儿，渴望新的爱情。
从小我就梦想着这种呼吸，

已被太阳晒得温热而新鲜，
成片的树林，凯尔特
栎树，在灌木丛和光秃秃的

满脸通红的黑莓当中，几乎被专制的
秋日剥得精光——北方河流的
水湾，失明的荒芜，

那里，地衣散发出浓郁的味道，
新鲜而赤裸，就像复活节的紫罗兰……
那时，肉体没有束缚。

白昼色彩中的

甜蜜，即使在那痛苦中，
也有着些微的甜意。

野蛮家庭的青年，双眼
蒙着绷带，粗鲁，正直，
那家庭永在迁徙，穿过温顺的

树林，或洪水泛滥的地区
安慰着我小床上的
寂寞，人生之路上的孤独。

历史，教会，家庭的
变迁，就这样，仅仅是
依稀的芬芳的裸日

温暖着废弃的葡萄园
枯萎的灌木丛中几茎
干草，寥落的房舍在钟声中

昏昏欲睡……往昔岁月的
男孩，只有在人生中最美好的
时光，当春天填满胸膛时

他才活着，春梦和

自旧诗集中啜饮的形象

总是联袂而至

莎士比亚，托马塞奥 [1]，卡尔杜齐

一卷接一卷的诗集，

在无上的新奇中缄默地发烧……

使我所有的纤维颤抖为一根。

* * *

我想呐喊，却发不出声音；

我的宗教是一瓶香水。

瞧，它现在就在这里，那瓶香水

在世上，不变，未知，潮湿而

光芒四射：和我在这里，总是在

成功而无用的行为中迷失，谦卑而

---

1 尼科洛·托马塞奥（Niccolò Tommaseo，1802—1874），意大利语言学家、记者和散文家，曾编辑过八卷本的《意大利语言词典》（*Dizionario della Lingua Italiana*）等著作，被认为是意大利民族统一主义的先驱。

优雅，在无数的图像中溶解
毫发无损的意义……
在神秘的激情面前，我发觉

自己变得像小男孩一样柔和，
像过去一样粗野，目睹
眼前的两个男孩子，艰难的

泪水打湿了书页，
在烈日的灼热中，
他们迅捷而欢快地

消失在富有的郊区，在大海
无云的天空一览无余的露台下，
清晨的阳台，阁楼

已被傍晚的阳光染成金色……
像往常一样，生命的意义
又回到我身上，一种恶

倘若抵达甜蜜绝妙的顶峰，
就更加盲目。因为，对于一个男孩子
来说，似乎他从未独自拥有过的

也永远不会拥有。在那片绝望之

海，他体内疯狂的

梦想，相信必得以

疯狂的善良赎罪……

因此，如果发烧两天就

足以补偿，因为生活看起来

已迷失，而整个世界

在倒退（我的激动

唯有遗憾），当我在九月

硕大，缄默的太阳下奄奄一息，

我唯一知晓的，就是向世界发出永别……

然而，教会，我来到你的身边。

帕斯卡 [1] 和《希腊人民之歌》[2]

被我紧紧攥在滚烫的手中，仿佛

1　布莱士·帕斯卡（Blaise Pascal, 1623—1662），法国数学家、物理学家、哲学家、散文家。在数学领域有许多创见和成就，被同时代和后世视为不可多得的天才，著有《思想录》等经典著作。

2　*I Canti del Popolo Greco*，尼科洛·托马塞奥的著作，1943 年由埃诺迪出版社纳入"埃诺迪普及系列"（Collana Universale Einaudi）丛书出版。

一九四三的夏季，那些安静、耳背，

生活在乡镇、葡萄园和塔利亚门托河[1]的

河滩之间的农民的

秘密教仪，置身于地球和

天堂的中心；

在那里，喉咙，心脏和肚腹

沿着通往丰德河的遥远小径

奋力前行，耗尽了人间

最美好的时光，我青春的

全部光阴，在恋爱中

它的甜蜜仍然使我泪流满面……

在散乱的书本之间，几朵淡蓝色的

小花，和高粱中夹杂的青草，

洁白的青草，我将我

所有的纯真和鲜血归于基督。

在一个精心编织的，暧昧的，

1　塔利亚门托河（Tagliamento），位于意大利东北部的一条河流，从
阿尔卑斯山流向介于的里雅斯特和威尼斯之间的亚得里亚海。

震耳欲聋的阴谋中，鸟儿在尘埃中
吟唱，生存的猎物，

可怜的激情消失在桑树和
接骨木低矮的树梢：
我，像它们一样，在命中注定

留给单纯之人的、迷途者的
僻静的所在，我会等到
夜幕降临，周围闻得到

火，欢乐的痛苦那无声的气味，
天使在弹奏，蒙着
新的，农民式的奥秘

在那消耗殆尽的古老的奥秘中。

那是一阵短暂的激情。那些
享受着卡萨尔萨的夜晚的父与子，
他们是仆人，在我看来，

他们在宗教方面如此幼稚：
他们纯朴的喜悦是那些尽管拥有得

很少，却多少拥有些家当之人的阴郁；

我青春之爱的教堂
已死去数世纪之久，它仅仅活在
田野衰老，痛苦的

气息中。抵抗运动
以新的梦想扫掉了在基督内
联合的梦想，和它甜蜜

炽热的夜莺……在教会的
言语和行动中，人类
任何真正的激情都未曾

显现。相反，唯有那些对它而言的
新面孔有祸了！不要将内心
澎湃如漫溢的

焦切之爱的大海般的
种种纯真献给它。
那心怀生命的喜悦

试图服侍痛苦法则的人有祸了！

那怀着极度的悲痛，
献身于一项事业，只为捍卫

那教导世人听天由命的
残存的微弱信仰的人有祸了！
那相信理性的冲动必得

回应内心冲动的人有祸了！
那在灵魂中丈量自私平坦的
底部和悲悯被嘲弄的疯狂，

而不晓得自身可怜的人
有祸了！那些相信
历史在永恒的起点上，

——与其说出于信仰，不如说出于天真——
像梦中的太阳一样被打断的人
有祸了！他不晓得，教会

在捍卫其指定的财产，
和那战胜了人类的光明与黑暗的
可怕的、动物性忧郁方面，

是造物主在所有时代的继承人！

那不晓得基督教信仰乃是

所有特权，所有投降，

所有奴役的标志中的资产阶级

之人；不晓得罪

无非是因恐惧和贫瘠

而被憎恶，使日常确信

受损的恶行之人；不晓得教会

乃国家的冷酷之心的人，有祸了。

       ＊＊＊

贫穷，开朗的十四岁小家伙，

奥林匹亚夫人[1]的两个男孩子

可以虚掷自己的光阴，心中

充满不虔敬的激情，困惑中的

1　奥林匹亚夫人（Donna Olimpia），当指维特博·奥林匹亚·迈达奇尼（Viterbo Olypia Maidalchini），圣马丁·阿尔·西米诺（San Martino al Cimino）公主，教皇英诺森十世的嫂子和情人，她的同代人认为她对教皇的任命有着非同寻常的影响力。

清澈：他们能

被内心近乎

动物般的冲动，

拽到西夏拉别墅[1]和贾尼科洛山

清晨的快乐中，拽到学生、护士、

年轻女孩子的快乐中，朝向

同龄人的喧哗，那喧哗在草地和空气

忧愁的色彩中吸收着轻柔的阳光……

生命纯洁的早晨！当灵魂

对所有的召唤充耳不闻时

那召唤并非日常的善和恶

甜蜜的无序……

他们过着那样的生活，被所有人

抛弃，在他们那种人类热情的

自由中，他们轻快地诞生了，

1　西夏拉别墅（Villa Sciarra）是位于意大利罗马省弗拉斯卡蒂的一栋别墅，亦被称作"美丘别墅"（Villa Bel Poggio），兴建于 1570 年。1943 年 9 月 8 日，弗拉斯卡蒂市受到美国人的轰炸，西夏拉别墅的主要建筑被毁。如今被改造为面向公众开放的公园。

因为他们是穷人，因为是穷人的孩子，

他们屈从于自己的命运，

但始终为从世界之巅

降临的新的梦寐以求的

冒险做好准备，世界使他们转动，

天真的人，在腐败中出卖自己，

尽管没人愿意付钱给他们：他们以罗马人

绝妙的方式，衣衫褴褛而又

优雅不凡，他们走进梦想成真之人

居住的富裕的街区……

我也再次看到，他们朴素，

被无视，在克制内心锥心的

多余的需要——即使，现如今，

不是来自另一个阶级，而是来自另一个国家——

以农民宽大坚毅的面孔，

我再次看到，燃着天蓝色火焰的眼睛，

来自意大利波河平原低地地带的运动员

矮壮而自信的四肢，还有
其他的青少年……他们的裤子
难看，近乎笨拙，头发剪得

不雅而粗野，太阳穴和后脖颈
剃得精光，乱蓬蓬的
额发高耸，犹如

战盔上的鹰羽饰。
他们专注，谦逊：他们不晓得
怀疑，讽刺，但他们因忧虑

和腼腆而流露出焦渴的
眼神，在他们的瞳孔里，
他们的灵魂总是脱得赤条条的：

神态如此新奇，如此清澈，
以至于你不知道，是否在那灵魂的
不安中，或者，迎着风，那年轻的

世界向上微微敞开，
散发出亚洲古老的气息……
似乎只在聚精会神于

无限宁静的天空中

移动的风：在辽阔的

城市，仅仅散发出几缕衣衫褴褛的

气息，像一炷神秘的香火。

莫斯科的圣瓦西里

大教堂，像一只金色的蜘蛛，

在灰色的地板上竖起腹部

和鞘翅，而今已毫无生气。

在广场的另一端，多么

疯狂的一段距离，驯马场上

生锈的群众，由十八世纪的上帝

烹制而成，有点俄罗斯味，有点闪米特味，

有点德国味……在夜晚虔诚的

苍白内部，在今天对

无产阶级的眼睛来说依然未知的

无声的灯光，尖顶和圆顶下，

克里姆林宫的墙壁将

纷乱的人群挡在外面……

红场的光芒点燃了
成千上万的青年人幸福的
脸颊，他们成圈，成轮，

成排地，聚集在附近星辰
闪耀的巨大沟谷中：
以简单而动人的喜悦

在嬉戏，就像——在教堂的
台阶下，在教堂的小广场上——
天真的农村孩子们。

成排的男性，互相紧拉着
粗糙而深情的手，围着
一些年轻的女孩子。

其他更年轻点的，站在周围，没有
参与游戏，眼巴巴地
以沮丧、纯朴的目光

注视着，那些尝试着
迈出一二舞步的人，倾听原始乐器
发出的纯净而浓烈的音乐。

一大群儿童沿着墙的拐角处
围成圈唱歌……这些是饥饿的
孩子，反叛的孩子，

鲜血的孩子，这些是
唯独打过仗的先驱者的孩子，
无名英雄的孩子，是遥远的，

绝望的，未来的孩子！
现在，这世上的他们：世界的
主人。对他们来说，世界不，并不

幸福，尽管他们谦卑地玩耍，
他们的目光注视着世界：他们的
青春，比起金发碧眼的头，内在的力量，

羞怯的火焰，他们的青春只多了
那么一点点外套，目光穿越广阔的街道，
庞大的经济适用型公寓，遍布这座

强大而无形的城市，
它接纳着他们新的生活。
但是，那饱满的，那勇敢的眼睛里

近乎盲目的热情，是宗教般的，

他们友好的灵魂颤抖着，

似乎要献出自己或自我证明。

　　　* * *

这两位青年，穿过散布着光明与痛苦的

街区，应当接受拥抱，

他们的脚步泛着异教徒的喜悦，

他们兴高采烈地说，历史有

万千面孔，落在人后的，往往是

最先的：世界含混而真实的希望，

如此清晰地体现在

他们天真的胸怀里，

每一个行为，即便是卑鄙的，每一个

怀疑，每一个无耻都可以有万千面孔……

可是，我们呢？啊哈，可以肯定的是，每个错误中

都有真理的酵母：所有最奴性和最呆滞的眼睛

都可以是自由而清澈的，可以接受

外部的生命，不仅出于它因存在
而来的绝妙本能，还可以
出于助佑思想的——即便

被战胜，和无能为力——激动人心的
多元性，活力四射的神奇的
陌生感，伟大与贫瘠的

神秘混合，卑鄙的
光明和非凡的无意识。
出于对受造物的怜悯！对于它，

对于这无情的，和没有宗教信仰的
虔诚，任何宗教，即使是天主教，
都可以满足，如果一种魔幻的

截然不同的存在安放在
那怪诞的受造物的深处
就在真实的，吞噬它的

光环中，无论对于内部的恐惧

它是多么坚定，对于一种
新的，阴郁的生存意志

它是多么温柔，无论它堕落
还是纯洁，被收买还是圣洁，
不法或谦卑的规矩：

植物无穷分枝中的某一个，
在简单的生活中枝繁叶茂
在城市、乡镇、棚屋、桥梁、洞穴，

朋友在于敌人的存在，
欢乐在于古老的不公
尖叫在于对爱的乞灵。

是的，当然，倘若当真如此，
活着的羊群该显得多么苍白，
对于那些怀着消遣的、渎神的

怜悯之人而言，那儿，你目睹神圣的
碎片发出光芒！而后，你会在自己
警觉的灵魂内部，考虑模棱两可的，

绝望的命运之神圣：

儿童的自私，欺瞒，

心血来潮和顽强。

我，另一种方式的孩子，出于激情，

并因此而被催迫着成为一个男人

以其谦卑习俗的全部情趣

（为此，我被迫天真地

在每一个关系中始终一贯地

保持清醒，并因谴责，而变得善良）

我试着去理解一切，对我的

生活之外的别样的生活

一无所知，直到在怀旧和老到的

经验中，不知所措地过起

另一种生活：我满怀怜悯，

但是，我希望，我对现实所怀的

爱的道路该是另外一条，

我也愿意一个一个地，一个受造物接着

一个受造物地去爱。我想要与众不同：但是，

哎呀，我如何晓得理解那些人，被驱使
着去表达灵魂如此这般的形象！
以这些人中最高的爱，一天夜里，

我穿过大街上幽暗的隧道，来到
充斥着迷失灵魂的城市
边缘，没有荆冠的肮脏的十字架，

快乐而凶恶，坏男孩和妓女，
被脏腑的怒气，被像远处的
微风一般轻盈的欢愉所抓取，

微风掠过他们，掠过我们，
从大海到山丘，在夜深
人静的时刻……

我感到渎神的情感
将我的朋友提升到存在的
那些形式，提升为在大地上

拖拽它们的风的战利品，
没有生命地拖到死亡，没有意识地
拖向光明：但它们是他的姐妹：

正如，对于他而言，为生存而战
是内心的黑暗，是对于他人生存的
邪恶的蔑视，羞辱的，

快乐的青春期，在已
成年的狼群中，是的，
他们已准备停当，更新了

生命的代价：崇拜组织或
国家统治者，盗贼或奴仆，
野心家或当局，国王或最后的

贱民，一切的守护者，从最痛苦的
年代开始，在他希望平等的规范中：
直至百思不得其解，直至毫不糊涂地明白。

而后，我们奔跑着，仿佛在寻找一无所知的
为他们加油的上帝：他知道上帝在哪儿。
他用一根手指，开着电影制片人的

凯迪拉克，用另一根手指拨乱他肥大年轻的
脑袋，不倦地说着疲倦的话……

我们到了：在托瓦亚尼卡[1]背后，

正刮起一阵意外的风：
一排排的浴场更衣室，摇摇欲坠，像
残骸一样，溅上了石灰，背后是

采石场，一艘船泛白的
腹部，它们孤独地抵挡着风。
两位不愿透露姓名的年轻人，

跟了我们一阵儿，没再坚持
某些自己卑鄙、热烈的希望。
棕色头发颤抖着消失了。附近

泡沫混着水，——有多少
在一口暴风雨的深井里，
就有多少在某个童年的幽暗中——

这是上帝的光和不朽的
白色：笔直，亲切，以呼吸

1　托瓦亚尼卡（Tor Vajanica，Torvaianica），罗马下属波梅齐亚（Pomezia）
市的村镇，位于拉齐奥中部的沿海地区。根据维吉尔《埃涅阿斯纪》的
说法，特洛伊英雄埃涅阿斯来到意大利曾登陆于此。

沐浴我们，自波涛汹涌的大海，

在一根咸涩和狂喜的
尘埃之柱中，如此猛烈的触感，
以至于连激浪的吼声都消失了……

       * * *

是的，当然，那是上帝……其余的
则不那么疯狂和奇妙。我也想和他们的教士，
和他们的圣徒，一道这么说。

可怜的圣徒，受到众所周知的
痛苦的折磨，有着艰巨的义务，
要在月底抵达，没有太多的地震，

以挽回他们口袋里
几张叹息的里拉：
小职员，官僚，某一政党的

手柄，为此出生人死。
他们幸福地为你展示一双

新鞋，刚刚粉刷完毕的墙上

一幅精致的小画，送给妻子的一条
漂亮的圣诞围巾：但是，在内心，
在那婴儿般心跳的背后，

他们费力地用自己信念的
米尺，用他们的牺牲衡量你。
对你评价时，

他们固执，忧郁：身穿苦衣[1]的
人不懂宽恕。
你不能指望他们有一丁点的

怜悯之心：不是因为马克思教过它，
而是由于他们的爱神，
在他们的行动中，善

初步战胜了邪恶。但是，正如在海神
唯美的洁白中，无定形的形式，
喜悦和痛苦的不理性的混合，

---

1 苦衣（il cilicio），指苦行者所穿的衣服。

使石膏的不透明变得苍白，贬值的

规范……就这样在另一个上帝的红色中

变红——那改变了

世界的上帝，未来和未被玷污的上帝——

斯大林时代的鲜血……

没有什么可以复返。甚至连存在的

悖论，我认识的几乎每个人，

都肥沃——干旱地生活于其中：

有教养的资产阶级，要害基础设施方面的

专家，世俗的林地

精灵，文化神明：

居住于古老的城墙之外，新街区的

人民广场上纯净的夜晚，

市中心沉没于珍贵的，

闪闪发光而又肮脏的小巷中……

投降的天才，四根骨头生在

优雅的外套下，每个人的身边都带着

一副专注的面孔，其他人可以

有所怀疑；在白天的咖啡馆里，

在夜晚的客厅：每个人都从他人的脸上

徒劳地寻求对方古老

希望的回报：倘若在供求的圆环中，

他向你们担保某种希望，那么，

这是一种无可名状的希望，

他的目光就像是出于内部伤痛的

痉挛：使人了无生气，

懒散，不满，导致情绪

低落，良心陷入有罪的

停滞，癫狂的宁静，

想要我们的日子黯淡而悲惨。

因此，如果我深入打量我的时代

成群结队的，活生生的个体的灵魂，

我身边也好，不那么遥远的也好，

我看到，每种自然宗教都

可以列举出的，成千上万的

可能的渎神罪，那在每个人身上

都永久存在的，乃是怯懦。

一种永恒的情感——情感的

某种形式——化石般的，不变的情感，

在所有其他直接或间接的

情感中，都留下了它的印记。

正是这怯懦使人类变得无宗教信仰。

对人来说，这就像一个深远的

障碍，从心中夺走力量，

从推理中夺走热情，

使他讨论仁慈，

如同在讨论一个纯粹的行为，

讨论怜悯，如同讨论一个纯粹的规范。

有时，会使他变得凶猛，

但也总是使他变得审慎：

他威胁，判断，挖苦，倾听，

但总是，内心恐惧。

没有人可以逃离这种恐惧。

为此，没有任何人是真正的朋友或敌人。

没有人知道如何感受真正的激情：
他的每一道曙光立刻变得暗淡
犹如屈从或懊悔

于那古老的怯懦，那历数世纪
之久而形成的神秘荷尔蒙。
在每个人的身上，我始终认得它。

我很清楚，无非是致命的
不安全感，古老的经济苦恼：
这是我们动物生活的规则，

已被我们这些贫穷的群体
所吸收：它受到捍卫，
绝望，潜伏在那

和平最稀微之处：潜伏于占有。
而所有的占有都是相同的：从工业
到小农场，从轮船到手推车。

因此，所有人都有着相同的怯懦：
正如在黯淡的源头或一切文明
最后的灰暗的日子……

就这样，我的民族已诉诸

渎神，回到了起点。

一无所信者，有所察觉并

控制着它。一无所信者，

和天主教徒，毫不内疚地

知道那是无情的错误。

在日常的敲诈和羞辱中，

他利用外省的粗鄙

刺客，已触及内心的最深处，

他想要以捍卫宗教的非宗教借口，

杀死一切形式的宗教：

他想要，以死去的上帝的名义，成为主人。

这里，在城市的房屋，广场，

充斥着卑鄙的街道中，这种新的精神

而今已支配一切，每时每刻

都在冒犯着灵魂——以圆顶，

教堂，在痛苦中废弃的缄默的

古迹，它使用着

不信的人——现在，

我拒绝生活。除了大自然

一无所有——此外，只有死亡的

魅力在伸展——这

人类的世界我一无所爱。

一切使我感到痛苦：这些

奴颜婢膝的人，应和着主人每一个

随心所欲的、轻率的

召唤，采用了预定受害者

最臭名昭著的习惯；

他们身穿灰色的衣服走过灰色的街道；

他们灰色的手势似乎打上了

入侵其内的恶的缄默法则的烙印；

他们朝着虚幻的福祉蜂拥而至，

犹如羊群围绕着少许草料；

他们潮汐般的规律性，使得拥挤和

荒凉在街道上交替出现，

由发霉的必要性那痴迷和匿名的

潮起潮落发号施令；

他们涌向黑暗的酒吧，黑暗的电影院，

心却冷酷地屈服于事实 [1]……

拥挤在这种粗俗的内在

统治的周围，巴西人的，

或黎凡特人的城市在分崩离析，

犹如麻风病一样在蔓延，

心醉神迷地欣赏人类纪元上

层层叠叠的死亡，基督徒或希腊人的死

使建筑群的骚动，无意义的，

胆汁或呕吐色的彩票的沼泽

排成行，既没有焦虑，也没有平安；

推倒宁静的墙壁，内在

花园上的小巷诗意的拐角，

涂上浮石或老鼠的幸免于难的

1　这里，帕索里尼使用了拉丁语 al quia（朝向事实）一词，令人不由
联想到但丁《神曲·炼狱篇》第三歌第 37 行的诗句："人类啊，你们以
事实为满足吧！"（State contenti, umana gente, al quia!）

农舍，点缀其间的无花果，菊苣，幸福地
过冬，可怜的草地上条状的砌石
路面，这些地区，在它们近乎人类的

砖灰色或筋疲力尽的憔悴的
轮廓中看上去是永恒的：
一切都在摧毁虔诚的

抽签者粗野的人流：
这些犬类的心，这些亵渎者的眼睛，
这些腐败的耶稣下流的门徒

在梵蒂冈的客厅，小礼拜堂中，
在部长们的候客室里，在讲道台上：
一个公务员民族的精锐部队。

他是如何远离他的内心
纯然内在的骚乱，
抵达母性的弗留利

报春花和幼树的风景，天主
教会亲切热烈的野莺！
他的亵圣的，但虔诚的爱

只不过是一段回忆，一种修辞的技艺：
但他，死了，不是我，愤怒的、
爱情落空的、痉挛的、焦虑的我

因为传统每天被那些
想要为它辩护的人所谋杀；
和他一道儿死去的，是一片受人欢迎的土地，

被虔诚的光所照耀，连同它的
田地里和乡间农舍中明净的农民：
一位温和纯洁的母亲死去了

从未在一个只有邪恶的时代心绪不宁；
我们存在的纪元死去了。
在一个注定要遭受羞辱的世界里

它是道德之光和反抗。

《宗教》¹ 附录：一道光（1959 年）

虽然能够在一阵长久的，取之不尽
用之不竭的激情中，幸存下来
——激情的根系几乎深入另一个时代——

我知道，在混乱中，一道宗教的
光，一道善的光，能够
在绝望中拯救我多余的爱……

这光是一位可怜的女子，温柔、精致
几乎没有生存的勇气，
像小孩子一样独自留在阴影里

头发稀疏，衣衫寒酸，
而今几近破旧，掩盖了发出
紫罗兰气息的残存的秘密；

她的力气使在无言的

---

1 《宗教》，当指《我的时代的宗教》一诗。

焦虑中，担心不再能胜任她的

义务，却从不抱怨未尝获得的

报酬：可怜的女人，只懂得

英勇地去爱，生为人母

是她所能给予的一切。

家里到处都是她瘦弱的

小女孩的四肢，她的劳累的四肢：

即使在夜里，在睡梦中，干燥的泪水

也会淹没一切：某种悲悯如此古老，

如此可怕地拧紧我的心，

以至于我回到家时，不由自主想尖叫，自杀。

当周遭的一切凶猛地毙命，

她内心的美好却从未消失，

她不知道自己谦卑的爱

——我可怜的温柔的小骨头——

相形之下，何以几乎让我死于

悲伤和耻辱，她苦闷的

手势，她在沉寂的
厨房发出的叹息，
使我显得何等的不洁和怯懦……

如今，对于她，小女孩，对于我，
她的儿子，一切已一劳永逸地过去了：
唯一的希望就是结局

真的到来，消除等待
那执拗的痛苦。很快，我们又会
在一起了，在那满是灰色石头的

不起眼的草地上，每年，生命清新的
种子会在那里长出青草和花朵：
现如今，在白天高飞的云雀，

和夜晚夜莺无望的歌声中，
只有乡村紧贴在
它低矮的界墙上。

那里，昆虫和蝴蝶成群结队，
直至九月下旬，我们回到
那个季节，另一个儿子的骨头，

于宁静的寒冷中依然

满蓄激情的季节：

每天下午她去到那里，

手中的花依次放好，周遭的一切

保持着沉默，只听得到她急促的呼吸，

她擦拭着，他不安地长卧于其下的石头，

而后走开，四周的墙壁

和犁沟迅即在寂静中重现，

水泵震动的砰砰声清晰可闻，

些许残存的力气，促使她

善意地、果决地去做对的事情：

她回转身，穿过小草簇拥的

密集的花坛，手持装满水的花瓶

供奉她的花朵……不久，

我们，愉快的幸存者，也将

消失在这片新鲜的土地

深处：但我们不会在此获得

宁静，因为在它里面，混合着

太多没有目的的生活。
我们的沉默将是艰难而微不足道的，
我们的睡眠将充满悲伤，没有

温柔与和平，只有乡愁和责备，
那些虚度年华而死去者的悲伤；
倘若某种永葆青春的纯粹之物

在此留存，那将是你温良的世界，
你的信念，你的英雄气节：
在桑树，葡萄藤或接骨木的

甜蜜中，在每一个生命的高潮
或低谷的标记中，在每一个春天里，你将
现身；在每一处不洁的生者曾经

欢笑过，又再次发出欢笑的地方，你将
带来纯洁，提升我们的唯一的判断力，
它非凡，甜美：因为，没有些微的希望

就永不会有绝望。

Ⅲ 侮辱与冒犯（讽刺短诗）

（1958 年）

致一位教宗 [1]

在你去世的前几天，死亡就

在打量你的一位同龄人：

二十岁时，你是学生，他是打工仔，

你尊贵，富有，他是粗野的坏孩子：

但同样的岁月为你们镀上金边

卷土重来的老罗马如此新颖。

我见过你的遗骸，可怜的祖凯托 [2]。

夜里醉醺醺地在市场附近转悠，

从圣保罗方向驶来的一辆电车撞翻了他

沿着梧桐树之间的轨道拖拽了一段儿：

好几个小时就留在那儿，在车轮底下：

偶尔有几个人，聚拢来，打量着他，

保持沉默：太晚了，路上行人稀少。

因为你存在而存在的众人中的一个，

1　诗人所暗讽的教宗当为庇护十二世（Pio XII，1939—1958 年在位），原名帕切利（Eugenio Maria Giuseppe Giovanni Pacelli），在被选举为教宗前，曾担任圣座驻德国大使和罗马教廷国务卿。因为"二战"期间恪守中立，而遭到当时及后世的批评。本集当中的"Papa"，既翻译为"教皇"，也翻译为"教宗"，区别是，前者用于指 1870 年"教皇国"覆灭之前的天主教会领袖，后者用于指此后的天主教会领袖。

2　祖凯托（Zucchetto），人名。字面意思为"教士的无边圆帽"。

一位衣冠不整的老警察，长得像瓜泼[1]，

冲靠得太近人大声嚷嚷："滚开！"

而后，一辆救护车前来接他：

人群散去，四下里散落着碎布，

一家夜总会的老板，站在紧前头，

认识他，对一位新来的说

祖凯托走到了电车底下，没了。

几天后是你的死期：祖凯托是你那

伟大的罗马羊群和全人类羊群的一员

一个可怜的醉汉，没有家庭，没有床铺，

夜里四处游荡，谁知道是怎么活过来的。

你对此一无所知：正如你对成千上万

像他一样的基督徒一无所知。

也许我有些凶巴巴，想知道为什么

祖凯托之类的人不配得到你的爱。

在声名狼藉之地，那里，母亲和孩子们

生活在古老的尘埃中，生活在别的时代的泥沼中。

就在你生活过的不远处，

看得见圣彼得[2]美丽的圆顶，

1　瓜泼（Guappo），那不勒斯地域和文化的典型人物。最初指波旁王朝时期那不勒斯的一种黑社会成员，现在该词通常指那不勒斯所在的坎帕尼亚大区的黑社会组织卡莫拉团体的成员，但瓜泼们认为自己所隶属的组织要早于卡莫拉，且独立于卡莫拉。

2　圣彼得（San Pietro），指圣彼得大教堂，亦称圣伯多禄大殿，全世界体量最庞大的教堂，教堂圆顶系米开朗琪罗设计。

有一个地方，茉莉街[1]……

一座山被采石场切成两半，下面

在引水渠和一排新造的大楼之间，

一大片破败的建筑物，哪里是家宅，俨然猪圈。

只消你的一个举动，你的一句话就已足矣，

因为你的子民共有一个家：

你没做过任何举动，没说过一句话。

不需要请你原谅马克思！ 一道

自数千年的生命折射而出的无边的海浪

将你和他，与他的宗教分离：

然而，在你的宗教里，无人提及怜悯吗？

在你的宗座[2]治下，成千上万的人

在你的眼皮底下，生活在畜栏和猪圈里。

你知道，罪孽并不意味着恶行：

而不做善事，则意味着罪孽。

你原本可以做得很好！而你无所作为：

再也没有比你更大的罪人了。

---

1 茉莉街（Via del Gelsomino），毗邻梵蒂冈城国所在地。隶属梵蒂冈城国的圣彼得铁路，始建于 1929 年，为世界上最短的铁路，长度为 1.27 公里。2000 年，两条铁轨中的一条被拆除，改造为"茉莉步行街"（Passeggiata di Gelsomino），成为观赏圣彼得大教堂圆顶的休闲观光场所。
2 宗座（pontificato），原意为"至高司祭"，今日则为保留于罗马教宗的专用语，指教宗的称号和职位，亦称"圣座"（Santa Sete）。

Ⅳ 粗野之诗

（1960 年 4 月）

紫藤

我居然在这儿，我死了吗？在
海军上校的棍子上——虚幻得
犹如我从小到大一无所知的空气，
或是异教徒的斜体
语言，或是神职人员的仆从——紫藤
幽暗的华彩。整个街区紫藤盛开
四处弥漫。它们的紫色在紫色的
云朵和大道中脱颖而出。
对于灵魂而言，这是荒诞的奇迹
岁月为它而数算，
每次因它而成就不死之身。
此刻出生的人，是
死去的紫藤，而非他们野蛮的孩子
——我说野蛮，倘若他们新生的存在
是忧愁的，无声就是他们的警告……

但我要再次重申：它们并非
生命的贞女，它们是哀伤的模子，
模仿着未开化的

口吻，尚未使用

语言，绿色之上纯净的紫……

我已死去，恰逢四月，

紫藤又在此地开花。

这具覆盖着西夏拉别墅长墙的尸体，

它的色彩多么柔和，

命中注定，充满预兆，在时间的

终结处愈发贪婪……

我该死的感官，

现在，过去总是如此得心应手，

但从未达到十足的敏锐，因为直到最近，

古老的花朵也未曾吸引过它们！

我诅咒那些生者的感官，

为此，有朝一日，四月将在数世纪后复活：

伴随着在成排的肉体中

颤抖的紫藤，紫丁香豆，

几乎淡而无色，几乎，我想说，毫无血色……

如此甜蜜，贴伏在它们陶土

或石灰质地的墙上，神秘一如洋甘菊，

它们是天生的友朋。

我诅咒，那些我深爱的心灵，

因为，它们至今不仅不理解

生命，也不理解降生！
啊，只有那尚在生成的生活
才是真实的：处子，仅仅留给
即将出生的婴儿，紫藤，它的魅力！

而我身在此地，心中一块
无形的碎片，一种关于我的
扭曲的意识，在季节流转的
那一刻重新复苏。
荷尔蒙衰退使你的感官变得
迟钝？还是心跳衰弱，或者，智力过度
活跃？呵，肯定有什么东西趋于
崩坏。这朵花，是我内心隐秘的
标记，王国失效——宗教失效的
征兆——仅此而已。
它的快乐是某种痛苦，
在那近乎白色的丁香的痛苦中，
意欲颂扬那哭泣的理由。

但这过于荒谬，我无法
在这苍白的阴影上自我折磨，
这痛苦超载的阴影，
丁香淡紫色的波浪，

以无耻的天真，以野蛮

事件的失语盛宴，

为红色的长墙刺绣！

我不能：多年来我一直预言

一切都不存在，那是

被异化的意志的行为，

除了死在这个拥有

天赋的世界的中心，意识不到其他

补救办法的盲目的行为，那世界诞生于

对历史的无意识拥有，

诞生于仅仅是修辞上的意识……

这当儿，为了一株盛开

在蒙特韦尔德的角落里的娇嫩的紫藤，

我正要在此为失败评评理。

谁是那遗弃我的人？

复活的上帝，幸福的罪过？

是的，我自觉是个受害者，没错，但又是

什么的受害者？一个世界末日的故事？

不是这个故事。我反驳说。

我在嘲笑自己对真理和理性

长久的激情。

激情……是的，因为有一颗古老的心灵，

先行存在于思想之先：

还有一具肉体——要么茁壮成长，要么遍体鳞伤，

可怜的生活，从来没有真正

经受住神经无形的生命。

这种难以言表的摩擦

催生了激情的第一个幼虫：

在身体和历史之间，是这

走调的，叹为观止的

和谐乐声，在其中，结尾

和开始毫无二致，千百年来

未尝稍变：存在的实情。

历史和自我之间的边界

裂开，扭曲如一道醉人的深渊，

深渊之外，有时是分裂的，

漂泊不定的，充满我们

感官存在的

自得的细语：面对这肉体上的

悲愁，历史上每一种非理性行为

都不得不旧事重提……

我不知道这非理性，

这微量的理性是什么：

维柯[1]，或克罗齐[2]，或弗洛伊德，他们帮助

过我虚弱的意志，不过，

是通过神话和科学的暗示。

没有马克思。如今唯有言辞

它沉默的言辞，而非亮光，

而非先行存在的黑暗，可怜的紫藤！

凡住在你里面的——也在我的里面为你而颤动——

压抑日久，它的呜咽

无人知晓，无人诉说。

然而，有可能去爱吗？

倘若对爱意味着什么一无所知。幸福的

你，你单单只是爱，植物的孪生子，

重生于诞生前的世界！

你专横、凶狠地

重生，不期然地，一夜之间，爬上了

一整面刚刚垒成的墙壁，赭石色的

1　维柯（Giovanni Battista Vico，1668—1744），意大利启蒙时代的政治哲学家、修辞学家、历史学家和法学家。对现代理性主义的扩张提出批评，为古典时代进行辩护，被认为是现代系统思维和辐合思维的先驱。其代表性著作为 1725 年出版的《新科学》（*Scienza Nuova*），该书试图将人文学科作为一门单一的科学进行系统的组织，记录并解释社会兴衰的历史周期。

2　克罗齐（Benedetto Croce，1866—1952），意大利著名的唯心主义哲学家、历史学家和政治家。曾任国际笔会（世界作家协会）主席，十六次提名诺贝尔文学奖。克罗齐被认为是 20 世纪西方第一位重要的美学家，他所创立的表现主义美学，也是现代人本主义美学的第一个重要流派。

豪华墙壁迎着炽晒的

新的太阳裂开。

而你，连同你的芬芳，你那幽暗、

枯萎的藤蔓，足以让我化身故事里的

纯洁，宛如一条虫子，宛如一位僧侣：

我不想这样，在我新的愤怒中，

我转身去支撑我新的建筑物上

干燥剥落的灰泥。

某种东西扩大了

身体和历史之间的鸿沟，使我衰弱，

枯萎，重新撕开伤疤……

一头没有历史的

凶残怪物，它的野蛮残暴

在新闻自由中，在宗教

神话中施行迫害，

焚烧激情、纯洁、痛苦，

以近乎讽刺的，它那尽管斯多亚式的

残酷接纳死亡，如果不是以其

规则强加其上的法定的宗教

就断无宗教，如果不是那想要

在善恶中弭平一切的爱

就断无爱的存在，

对怜悯毫无所知，

因为，对每个人而言，征服生活

都是一场无声的赌博，令洞悉

一切的主宰双目失明：

出生时，我发现了这

一切，猝然予我痛苦：

但这是一种光荣的痛苦，几乎就像我

曾经自以为是的那样，我的心

可以将内心的一切，

转变为某种爱的联结：

从基督到十字架，多么令人欣慰的道路！

而后，是革命的希望。

现在，瞧，我在这里：紫藤重新覆盖了

一片街区玫瑰色的

表面，作为激情的坟墓的街区，

富裕而无名，在分解它

四月阳光下的一派温暖。

世界再度从我身边溜走，我再也无法

控制它，呵，从我身边溜走，一次又一次……

别样的潮流，别样的偶像，

群众，而不是人民，决心

腐化这个世界的

群众，如今登场，

并且改造它，他们热衷于每一块屏幕，

每一部视频，横冲直撞的十足的乌合之众

以纯粹的贪婪和无定形的

欲望参加聚会。

他们在新资本垂涎的地方安居。

它改变了词语的含义：

谁现如今还在满怀希望地说话，谁就业已

落伍，衰老了。

为了重返青春，这般被冒犯的

痛心疾首，这般绝望的屈服

已派不上用场！谁不说话，就会被遗忘。

你残忍的回归，

不是重返青春，而是径直重生，

大自然的愤怒，甜蜜至极，

你压碎我，早已被无数

悲惨的日子压碎之人，

你俯身在我重新打开的深渊上，

在我日蚀的表面上散发出处女的芳香，

古老的，破碎的肉欲，恐惧的

怜悯，死亡的欲望……

我气力全无；

我不复知晓理智的含义；

我没落的生命搁浅

——在你宗教般的脆弱中——

绝望于，世间

唯有残酷，和我灵魂的愤怒。

第三辑
玫瑰形状的诗篇
1964 年

I 现实

世俗之诗

1962 年 4 月 23 日

报春花毯子。逆光的

羊群（快，快，托尼诺[1]，

光圈五十，不要担心

光会穿过来——我们试一下

反自然的移动镜头！）。

圣水[2]的青草寒冷温和，

嫩黄柔软，衰老而新颖。

绵羊和牧羊人，马萨乔[3]的

片段（试试七十五的光圈，然后

1　托尼诺（Tonino Delli Colli, 1923—2005），意大利电影摄影师。曾与帕索里尼合作拍摄了《乞丐》《马太福音》《索多玛 120 天》等十二部电影。最后一部与他人合作的电影是罗伯特·贝尼尼执导的《美丽人生》，并凭借该影片第四次捧得多纳泰罗最佳摄影奖。2005 年被美国电影摄影师协会授予国际成就奖。同年 8 月逝世于罗马家中。

2　圣水，当指圣水俱乐部（Circolo Roma Acquasanta），为一家位于罗马东南部阿皮亚古道的意大利高尔夫球场，始建于 1903 年，1960 年夏季奥运会时曾被用作现代五项比赛的运动场地。

3　马萨乔（Masaccio，原名 Tommaso di Ser Giovanni di Simone，1401—1428），15 世纪意大利文艺复兴早期的伟大画家，其壁画被视为近代人文主义的第一个里程碑，也是近代第一位使用透视法的画家。马萨乔在其作品中首次引入了灭点，其画中的人物出现了历史上前所未有的自然的身姿。

跟踪，拉到近景）。

中世纪的春天。一位异端圣徒

（教友称之为"亵渎神灵"。

他将一如既往地干起皮条客的勾当。就

中世纪的卖淫一事寻求

饱受折磨的列奥内蒂[1]的指点）。

而后，一幅幻象。大众的激情

（镜头无限移动，玛丽亚

向前走，用翁布里亚方言呼唤她的

儿子，以翁布里亚方言歌唱痛苦）。

春天催生了青草和

报春花的绿毯，坚脆柔嫩……

感性的疲软混合着力比多。

幻象之后（妓女致死的，

亵渎神明的纵欲狂欢），

燃烧的草地上的一场"祈祷"。

妓女，皮条客，扒手，农民

十指紧握，托着脸庞

（背光，光圈五十）。

我要拍摄艳阳高照的亚平宁山脉。

当六十年代被遗忘了千年，

1　即弗朗西斯科·列奥内蒂（Francesco Leonetti），见 P5 脚注 3。

我的骷髅，将丝毫不会

对尘世感到怀念，

我的"私人生活"又算得了什么？

微不足道的骨骼既

无私人也无公共生活，敲诈勒索者

又算得了什么！他们会细数我的温柔，

而我，死后，也将在春天，

在对阳光普照下的"圣水"

疯狂的爱恋中，赢得赌注。

1962 年 4 月 23 日

身着托斯卡纳服装的骷髅，

打着巴蒂斯托尼 [1] 的领带（百万之众，

想想复活节星期一 [2]，好有个印象）。

全景式的草地，凸起，开阔，

组成与沟口健二 [3] 风格相称的队列

---

1 巴蒂斯托尼（Battistoni），"二战"后诞生于罗马的著名奢华男装品牌。其创始人为纪尧姆·巴蒂斯托尼（Guglielmo Battistoni）。

2 复活节星期一，基督宗教的节日，时间为复活节后的星期一。按照天主教的瞻礼规定，复活节星期一为复活节周八天庆节的第二日。意在表述对基督复活的庆祝和对基督的崇敬。但该节日也被民间视为某种庆祝春天降临的节日。

3 沟口健二，日本著名电影导演、编剧。一生共拍摄过九十部影片。1952 至 1954 年，沟口健二连续三届成为威尼斯国际电影节的最大赢家。

（青草，在四月受诅咒的

腐蚀性的阳光下，在照耀着臭气熏天的

牧羊人的阳光下滋长，下面，

是通用背景：地面上，

残存的黑白格子布，砖红色或

浅黑色运动衫上的绿色小帽，

锃亮的小汽车，色彩缤纷的

小组在踢球，

有的懒洋洋地，在阳光下的

遮阳篷或地毯上，享受草地上的午餐：

后面，东方风格的城镇，

也就是说：生石灰和砖头砌就的

杂乱无章的房舍，没有屋顶，呈方形

伸展在广阔而凸起的草地

轮廓上，那里，数以百万计的

骷髅在燃烧）。

莫拉维亚[1]安慰我说，他们的计划：

是让我死于丑闻之癌，

因为他们不想看到，我最终

会跻身统治阶级。

---

1 莫拉维亚（Alberto Moravia，原名 Alberto Pincherle，1907—1990），
20世纪意大利著名小说家。一生创作了近十八部长篇小说和十二部短
篇小说集，被誉为"意大利的巴尔扎克"。1953年，莫拉维亚创办了文
学期刊《新话题》，其编辑中包括帕索里尼等人。

(·····································

············〔余略〕）啊，资产阶级，

是的，意味着虚伪：但也

意味着仇恨。仇恨需要受害者，而

受害者就是某种仇恨。灯光是不朽的，

来吧，来吧，让我们好好利用这个机会，来吧，

光圈开到五十，摄影车前移：

罗马妈妈[1]和她的儿子要来了，

通往新家的路上，扇形的

房子之间，太阳垂下它古老的

翅膀：作为背景，尽管将

这些移动的身体变成木制的

雕像，丑陋的男性

形象，惨白，惨白的

面孔，黑色的不透光的眼窝

——报春花，樱花，

"在意大利炽热而轻盈的

光线"中，首次野蛮

入侵时的眼窝……这些国家

---

1 《罗马妈妈》(*Mamma Roma*)，1962 年帕索里尼创作和执导的一部电影。讲述"罗马妈妈"想开始新的生活，到一个集市卖蔬菜；得知母亲曾是妓女后，儿子学坏了，他因为在医院偷收音机被捕，死在了看守所。作为早期影片之一，《罗马妈妈》深受新现实主义电影流派的影响。1962 年 9 月 22 日该片在罗马上映时，曾遭到意大利法西斯分子的攻击。该片获第 23 届威尼斯国际电影节主竞赛单元金狮奖（提名）。

社保房 [1] 的五分之一是祭坛，

在沸腾的灯光 [2] 中，

逃入"烟熏区 [3]"。人民荣耀的

祭坛。我平静地想起了

千年之后，我的骨骼，我化作的

尘土：我悲伤地想起

寻觅恶——真实的，占有的，

借口的，性的（恶）——的资产阶级

活着的骨骼，在那里，死亡

在分解时最为公正。

                              1962 年 6 月 10 日

数步开外，你就到了阿皮亚大道

1　国家社保房（INA-Casa），系意大利政府实施的国家规划工程公共住宅项目，始于 1949 年，其目的是解决当时的工人就业和住房危机问题。INA 全称：Istituto Nazionale delle Assicurazioni（国家保险公司），为意大利的国有社保机构。

2　沸腾的灯光（Luce Bullicante），bullicante 为 bullicare 的现在分词，后者源于古罗马方言 bulicare（沸腾），另外，在罗马，有一条街的名字为 Via dell' Acqua Bullicante（沸水街），帕索里尼或许在此指"沸水街"上的灯光。

3　烟熏区（Cecafumo），指位于罗马近郊的卢西奥·塞西奥街（Via Lucio Sestio）的居民区（Quartiere Cecafumo），其建筑风格为国家社保房。该名源于当地曾几乎全由通常生火做饭、取暖的牧羊人居住，经常被刺眼的烟雾所覆盖。为电影《罗马妈妈》中的重要取景地。

或图斯科拉纳[1]：那里，尽是芸芸众生

铺天盖地的生活，事实上，最好是那种

生活的共谋者，对风格和历史

一无所知的人。他们在

肮脏的和平、冷漠和暴力中

交换着意义。成千

上万的人，对火热的现代性

毫无主见者，在太阳的

意义也在起作用的地方，

在明亮的人行道上，

面朝隐没在天际的国家

社保房，黑压压地相遇。

我是一股来自过去的力量。

我唯一的爱植根于传统。

我来自废墟，来自教堂，

来自祭坛上的装饰屏，来自被遗弃在

亚平宁山脉或阿尔卑斯南麓的乡镇，

兄弟们生活过的地方。

我游荡在图斯科拉纳，像个疯子，

游荡在阿皮亚，像条没了主人的丧家犬。

---

1 图斯科拉纳（Tuscolana）为一条中世纪的古道，连接罗马和图斯科洛（Tuscolo），即今天的弗拉斯卡蒂和格罗塔费拉塔（Grottaferrata）。其最初的路线始于圣乔万尼门（Porta San Giovanni），在罗马段与阿皮亚古道平行。

啊，我眺望罗马，眺望乔恰里亚，

眺望世界上空的黄昏，清晨，

就像历史涅槃后[1]的第一次行动，

我出于户口登记的特权，从被埋葬了

数世纪的最边缘见证这一切。

那诞生自一位死去的

女人子宫的人是可怕的。

而我，一个成年的胎儿，比任何

一个现代人还要现代，游荡着

去寻找不再是兄弟的兄弟。

1962 年 6 月 21 日

像一位僧侣工作了一整天，

整夜出没，像只叫春的

淘气猫……我将向教廷[2]

提请封圣。

---

1 历史涅槃后（Dopostoria），在这里，帕索里尼创造了一个新词，是
dopo（后）和 storia（历史）两个词的结合，根据某些批评家的看法，
意思大致是：在一个被埋葬的文明的边际，第一个新的原始时代的开始。
2 教廷（Curia Romana），这里，帕索里尼仅用了 Curia Romana 的简
称 Curia。罗马教廷为普世天主教会的中央机构，由国务院、圣部、教廷
理事会等下属机构组成。在九个圣部中，册封圣人部（Congregazione
dei Santi）主管册封圣人（圣徒）事宜。

事实上，我对愚弄的反应是

温和的。我用想象的眼睛

打量那些受到攻击的随员。

我注视着自己被屠杀，怀着

一名科学家平静的勇气。我似乎

在排练仇恨，却写下了

爱意充盈的诗篇。

我研究背信弃义，如同在研究一种致命的

现象，似乎我不是它的对象。

我对年轻的法西斯分子，

和我视之为最可怕的邪恶形式的

老人满怀悲悯，我所反对的，

唯有理性的暴力。

像鸟儿飞翔时，被动地

看见一切，心中怀揣着

不可饶恕的良心飞向天空。

祈求母亲

以儿子的口吻，实难
说出任何违心的话语。

在任何别的爱之前，世上唯有你一人
知晓，我的内心，始终如一。

为此，我要告诉你可怕的事实：
我的痛苦诞生于你的恩泽。

你是无可替代的。为此，你赋予
我的生命，注定承受孤独之苦。

我不希冀孤单。对于爱，对于
无灵魂的肉体，我有着无穷无尽的饥渴。

因为，灵魂在你身，你是，而你
是我的母亲，你的爱乃是我的奴役：

我度过童年，匍匐于这崇高的，

无可救药的意义，匍匐于无边的义务。

那是体验生活的唯一方式，
唯一的色调，唯一的形式：而今，已寿终正寝。

我们幸免于难：那是重生于
理性之外的某种生命的混乱。

我祈求你，啊，祈求你：别希冀死亡。
在此，我孤单单地，和你，在某个未来的四月……

现实

哦，我的诗歌的实用结局！
我无法为此克服它的天真
这让我失去了威望，为此，我的

舌头因焦虑而破裂
我不得不压抑着说出。
我只在内心寻找它所拥有的！

我已沦落到这般地步：当我
写诗时，我是在战斗和自我辩护，
自我妥协，放弃自己

所有古老的尊严：我那颗
深以为耻的、悲哀的心
是如此无助，它疲惫而充满活力，

折射出我的语言，一个永不会
成为父亲的儿子的幻想……
渐渐地，我失去了我的诗歌

同伴，生着赤裸、干瘦，

神圣的山羊的面孔，波河流域

父辈坚毅的额头，在他们瘦削的

线条中，唯有激情和

思想的纯粹关系才举足轻重。

已被我卑微的经历所

拖走。啊，一切又从零开始！

孤单一如坟墓里的一具尸首！

就这样，今天早晨我不希望置身于

阳光之下……是的，阳光以它

春天的幸福剔去我这

卡诺萨[1]岁月的骨头。

我在古老四月明媚的光线下，

屈膝，忏悔，

直到最后，直至死去。

1　卡诺萨（Canossa），位于意大利北部艾米利亚-罗马涅大区雷焦艾米利亚省的一个小镇，以中世纪的卡诺萨城堡而闻名。1077 年，神圣罗马帝国皇帝亨利四世曾赤足站在城堡外的雪地上三天，为祈求教皇格里高利七世的原谅。史称"卡诺萨之行"。

想象一下，这阳光让我呼吸，
用它芳香的金发，在世界之上，
提拉着光线，就像死亡，重生。

然后……啊，在阳光下，是我唯一的喜悦。
那些身体，穿着夏天的裤子
在娘胎时就有点破损，因为心不在焉的，

粗野的满是灰尘的手的抚摸……房子
正对面，炽热的暮色中
一群汗流浃背的年轻

小伙子，坐在草地边上……
节日中城市进入高潮，
乡村再度恢复了宁静……

他们，阴影下的面孔生动，
或黝黑，像狼的幼崽，
懒洋洋地侵袭，淫荡的

天真……那些后脖颈！那些阴郁的
目光！那种对微笑的渴求，
而今对于他们的话题，有些愚蠢，

天真之极，而今就像对于世界上

其余的人所发出的挑战在欢迎他们：

孩子！啊，是什么样的神在指引着他们

他们如此坚定，沿着最荒凉的街道，

在城堡，海滩，城门口，

在具有先见之明的、古老的渴望中，

早已知道自己大活一番

之后，将会抵达死期：

听天由命的生活

是正当的，它不会失去任何东西。

他们是卑微的，当然。而他们将

以何种懦弱的方式，自我

实现（他们的命运乃是怯懦），

仍然是一道近乎未知

之树上的曙光，其时，

本性中只留下宝石，在某种

最高的纯洁和勇气的萧条中。

哦，是的，他们现今已被

父辈——与我同龄的，黑色的种族

——遗留给他们的邪恶所侵袭。

然而，他们在希冀什么？什么样的光线

击中了他们？那副面孔上，

额前紧贴的头发、鬈发比身体

更为优雅……亲切的叛逆者，不约而同地，

对他们父亲的未来感到心满意足：

这便是他们何以如此美丽的原因！

就连冷酷者，悲恸者，就连小偷

眼睛里也有一丝温柔，

对于知晓者，心领神会者：存在的

混乱中有秩序的花束。

事实上，我是孩子，他们是

成年人。我，因为我极端的表现，

我从未逾越过对生命的

爱和生命之间的边界……

我，爱的忧郁，周围是快乐的

唱诗班，他们的现实是友好的。

成千上万的人。我无法爱任何一个。

每个人都有他新颖的，旧日的

美丽，美属于一切人：无论是棕色的

或是金色的，无论温和的或沉重的，这就是

我在他身上所爱的世界——我在他身上，

分享（的世界）——纯洁的

不育的爱情幻象——世代，

身体，性。我一次次地

沉浸——在甜言的扩张中，

在刺柏的气息里——在故事中，

它在每一天，每一千年中

永生。我的爱只属于

女人：婴儿和母亲。

我只为她全心全意地投入。

对他们而言，我的同龄人，孩子们，

分散在非凡的团队中，从平原到山丘，

从小巷到广场，只有

我的肉体在燃烧。然而，有时

我觉得没有什么比这种感觉更具有

动人的纯洁。死亡好过

放弃！我必须捍卫

我出生时所拥有的，堪与世界比肩的，

令人绝望的温柔这一浩瀚。

也许没有人，以如此高的渴望

生活——丧葬般的焦虑，

充满我，像微风之于大海。

斜坡，山丘，千年的草地，

精华或垃圾的崩塌，露水

干枯或光亮的树枝，四季的

空气，连同太阳下它们古老

或新砌的矮墙……所有这些都

隐藏了我和（你们笑吧！）年轻的朋友们，

没有人的行为是不诚实的，

因为，他们的欲望没有悲剧：

因为，他们的性是完整的，新鲜的。

否则我做不到。只有当他轻盈、

正常、健康时，孩子

才会让我产生忧郁、

炫目的思想：只有这样，我才会像他一样，

在他那像百合花一样不洁的子宫里

对一个秘密进行无休止的检验。

这一行为必须重复上千遍，

因为，不重复就意味着尝试

死亡，犹如一种疯狂的痛苦，

它在一个生机勃勃的世界里是无与伦比的……

如果我什么都没隐瞒过，我就不会隐瞒：

入侵我的爱不曾被压抑，

我母亲的爱，没有虚伪和怯懦的

容身之处！我也没有理由

与众不同，我不认识

你们的神，我是无神论者：我只是

爱的囚徒，而其余的自由，

在我所有的判断中，在我所有的激情中。

我是一个自由的人！自由洁白的

食物乃是哭泣：好吧，我要哭了。

当然，这是我的"淫欲视同正当"[1]的

代价：但我所拥有的爱配得上一切。

性，死亡，政治激情，

都是我给予我悲哀的心灵的

简单物品……我的生活

别无所有。明天，我可以

赤身裸体，一如某个僧侣，退出尘世的

游戏，把胜利交给

无耻之徒……当然，我的灵魂，

不会失去任何东西！

因为，作为不可剥夺的

存在，种族，天地的命数，

对任何人而言都已足够：即使这个世界没有

兄弟情谊，因为它千差万别。

---

1 《Libito far licito》，引自但丁《神曲·地狱篇》第五歌第56行：
《Che libito fe' licito in sua legge》（在她的法令里，淫欲视同正当）。

因此，可怜的种族主义者的
嘲笑和含沙射影，就像死人

不真实的声音一样流过
他的现实。在我的存在中，
这一现实有着性和激情……

当然，对此我并不快乐。强迫症
乃是他命中注定的形式：
"压抑使我成为一名党卫军，

或者一名黑手党……"而我——是巨大的，
我知道——我是：年轻、纯洁的儿子，
神圣的野蛮天使，曾几何时，

我走过的足迹
陷入反动的叛乱
（那是在意大利，人生

伟大旅途的低谷），
金发刽子手，或泥巴色的
凶手，像嗜血的资产阶级

希特勒……，或可怜的的朱利亚诺[1]

强壮的儿子的……人云亦云的追随者

拯救了我，像一次盲目的

飞行。一切都只是圣油，

从我的生命中消失的阴影。

分裂的倾向依然存在：

以伤口始终裸露的方式自我伤害的

自然需求。和世界的每一种关系

都是邀请我回到自身的某种体现，

邀请到与子女的

施虐狂，受虐狂关系：我不是为此而生，

我在世上孤单得犹如一头

无名的动物：不被承认，

不属于任何人，

无拘无束于某种对我屠杀的自由。

1　朱利亚诺，或指朱利亚诺·德·美第奇（Giuliano di Piero de' Medici，1453—1478），"痛风者"皮耶罗一世·德·美第奇的次子。在其父去世后，他和兄长洛伦佐·德·美第奇一起统治佛罗伦萨。1478年复活节，发生图谋推翻美第奇家族统治的帕齐阴谋，朱利亚诺身中十九刀当场死亡。他的私生子朱利奥（Giulio）由其兄洛伦佐收养长大，后来成为教皇克雷芒七世（Clemente VII）。

因此，不是我，而是我所沟通的人，

得出了绝望的结论，

我是其他人：所有人集合

之外的弃儿，相当于说，

所有的正常人，这就是我的一生。

我所寻求的联盟，除了多样性，

温良和无能的暴力之外，

没有其他理由作为报复或补偿：

犹太人……黑人……所有被驱逐的人类……

这就是作为一个人没有人性的方式，

作为无意识的顺从的工具，或作为间谍，

或作为仁爱污浊的追逐者，

我受到了圣德的诱惑。这就是先前的诗歌。

出于恐怖驱逐女巫的

好女巫，熟悉民主……

这并非上天的馈赠！同男性伙伴，

无意识的勒索者组成的凶恶的联盟，

怪物面带微笑地

表现出健康的镇静和自信的爱，

准备折磨和杀害其他怪物，

为了不被承认——突然间一切

将我排除在外（现在他们认出了

那些憎恨我的人，路人皆知的可怜的

法西斯分子），一天晚上，在定期砍伐的

树林里，也许，在勇敢的紫罗兰色的

牢不可破的灌木丛中，在葡萄园或乡村

夜晚的光亮间，处女般的云朵下，

（在我命中注定的艾米利亚 [1]，在我的天意的弗留利 [2]）……

恐惧赢得了胜利。我的意思是，

对现实和孤独的恐惧胜过

1　艾米利亚，指雷焦艾米利亚，帕索里尼曾在此上高中，并遇到了一生中第一个真正的朋友卢西亚诺·塞拉（Luciano Serra）。后来，两人在博洛尼亚再次相遇。帕索里尼曾在雷焦艾米利亚花了七年时间完成中学学习。在这里，他培养了新的爱好，包括足球。他和其他朋友，包括埃尔梅斯·帕里尼（Ermes Parini）、弗兰科·法罗尔菲（Franco Farolfi）、埃利奥·梅利（Elio Meli）成立了一个致力于探讨文学的小组。

2　弗留利，指意大利弗留利-威尼斯朱利亚大区，1942 年，帕索里尼为逃避战乱，曾躲入他母亲的家乡弗留利的卡萨尔萨，以意大利语和弗留利语进行双语创作，并于当年出版了第一部诗集《献给卡萨尔萨的诗篇》。1950 年，帕索里尼离开弗留利，移居罗马。在 1942—1950 年之间，帕索里尼创作和出版了大量影响了 20 世纪意大利文学的重要作品。

对社会的恐惧。痛苦的青春，

为一种子虚乌有的，无法治愈的

良知所折磨，而今依然是我的奴役……

因为我将抵达终点，而无须

经受，我生命中

最基本的考验，使人们

患难与共的经历，赋予他们

一个如此甜蜜地定义兄弟情谊的

观念，至少在爱的行为中！

就像一个盲人：在死亡中

逃离了一件与生命本身

相匹配之物——光无望地

追随，冲每个人微笑，

而这是世界上最简单的事情——

一件他永远无从分享之事。

我将死去，对生之为人的深刻

意义昧无所知，诞生于某个孤独的

生命，在永恒中，激不起任何回应。

生命中，一个盲目者，一个怪物，从未

真正安慰过任何东西：然而，在这无可救药的

可耻关头，在那一切都已覆水难收的

可怕的时刻——他将成为一只小白鼠，

甚至连人都不是！荒谬——

——难以承受，像一只野兽，

愤怒的大声疾呼，低声呻吟，它的尖叫

是一个无辜者的尖叫，抗议

不公正的游戏——

这命中注定的，这生前就已存在的

秩序，与他无关，

与他诚实的古老

灵魂无关……在母亲的

子宫里，失明的孩子出生时

——充满了对光明的渴望——跛足的孩子

——充满了快乐的本能：

他们终其一生在黑暗和耻辱中度过。

对此可以听天由命——活着的

胎儿，可怜的伊里尼斯 [1]，可以在他们

生命的任何时刻，保持或假装沉默。

别人总是对他说，他不应该成为

他们的负担。他们照做了。他们的

整个生活就这样被涂上了迥异的色彩。

而世界——无辜的世界！——拒绝了他们。

··

但是，我说的是——世界——而其实，

我应该——说的是意大利，或者更确切地说，

是某个意大利，那个你身居其间的（意大利），

和我，我诗歌的读者，孩子：

你在其中详细阐明的肉身的历史。

世界，我称之为"无辜的"，我，

我，作为一个失明的、饱受折磨的儿子。

但当我环顾四周，目睹数世纪

以来只提供奴仆的历史的

1　伊里尼斯（Erinni），一译"厄里倪厄斯"，指复仇三女神。不过，
这里帕索里尼使用了小写 erinni，对应修饰语"可怜的"（povere）。

残余……在此幽灵中，

现实除了残酷的

重复……除了表现主义的……舞台之外，

再无任何征兆！我立刻想到一种毫无意义的

判断……法官的长袍……法官的面孔背后——

南方悲伤的当局……在那里，恶习

是一种痛苦的恶习，暴露了

悲惨的环境——所能读到的只是

摆脱相似的黑暗现实，摆脱残酷的

道德，摆脱乡下的缺乏经验的无能为力……

那些艺术剧院里的额头，

那些可怜的执拗的野驴顺从的

眼睛，那些低垂的耳朵，

那些用来掩饰空虚的

话语，肿胀着去背诵一段

父爱的威胁，花卉式的愤怒！

呵，我不懂仇恨：因此我知道我无法

以诗歌必要的凶猛来描述

它们。我只能以同情的口吻，
以孩子和骷髅头的形状，说说那张
卡拉布里亚人的面孔，他同卑微的人

说着方言，同大人物咬文嚼字。
他认真地，仁慈地聆听，
同时，在内心深处的不可言传的

残忍的空洞里，孕育着他那胆怯者的
计划，畏惧使之变得冷酷。
旁边，其他两张面孔辨识度很高，

街头，拥挤的酒吧里常见的面孔，
脆弱的面孔，不大健康，
未老先衰，肝病

患者：资产阶级的面孔，他们的面包
当然不识盐滋味，也不卑鄙，不，
一点也不缺少人性的外表

在他们眼睛的尖刻、阴郁里，在被上等的
气势汹汹的资历所折磨的额头的
苍白里……上主的第四个使者

——当然是有妇之夫，当然受到他的
家乡城市一个受人尊敬的同僚圈子的
保护——心肠或心灵深处凝固

了一声病态的叹息——
他处于一个孤立的席位：就像
是为一场早有预谋的失恋做准备。

在这些人面前，冠军：将自己的
灵魂出卖给有血有肉的魔鬼。
第一流的人物！几个月前，我看到了

他的脸：那是另一张脸：
一张财大气粗的年轻人的脸，
乡巴佬，带有职业尊严的

秃顶和憔悴。
现在，一阵激情扭曲了他：
就像皮肤上一层红色的

旧痂。有罪的人
眼中闪着邪恶的光。
他对我人格的仇恨是对

那罪的对象的仇恨，也就是

对他的良心的仇恨。

这并非不够诚实。幻想

并不足以想象一次无知和

勒索的经历。资产阶级

是魔鬼：出卖自己的灵魂而无须

等价交换？哦，当然不用：你只需

接受它的文化，就像

背诵一段《主祷文》，装出一副

纯粹形式化的社交界新手的羞耻心，

装作为欺骗条款感到羞耻……

浮夸意味着仇恨，

无教养意味着故意

丧失对人的种种尊重。

对理想的旧爱沦落到

绝望地对自己装疯卖傻，

相信说话时撒的谎。

但眼中的光仍未熄灭，疯癫的

指责者！那儿，在那滴光里，

在那难以捉摸的，苍白、内疚的

眼神里——是你们的真理。

我知道，一种内心的意志

引导我同你们保持关系：

但这是我的一个秘密，

或者说上帝，就像你们所说的那样。将会有人对你们说：

"你们无足轻重，你们是数百万人的

象征：一个社会的象征。

这人指责我，而不是你们，它的机器人。

好吧，我对我的怪诞很满意。

难道，我们想要欺骗精神？那些

以虚无的名义谴责人的人：

因为当制度形同虚设，

失去了所有的力量，失去了革命

少女般的力量——因为，虚无

乃是通情达理的，一个没有

现实的，被动的共同体的道德。

你们，形式上的人——因怯懦

而卑躬屈膝，因胆小而谄媚——

你们是人：在你们和我的身上，关系

备受折磨：在你们那里，折磨来自干燥的仇恨，

在我身上，则是知识。但对于这个

你们在其中扮演着面无表情的史诗吟诵者的社会而言，

我有更多的话要说：不再作为马克思主义者，

或者即便是，也不过暂时是

——如果在一场没有时间的

大火中虚构对于《启示录》作者的

绑架：我的爱人们——

我会大喊——我是一种可怕的武器：

为什么我不使用它？虚无比差异性

更为可怕。每一刻都暴露了

——无尽的尖叫——无休止的

例外——像火灾一样

无拘无束的疯狂——每一个正义

都被亵渎的矛盾。

啊，黑人，犹太人，可怜的、成群结队的
特殊标记者和非我族类者，在不孕的
春天，诞生于无辜的

子宫，蠕虫的，蛇的子宫，
他们对可怕一无所知，以骇人听闻的
传说，以幼稚的暴力被诅咒

仇恨吧，你们！你们撕裂了出身高贵者的世界！
只有血海才能把世界
从资产阶级的幻梦中拯救出来，

那幻梦注定要开辟出日益不真实的道路！
只有发动一场屠杀这些死者的
革命，才能亵渎他们的邪恶！"

一个没有力量杀死一只苍蝇的先知
可能会尖叫——他的力量
在他退化的差异里。

只有说出这些，或者大声呐喊，我的命运
才会被释放：才会开始
我超越现实的演说。

Ⅱ 彼得二世

彼得二世

北风。和意大利上空的寒冷。

阿那克[1] 和阿尼卡[2]，还有记者工会

（然后，也包括作家工会），

好吧，我一边等候，一边消磨着

周日北风的微蓝——北风

也是布里马瓦雷[3] 某一个王的名字，

另一枚比吉奥内[4]，另一枚弗罗林[5]。

夜幕降临，布里马瓦雷的土地

失去了它的粪便色，披上了

千年的色调。在一大片

天桥和建筑工地下面，瞧那下面，

---

1 阿那克，Anac 的音译，系全国电影剧作家协会的缩写。

2 阿尼卡，Anica 的音译，系全国视听多媒体电影工业协会的缩写。

3 布里马瓦雷（Primavalle），罗马的第二十七区。

4 比吉奥内（Picchione），字面意思为"大啄木鸟"，系 14 世纪下半叶，米兰领主加利亚佐二世（Galeazzo II Visconti，约 1320—1378）和贝尔纳博·维斯孔蒂（Bernabò Visconti，1323—1385）在位时铸造的银币。

5 弗罗林（Fiorino），印有佛罗伦萨百合花的古佛罗伦萨硬币，此外，在意大利各国和外国铸造的多种货币也取此名称。

城市之光死气沉沉的

海上风暴，历史在城市没有生命。

痛苦就是成为这种否认的

对象。我不反抗

不，一名迦百农的地方官，

庄重得像是不得不如此，对文学的

微妙之处致命地

一无所知……啊，阿那克，啊，阿尼卡，

啊，记者工会，作家工会。

周二，3月5日（早晨）

一日之始，就在片刻之前，

一束古老、垂死的光，现在

瞧，北风凛冽中，南方

海湾的蔚蓝，一天

所要做的就是找到它，它就在我们身上。

波澜壮阔地远离我们所有的激情。

稍过片刻，谁坐在被告席上

欣赏那片蔚蓝，就会有对自由心旷神怡的

渴望——正如，当有一天在北欧

体贴入微的河岸上冒出新的思想，

那是一个有关被天界古老战争的仇恨所绑架的

世界的想法，以及，在威尼托市镇郊区的

小路边上，田野里鲜花般的百姓，

在天气已转暖的霜冻里，成为

在荷马的阳光下，赤身裸体披挂护胸铁甲的民族。

你们想让一位诗人站在这被基督徒的

裤子蹭得油亮的被告席上？

好吧，敬请享受。在诗歌的

罢工中，正义变成了燕子盲目的

声音。这并不是因为诗歌有权利

对一丁点蓝色，对伴随着死亡的忧郁

诞生的、悲惨而崇高的一天神魂颠倒。

而是因为，诗歌就是正义。正义在自由，

在灵魂的孤独中成长，在那里，岁月

的诞生，宗教的起源和目的

在祥和中完成，文化行动

也是野蛮行径，

审判者永远是无辜的。

周二，3 月 5 日（黄昏）

通过神秘的选举，现在，黄昏的

西洛可风[1]带走了春天的残酷，

那是北方的喜悦，但却把

第一批白色的裤子带到街上。

我的奥普塔里酮[2]玫瑰正在日益枯萎，

在我当着法官的面被从十字架上放下

的异象中，他们让我站了起来。

经过圣彼得大教堂正前方，在一个新的

春天的开端，也是它的结束，

这位强大的作家是一位疲惫的吉卜赛人，

被预言的诗歌所造访。

瞧，彼得二世，拾级而下，走到突然

空无一人的广场上，带着伤口的

创伤，留在胸口的两道血痕，

血流过胸口，渗出衣服，双手，

他惊讶地发现自己竟如此孤独，非死不可。

"我是教宗——他喊道——怀着对基督诗意的爱。"

没有人明白这一点，无论是资产阶级，还是野蛮人。

这是我们的时代，只是更加接近末日，

也是新的史前史的开端。

1　西洛可风（scirocco），从撒哈拉沙漠吹向地中海的焚风。

2　奥普塔里酮（optalidon），止痛类药物。

……可是，夜深人静的时候，当我从一个

被长着纹章鸟眼睛的权威所主宰的

新梦中，回到家里，啊，发生了什么事？

在诗歌痛苦的壮丽中，黑夜

使保持着谦卑姿态的家更加遥远。

一声叹息，一遍又一遍，接着是一声呜咽。

不是厨房水池的水龙头，或者某个空荡荡的

神秘房间里的水管，也不是深夜诊所花园的砾石。

是它，从不入眠，在它生命的

暮年从不迁徙的一只小鸟，

在晦暗的冬天，你能看到它出现在你身边，

为了抱怨，它找到了一种不是人类的声音，

我几乎听不出来，连它恐怕也听不出来，

哀鸣已存在于世，那是一个

没有子嗣的孩子的母亲在孤独中发出的。

周三，3 月 6 日

圣徒？不，这些不是圣徒！

你们没有看到，有一位来自特鲁罗[1]，念五年级，

当着镇上男人的面，埋怨

被介绍的烦恼；另一位，来自

博尔格的一套皮条客公寓，

娶了一位大着肚子的母亲，

丈夫冒失又堕落，她的孩子们

有着坏蛋的额头，最大的一个

可怜的家伙，头脑里满是资产阶级伟大的念头！

另一位来自巴黎，当了三十年的

服务员，绝望的姑妈，

笑啊笑，因为笑驱散了嘲笑，

最后一位谁知道来自什么地方，普拉迪[2]或阿皮奥[3]，

一个普通的专业人士。这些是圣人？

这些头发上夹着发夹，假发上

罩着发网，"他们前来"只是因为

在发型方面受到了怀着极度的审美冲动的

---

1 特鲁罗（Trullo），罗马的一个区，原为一城镇，1977 年撤镇并区，划为罗马首都第十一市政厅（前罗马第十五市政厅）管辖的 15D 城区。其名字源于位于台伯河右岸的一座公元 1 世纪的古老的罗马陵墓，陵墓高五米，因其形状酷似普利亚大区的特鲁罗建筑风格得名。

2 普拉迪（Prati），罗马的第二十二区。

3 阿皮奥，或指阿皮奥-拉丁诺（Appio-Latino），罗马的第九区。其名称来自阿皮亚古道街和拉丁诺街。位于城市的东南部，靠近奥勒留留城墙。

多纳蒂[1]的保护？毒蛇的种类[2]！

"以参加电影拍摄为

借口"……啊，从"圣母玛利亚"，

我要以那些并未被这种形式

所激怒之人被冒犯的平静向你们呐喊：

"圣人衣衫褴褛。乔托盯着凝灰岩

和军事废墟的那张长着塌鼻子的古老面孔，

运用明暗对照法画出神圣的圆面包的，

像面包师傅一样的马萨乔浑圆的两胯……

倘若存在着无名的仁慈，他就会以此把盛着食物的篮子

从自己嘴边拿开，递给家人，好在上帝愤怒之日[3]的

声音下咀嚼；倘若存在着无名的天真，

他就会以此伏在被狗叼走的食物上哭泣；

倘若存在着无名的温柔，他就会以此抚摸

犯了错的畜生；倘若存在着无名的卑微的勇气，

他就会唱着乔恰利亚的祖父母的歌曲，用它回应那些

冒犯他们的人；倘若存在着无名的无畏，

他就会用它面对自己卑贱的命运，

1　达尼洛·多纳蒂（Danilo Donati, 1926—2001），意大利服装设计师、造型设计师。两次获得奥斯卡最佳服装设计奖，还因在多部电影中的服装和制作设计获得多纳泰罗奖（David di Donatello）和银缎带奖（Nastro d'argentto）。与费里尼、帕索里尼等许多著名电影导演进行过合作。

2　毒蛇的种类（Razza di vipere），引自《圣经·新约·马太福音》12:34："毒蛇的种类，你们既是恶人，怎能说出好话来呢？因为心里所充满的，口里就说出来。"

3　原文为拉丁文 Dies Irae，意为"上帝愤怒之日"。

用窃贼喜欢的黑话唱出他的哲学；

倘若存在着无名的焦虑，就会有人用它在你们

为穷人准备的某一座圣体龛前画十字，

向着饭菜疾步如飞；倘若存在着无名的感激之情，

在像卓别林那样欢快地跳了一支滑稽的舞蹈之后，你会

再次用它在那同一座圣体龛前画十字，

你们用它为圣体龛的卑贱祝圣；

倘若存在着无名的朴素，则以死相伴

....

周三，3 月 6 日（黄昏）

太阳，太阳。似乎三月已到尽头，

深入四月的蜿蜒。急驰吧，我蓝色的座驾，

你想去哪儿就去哪儿，穿过被别的阳光打上记号的街道，

穷人的蒙特韦尔德，在层层叠叠焦渴的

房屋泛滥的背景中————一棵松树在柏油路上燃烧

一排排的酒吧和肉铺，阳光照在唯一的一名顾客身上——

在街区的另一道山坡，光线略略触及——

一条上坡的路——肺病疗养院，有黑色的花园——

波尔图恩斯大道 [1]——

太阳照着特鲁罗，就像十年前一样。

"嘿，帕索里尼，为什么不停下来和我们一起踢球呢?" [2]

乔尔乔，贾内托，卡洛，"摩尔人"，

还有其他人，一群二十五岁的懒汉，

蹲了几天牢房，已微微有些秃顶。

初出茅庐的兄弟们，

穿着父亲的衣服，像马戏团快乐的小丑，

保持着贫困中的优雅，小眼睛

犹如太阳光下的两张湿传单。

在镇上的中心地带，除了阳光，和姐姐、母亲模样的

人物，穿着工作日运动衫参加分组游戏，

没有什么可以奉献给崭新的春天……

奔跑中的乔尔乔生着一张卡洛·莱维 [3] 的面孔，

仁慈的上帝，他踢了一记倒勾球，

贾内托有着莫拉维亚的兴高采烈，回踢球的

"摩尔人"，当生气或同队友拥抱时，就成了维格雷利 [4]，

---

1 指罗马的波尔图恩斯路（Via Portuense），系一条古罗马大道，通向罗马皇帝克劳狄乌斯（Claudius，前 10—54）在台伯河右岸建造的入口。

2 原文为罗马方言。

3 卡洛·莱维（Carlo Levi，1902—1975），意大利画家、作家、社会活动家、反法西斯主义者和医生。其最著名的作品为流亡回忆录《基督逗留于埃博里》（*Cristo si è fermato a Eboli*）。

4 维格雷利（Giancarlo Vigorelli，1913—2005），意大利文学批评家、记者、作家，被认为是意大利最著名的文学评论家之一。他曾创办并主持《欧洲文学》（*L' Europa letteraria*）杂志。

柯亨，阿里卡塔[1]，艾尔莎·莫兰黛[2]，和《国家之夜》[3]，

或者《前进》[4]的编辑部成员，以及利贝罗·比贾雷蒂[5]，

则和我在特鲁罗的小树间一道儿踢球，

有的担任防守，有的负责进攻。

其他人，与身着橙色毛衣的佩达里诺

或者，乌格怀里兜着去年的蓝色牛仔服，

靠在他们房间门口监狱蜂蜜色的

墙上，贝内德蒂，德贝内德蒂[6]，南尼[7]，

贝托鲁奇[8]等人的面孔在日光下略显苍白，

软塌的帽檐下，是不确定中神圣的

确定性甜美而会心的微笑。

在一个镀金的垃圾箱旁边，翁加雷蒂[9]在微笑。

1　马里奥·阿里卡塔（Mario Alicata，1918—1966），意大利党派人士、文学评论家和政治家。

2　艾尔莎·莫兰黛（Elsa Morante，1912—1985），意大利作家、诗人、翻译家。1941年，同小说家莫拉维亚结婚。其小说《历史》出版后，由于帕索里尼针对本书的负面评论，两人断绝了友谊关系。

3　*Paese Sera*，意大利报纸，曾为《罗马国家报》（*Il Paese di Roma*）的下午版，后成为一家独立的报纸。

4　*Avanti*，意大利社会党（PSI）的日报。

5　利贝罗·比贾雷蒂（Libero Bigiaretti，1905—1993），意大利诗人、作家、翻译家。曾获多项文学大奖。

6　德贝内德蒂（Giacomo Debenedetti，1901—1967），意大利作家、文学评论家，20世纪意大利文学评论家中最具代表性的人物之一。

7　南尼（Pietro Sandro Nenni，1891—1980），意大利左派政治人物、意大利社会党领袖，20世纪20年代至60年代意大利左派的核心人物。

8　当指阿蒂利奥·贝托鲁奇（Attilio Bertolucci），见P70脚注2。

9　朱塞培·翁加雷蒂（Giuseppe Ungaretti），意大利现代主义诗人、作家、翻译家和学者。意大利实验诗歌流派隐逸派的代表人物之一，对20世纪意大利文学产生了深远的影响。

而年轻人，对特鲁罗的年轻人来说，他们是兄弟，

西西里亚诺[1]、达契亚[2]，加波利[3]，贝托鲁奇的儿子;而像《索尔德罗》，

西塔提[5]有所非难却依然深爱。那儿是谁？

手里拿着粉红色的易拉罐和黄色的果核？

是巴尔迪尼[6]和纳塔莉娅[7]。而一个被阳光切割的

院子里，像是一幅缺失了黑色调的卡拉瓦乔的作品，朗吉，

班蒂[8]，同嘉达[9]和巴萨尼[10]在一起。罗维西[11]、列奥内蒂[12]

和福尔蒂尼[13]，从公共汽车站下了车，

1　恩佐·西西里亚诺（Enzo Siciliano, 1934—2006），意大利作家、文学评论家。

2　达契亚（Dacia Maraini, 1936— ），意大利作家。其作品多关注女性问题，创作了大量的戏剧和小说，并斩获诸多奖项。

3　切萨雷·加波利（Cesare Garboli, 1928—2004），意大利文学评论家、戏剧评论家、翻译家、作家和学者。

4　*Sordello*，英国诗人罗伯特·勃朗宁的一首叙事诗。诗歌内容基于对 13 世纪意大利伦巴第游吟诗人索尔德罗·达·戈伊托（Sordello da Goito）生活的虚构，索尔德罗的事迹曾在但丁的《神曲·炼狱》的第六章中有所描绘。

5　西塔提（Pietro Citati, 1930— ），意大利作家、文学批评家，曾获维阿雷乔文学奖、斯特雷加文学奖（Premio Strega）等多项文学大奖。

6　加布里埃尔·巴尔迪尼（Gabriele Baldini, 1919—1969），意大利文学评论家、作家和翻译家。

7　纳塔莉娅（Natalia Ginzburg, 1916—1991），意大利作家、翻译家和政治家。

8　安娜·班蒂（Anna Banti, 1895—1985），意大利作家、艺术史家、评论家和翻译家。朗吉之妻。

9　卡洛·埃米利奥·嘉达（Carlo Emilio Gadda,1893—1973），意大利作家、诗人。1966 年获诺贝尔文学奖提名。

10　乔治·巴萨尼（Giorgio Bassani, 1916—2000），意大利作家、诗人、编辑和国际知识分子，曾获维伦奖、维阿雷乔、斯特雷加等多项文学大奖。

11　罗伯托·罗维西（Roberto Roversi），见 P5 脚注 4。

12　弗朗西斯科·列奥内蒂（Francesco Leonetti），见 P5 脚注 3。

13　弗兰克·福尔蒂尼（Franco Fortini, 1917—1994），意大利诗人、作家、翻译家、文学批评家和马克思主义知识分子。20 世纪意大利文学界最有声望、最具争议的人物之一，也被认为是意大利新左派最重要的知识分子之一。

带着孔蒂尼和某位我不熟悉的德国社会学家的问候。

和他们一道儿，还有巴赫曼[1]，乌韦·约翰逊[2]，恩岑斯贝格尔[3]……

以及一群伦敦天使和美国摄影师，

他们有着神经官能症患者通红的眼睛，而丘克莱[4]

来自俄罗斯，就像前来参加十字军东征，萨特，

像个聋子，当他弄明白一切的时候，有人开始为他翻译……

谁说特鲁罗是一个被遗弃的城镇？

寂静比赛中的呐喊声，沉默的春天，

这不正是走出黑暗的、真实的意大利吗？

周三，3月6日（黄昏）

我不知道朋友的眼中有什么样的心酸，

有什么兄弟般的遗憾：而在敌人的光芒中，

又有什么样可怕的讹诈的光芒。

其中某一个，甚至瞳孔也因

仇恨而发黄，那把生活的祝福和诅咒与自己的

---

1 英格博格·巴赫曼（Ingeborg Bachmann, 1926—1973），奥地利著名诗人、作家和记者。

2 乌韦·约翰逊（Uwe Johnson, 1934—1984），德国作家、编辑和学者。

3 恩岑斯贝格尔（Hans Magnus Enzensberger, 1929— ），德国作家、诗人、翻译家和编辑。曾获伯尔奖、雷马克奖、海涅奖、索宁奖等多项文学大奖。

4 格里戈耶·丘克莱（Grigoij Ciukrai, 1921—2001），苏联电影导演。

相混淆的人，就像一种刻毒的辣椒，让他发狂。

（其余从略）他会唱起他的罗曼史，可怕的神职法西斯

卡拉斯，以及（其余从略）我的判决。

彼得二世，诗人牧者！因为只有诗人

才懂得他必得去死！

明天，诺查丹玛斯[1]将记录下

为了你的加冕，你的殉道

所准备的亿万行动中的一个。

周三，3月6日（夜）

赌徒们，把赌注押在判决上。

看看这美丽的三位一体，至高者，

浑身羽毛，生着马约利卡陶器[2]上猛禽的眼睛，

身披黑色绛衣的缄默不语的斑鸠，

和两只乌鸫，哈罗德·劳埃德[3]腿短了

1　诺查丹玛斯（Nostradamus，原名 Michel de Nostredame，1503—1566），法籍犹太裔预言家，精通希伯来文和希腊文，1555 年曾出版四行体诗写就的《预言集》（Les Prophéties）。时至今日，这部法国文艺复兴时期的知名作品仍备受重视，被视为重要的预言作品。
2　马约利卡陶（maiolica），意大利独有的锡釉陶器，其历史可以追溯到文艺复兴时期。特点是以明亮的色彩装饰在白色的背景上，经常描绘历史和传说中的场景。
3　哈罗德·劳埃德（Harold Lloyd，1893—1971），美国默片时期最著名的喜剧明星之一。

两英尺，鼻子突出在桌子上。

他们不看我。好奇怪。他不会碰巧

停留在我的神圣上，以他们神圣的眼睛。

纳塔内尔[1]！资产阶级媒体令人作呕的梦想

具有这种力量：他们把我描绘成一个魔鬼。

一个骨瘦如柴的魔鬼，用恐惧来制造恐惧。

这一游戏是在凶猛的新自由的优秀读物的

每天的狂喜中上演的：

赌徒们，把赌注押在判决上。

你们瞧瞧真正的删节，把老鼠的翅膀藏在

国家给他的删节下面，像一个宝座，

一种沉默的删节，来自文化对他的

作奸犯科所进行的排斥，

因此他沉思冥想删节，眼睑被一位

删节的金银匠绘制在眼睛的删节上。

然后，当轮到他的时候……首先，

你们看，删节删节删节

删节冒犯了那助力炫耀的文化。

毫无羞耻——即便是以疏忽的名义——

在他对删节的耳光中，在他对删节的

愤怒中（我会懂得，什么是演员，我疯狂的

---

1 纳塔内尔（Natanaele），意大利男子常用名。来自希伯来语 לְאָנְתָן，意为"上帝所赐"。

242

安娜，我的奥逊 [1]，像隆隆响的雷声一般温柔的熊）

他所展示的厚颜无耻的停顿

平衡了统治者的删节，

高调的删节表现出对一个"戴绿帽子"的

人的绝望，对于我这个科莱尼奥 [2] 人而言，在我看来，是

　空虚的声音 [3]

看到了吗，赌徒们？他毫无节制地

在一个对于职业有着至高无上的

贞节观念的人士面前重申职业的规则。

那么，在她的创伤中留下了

多少基督教的真实和不真实呢？

基督的血变成了火漆，

尘封的火漆，尘封的删节。

没有一句话，或者一个音调，或者一个眼神，

啊，哪怕一个眼神，是基督徒的，对于那些

习惯向某个说话的人、某个观察的人提出这一问题的人而言，

这个习惯当然是不文明的，而且，还有点令人苦恼。

啊，甜蜜的宗教，却接二连三地被背叛，

在那个你变得枯萎的人身上，疯狂诞生了。

1　即奥逊·威尔斯（Orson Welles，1915—1985），美国电影导演、编剧和演员。代表作有《公民凯恩》等。

2　科莱尼奥（Collegno），意大利皮埃蒙特大区首府都灵下辖的一座小城市，位于都灵以西，距都灵九公里。

3　空虚的声音，原文为拉丁语：*flatus vocis*。

他的双眼不忍打量，眸中是

光的背面。他脸色煞白

满是罪恶的、红色的斑点。自我遭受着

不美观的勃起：一种对于自身而言不愉快的爱，

就像艾尔莎·莫兰黛的一句口语诗说的那样。

所以，在这些灵魂面前，恶

是唯一的现实。他走进一家小卖部，

戴着黑色的帽子和手套，腰里别着装有

金色子弹的手枪。

而后，他建立了

一个新的崇拜团体，在郊区举行仪式，

秘密传播，代表画外射精。基督教无以

重生的地方，腐烂就产生。千百次，

千百次由不可化约的

基督所暗示的矛盾，

最后被某个疯狂的，令人毛骨悚然的，

缺乏荒谬意识的希律王所保全。

周四，3月7日（晨）

看啊，我被定罪。

一人做事，毒芹汁，我当独自饮下。

244

就像悲伤的轻歌剧里的英雄，在低声合唱中，

脚蹬高筒靴，在黑夜中，走下——意兴阑珊的——

可怕的台阶。朋友们前去就餐。

孤身一人。同摄影师的三只猫，还有我毫不理睬的

一小撮人，勇士沉浸在他的悲伤中。

这些是我每天晚上穿行的路，

而今，却暴露在它们真正的现实中：

它们不是我的财产，不是我的风景，

亦非我的私密，而是属于别人，

它们的价值，现在对我而言似乎完全陌生。

一个不存在的春天怪异的温暖，

对已知和发现的事物的无限信赖，

晚餐后亲切的空气中城市的

孤独，依然是冬天……天真的希望，

灵魂的诗意神话，其实，是她，

客人，她，无人相识的可怜的造访者，

没人有权利在此地找到她。

然而，以傲慢的自信，他们现在据说是

这个剥夺了诗歌的城市的主人：

他们不是某个政治理想，而是某个阶级的卫道士，

有着自己的家宅，自己的家庭，自己的友谊，

他们在此根深蒂固，品味卑下

良知沉沦：却有着十足的权利。

一整天我都在盯着这个"阶级"的脸，

我很害怕他们的父辈中冒出怪物。

歇斯底里的苍白的皮肤（删节，

删节，删节），两个子宫般的

眼睑为小眼睛穿上松紧带，

好吃臭食物的那不勒斯人皮肉松弛的

嘴巴（删节，删节，

删节），那里，西班牙人的血液中

渗入了街头小贩的血。

这尊雕像，曾经是高贵的，现在，

在历史变动的价值的失衡中，

成了一个国家（删节）的人的雕像：

一个小资产阶级和父权国家的人。

他，是我现实的拥有者，

在这样的意识中，现实被剥掉了衣裳，

干了一件令人厌恶的，赤裸裸的事，就像在梦里一样。

只有：我，和怪物残留在世上的垂涎。

Ⅲ 绝望的活力

因莎士比亚的诗句而写就的诗篇

上午十点，在黑暗的角落里，　它离开了我，像一只雨季的鸟待在那里——

从一个无名之地移民而来——当一天开始的时候，它躲在某处矮树丛中　　睡觉　（等等，等等，毫不含糊地"愚弄"文学灵感的借口，诗歌的荒谬基础，等等）

嗯，入睡的小鸟！灰如污泥，洁白如早晨十点的太阳，天真的无生命的脑袋埋在翅膀下面。

我不知道你来自哪里，不知道你如何前来——但我知道你是谁。　　相反，我想说的是，在你清晨的静默中，在你的缺席中，死亡的欲望愈发清晰：

事实上，就像一个孩童，十点，与雨一道，我又一次享受这被给予的一刻，　街坊邻里亲切和谐的喧闹声

一个樵夫在城市中心的某个花园，　挥动斧头。　（家庭环境中转瞬即逝的真理，自恋的痴迷，总是对狂热的、武断的不理性的观念的弃绝，等等）　在我孩子的宁静

中，而非黄昏中，你睡着了，

　　莎士比亚的诗行，我不知道在哪里，何以如此，　　出于季节性的本能（？），与我们无关的土地的回归，等等。

　　悲伤的音调——在一阵濒死者发出的嘶哑的喘气声中，一阵熟悉的意大利汽车的引擎声，从某个角落里一展歌喉，沿着欢快的卡利尼街[1]行进，然后慢慢消失，悲伤的音调："你知晓的业已知晓，其余的你将一无所知"[2]。我将一无所知？我将一无所知？啊，

　　黑色的小鸟，你巧扮成白色，
　　像一个乡村新娘，在弗留利柔和的灰色中
　　扇动猛禽的翅膀：

　　眼睛邪恶的小鸟，　　假装困在那些了解却从未目睹

1　卡利尼街（Via Carini），罗马的一条街，位于圣潘克拉齐奥门（Porta San Pancrazio）和西夏拉别墅之间。

2　《Cio' che hai Saputo hai Saputo, il resto non lo saprai》，系对莎士比亚的悲剧《奥赛罗》中第五幕第二场中伊阿古最后一句话的化用："什么也不要问我；你们所知道的，你们已经知道了。从这一刻起，我不再说一句话"（Demand me nothing, what you know, you know. / From this time forth I never will speak word）。根据相关研究者的考察，在这首诗中，莎士比亚的上述诗行被转化为一只假装成白鸟的黑鸟，从遥远的地方返回，萦绕在诗人的周围。诗人猛力与这只鸟儿搏斗，但同时也被这只鸟儿深深吸引。诗的结语部分将诗歌和与之相关的邪恶的神秘与过去、历史和经验相联系，从而使诗人得以保留他对未来清白的权利。

过森林和沙漠之人　　幸福的睡眠中，

我将一无所知? 啊, 不, 啊, 不!　　你用三千年的
观念打开的缺口, 我要把它堵上

——我恰恰要用　你"三千年"的观念把它堵上!
恶的流逝! 希望——

幸存者自豪地怀着希望(二十世纪四十年代——瑞士、
南斯拉夫——意大利初春阳光的味道, 无从寻觅的祖国,
等等……)——这是缺乏诗意的理性诗意的借口——　　为
未来打开一线光明……

微茫之光: 慢慢来。首先是　代际问题。　但——
为什么只是一代人呢?

而意义是一个世纪的意义,　一个小小的世纪, 连
同孩子们的孩子们。
但在这里, 在这个世纪的唇沿,

诗行的爪子落下, 撕碎猎物。　一个世纪是一个千
禧年,　千禧年是"三千年"的理想数字。

神经官能症，通过伤口，扩张。死亡来自生命，来自伸展在阴影之上的王国，那里只有光，未来的美妙之光。"你知晓的业已知晓，其余的你将一无所知。"

我将一无所知？那么，除了过去一无所有的生活又有什么意义呢？　每一天伴随着过去而降临，就像一座玫瑰园？

然后，周期性的（几乎是可怜的内脏结肠炎的月经，或痉挛）　小鸟醒了，一切都结束了!

它来了，我们无言地战斗。　一只鹰在小山羊上空盘旋：不过，小山羊，　像狼一样咬人。它抓住我，把我拖上半空。一朵闪现着橙色辉光的云。　犹如一座岛屿，周围是潮汐的边缘

一线近似黑色的光亮，等等，等等。它涨满了群山，一个橙色的袋子，一袋光，装满了玉米穗，等等。——　或土豆，或动物骨头——

下面，罗马的
地平线，伴随着古老的阿皮亚大道
阴影的蚕食，被擦掉了。

（其他"不温不火"的场景笔记：天空的田野，和市郊的阴影，　一派黑色，或棕色——被黄昏的　时刻所哀悼，那一刻同暴风雨的时刻相重合。　天空中，只有一团橙色、不规则、长方形的油漆般的云朵，　那袋光的玉米穗）

我和它，我们在那里，搏斗，　犹如一位十六世纪黑人画家笔下的形象（为了不发生改变，为了与我的历史头脑中隐喻的崇高保持一致！）　我们在那里，成群结伙，就像螳螂和麻雀做爱一般。　从远处看，在罗马郊区的云彩　冰冷的、火焰的斜坡上，　人们或许会疑惑，这是性交、睡眠还是殊死　搏斗。　只要光——而且永远——停留在那座橙色的光之山上，　停留在那把泛着泡沫的伞上……

"历史学！可怕的概略，

预测着过去的一切内在的

形式，规范，无规则，

和赋予某个名称的无休止的观念，

以各种各样无尽的方式，

对于它的外观，它的无以言表，

最后，对于它强大的道路！

历史学，请你帮帮我！

如果我知道我身后的全部的无限性，

它因存在而致命，我就会是胜利者。"

然后，在那片天空上，　　反射镜，渐渐，熄灭。

更下面，在图斯科拉纳街的尽头，

电影城的另一边，有一片草地，

光秃秃的，微微起伏，一片小小的

荒漠，有一排电线杆，一家中心

发电厂，末端，有着光彩夺目的、死寂的光的圆球：

在一架没有灯的电线杆下面，

在那片草地的中心，

在冰冷的泥里，一位女士等候着什么人，

橙色的短大衣，脏污的鞋子，皮包。

人们身着节日的盛装，有蓝，有黑，不穿

外套，尽管冬天很冷，

三三两两年轻的小伙子来了又去，

留着长长的额发，后脖颈剪得齐整，

长裤熨得笔挺的老辈人的纯洁。

他们来了又去，青春诗意的，匿名

形式。

星星出来了，大如核桃。

月亮，纯洁而邪恶，在那片

小小的草地上，以骇人听闻的残忍，

把她的灵魂吹得和世界一样大

在阿尔巴诺丘陵[1]上变得苍白，

直至最后一块岩石的影子，最后一个小茅屋，

以及所有闪烁着光亮的村镇

延伸到弗拉斯卡蒂的脚下。

在那片草地上，悬浮着另一片云朵［与前一片云朵堪
为对称］，它，黑色的岛屿上，它被山峦、乳房、一袋子黑
玉米穗、涂满柏油的猩红色的甜菜所鼓胀，连同周围潮汐的
乳白色（等等，等等，如上）。周围一片雪白，因为那令人
毛骨悚然的、崇高的月亮。只有它是黑色的，在中间……

一片天空的碎片，

在一个封闭的，严格构成的世界里，

有光，有星星和月亮，有云的黑影，

好像，世界只是一堆

闪亮的碎片，意外的垃圾，

被一场洪水所涤荡，而今平静地横陈，

在天穹和城镇的广阔之间

在罗马的郊区，在弗拉斯卡蒂的灯光下。

1　阿尔巴诺丘陵（Colli Albani），意大利的一处休眠火山群，位于今
罗马东南二十公里处。

在那里，在一场并不存在的风暴　密布的乌云之上，
悬挂着，拥抱着，喘息着，　我们为生命最崇高的目标
而战（！）

"我不会死的！你不要对我做那样的事　诗句比
任何最残酷的　月光或阳光更为残酷，致命是因为存
在！　我所知道的，我真的知道？当然：我知道。　而
理解的人就会理解。　历史的头脑分娩着历史。　啊，
啊，在第二个千禧年终末的　作坊里，　我，没有为理
性而战吗？"

然后，它把我放下。
舔了舔羽毛，飞走了，
表现出一种自知之明者的平静。
它把我放在草坪上，在图斯科拉纳街的尽头。
突然间，我发现夹在两个
初出茅庐的金融警察之间，四五个朋友
刚刚从电影院出来，
在泥泞和寒冷中漫步，
他们穿着浅蓝色的衣服，神圣的纽扣下
肿胀的身体，就像一个卑微的奇迹，
轻率，欢快而甜蜜。

撒哈拉沙漠上空，重新开始。

我们孤独的理想场所：　一个由天空构成的忏悔室，
天空开放　是为了永不结束。　我重拾我所有的欧洲
主义，无畏地说意大利语，而这里恰恰不！我想，　啊，
上帝啊，上帝，带着朝圣者全部的活力：　那里下边着
火了！火灾？游牧民族？　莫非不是一场原子弹爆炸？

这上方没有云朵，但有宇宙中，最后的风。

在阿尔及利亚的尽头，马里的前方，遥远

依然是难以置信的遥远，距离几内亚湾……

不是下面那片无边无际、宁静、令人心碎的土地

沙漠叫科尔多凡[1]，狮子颜色的

荒原夹杂着杧果绿，环绕着它

我的朋友顿卡[2]住在那里，身穿节日的盛装

像祖父母和蠕虫一样赤身裸体，戴着一串珍珠？

我熟悉我所有的诗篇，你想要，化身在风中，生机勃
勃，磨平宇宙，吸取教训……（"说意大利语的人"，是的，

1　科尔多凡（Kordofan），苏丹中部的一个省，存在时间为1898至
1994年。1994年被划分为北科尔多凡、南科尔多凡和西科尔多凡。
2　原文为Denka，人名，不详。

"满是非世界主义的欧洲主义"：具有讽刺意味的是，对于
音乐剧——任何理解文学命运的希望陷入坍塌，出于矛盾
现象，采取了一种音乐剧中的宣叙调形式，以一种泛泛的
语言的光滑，来"翻译"———以上述自杀的快乐，针对
一个特定圈子的目标群体——当拥有了这么多之后，一无
所有的人，是没有报酬的——一个语言上的失业者）

　　"犹如十七世纪的先知

　　一种性欲的圣洁的

　　交替，卑躬屈膝

　　和断然拒绝的交替！巴洛克风格

　　重新降临，带给人类非现实性：

　　唯一的现实乃是孤独。"

　　（他们穿过森林——沿着大洋——小屋……）

　　"一场理想的关系循环，一段历史终结了，

　　这就是人们始终如一捍卫灵魂的方式。

　　以自身的失败为光荣。"

　　"但对于灵魂，则需要怜悯

　　对于某个孩童的怜悯，对于某个动物，

　　对于一个在大地上独自游荡的

　　造物的怜悯。不要谴责一个灵魂

　　倘若填满了这些像整个人类历史

一样伟大的，卑微的欺瞒！

这是为了自我保护……你们难道不知道？正是

同新资本主义的巴洛克风格一道儿

新的史前史才粉墨登场。"

而那些可怜无辜的灵魂，

顺从古老的机制：

他们逃离邪恶的世界

坐上苦行僧的柱顶，

在那里完成痛苦的手术。

绕过障碍，展示

自身禁欲一般不幸的逃避，

自身冥想般的恐惧。

"最不无辜的人无从

控制这些停留在世界开端的

灵魂单纯的诡计，

像一只小狗一样在他的主人那里

自诩自由，在世界末日

寻觅幸存的理由。"

它松开手，

我像一只慌乱的母鸡一样掉了下来

母鸡停止尖叫，重新开始啄食，

在卡诺 [1] 一条疯狂燃烧的街道上。

舞台代表市场，全是白色和淡黄色，

和红红绿绿的手工刺绣：一个早晨

像许许多多其他的早晨一样永恒，而那些

尼日利亚北部可爱的黑人，

他们很清楚，他们内心的存在

——有着人之为人，而非动物的极其

美丽的眼睛——只是

世界上芸芸幽灵中的一个。

啊，古老的青春，　总是由生着四足动物　银色眼睛的同一个母亲所分娩！　痛苦那不安的宁静！　早晨的永恒是一件白色的　飘摆的褴褛衣衫，像病人的长袍，罩在柔弱的身体上，还有像小山羊一样的贫困的孩子们眼睛里的水滴，　在那中世纪的平静中迷失在畜群中……一个肺结核患者走上前来，另一个种族柔软的额发上——戴着一顶红黑相间的小帽，　疟疾患者的眼睛——用长勺子喝水——从一个公用的水桶里，毛茸茸的，令人作呕，　他一脸平静地喝水——作为男孩子，没有未来，　男孩子是某个年龄或某种性别　——然后走开，沿着阴沟干涸的溪

1　卡诺（Kano），尼日利亚西北部卡诺州的首府。位于撒哈拉以南的萨赫勒地理区域。卡诺是尼日利亚北部的商业中枢，也是尼日利亚的第二大城市。

流，流过　　满是泥泞的小房子，犹如老年人的蜂房　　而

没有老年人的经验，母亲的（蜂房），　　而没有母亲的权威，

肮脏　　一如围栏里的畜生。

　　它，回家入睡，我记得

　　弗留利的小孩子们抓捕的小鸟们，

　　也是这样睡觉的，午饭后

　　塔利亚门托河 [1]，广阔如一片沙漠，

　　在梦一般静止的葡萄树间流淌，桑树

　　已散发出丝绸的味道，玉米地

　　像一群咆哮的狮子。

　　它们睡着了，或者沉入梦境，

　　在几棵树上，那是一个梦，

　　在下午两点太阳炫目的白光中，

　　发现周围的黑莓丛，

　　似乎是永恒的，当光着脚的孩子们，

　　穿着轻薄的短裤，

　　鸟巢在孤独中倾斜，

　　或许当开往威尼斯的老式火车发出鸣笛声——

　　他们从内心感受到爱最初的痛苦，

1　塔利亚门托河（il Tagliamento），意大利东北部弗留利-威尼斯朱利
亚区最重要的一条河流，是整个阿尔卑斯山弧形地带唯一保留着河道交
错的原初形态的河流，素有"阿尔卑斯山河流之王"的称号。

他们不知道那是什么，眼睛里含着嘈杂声……

它睡着了，像夏天波河流域

那些鸟儿中的一只，憎恨白天，

它们栖息在枝头，而她自得地睡觉。

赦免或怜悯的请求被驳回了。

我在卡诺城转悠，重新回到旅馆，

在十二月的盛夏品茶，

内心充满了古老的喧闹声

——腹部欲望的绞痛，

使脸色苍白，吮咂着热血，

就像在我的族类中生长的有毒的幼苗

在温柔的黑人男孩当中，他们诞生自

一无所知的食草动物的丝绸肚子里，

他们的生活经验没有源头，悬浮

在热带的大草原上，经过一个又一个的大草原，经过
一个又一个的大草原

但是，时间到了。

我在九千米的高空，

在桃红色的夜里，降落在

亚丁湾之外，孟买躺卧的无穷无尽中，

世界上至高无上的，贫穷的海湾。我像个

三岁的堂吉诃德一样战斗，在我下面，

是一位讨厌的奥兰多，被我美妙的绳子牵着，

显露出，沙漠持存的肉体性

在数不清的山脉的形式下，

骇人的群山，它们的红色从赭石向着粉红逐渐褪去。

"我所知道的一切，出于恩典

或出于意愿，不再是智慧。

它对飞翔在撒哈拉或阿拉伯的天空

发现自己已然衰老的男孩子毫无用处。

我会知道的。历史是预言，

我疯狂地说道。

你不会休息——

不会躲避大白天该死的阳光——

弗留利的小鸟，在我熟悉的小树林里，

在纯洁的树木间——桑树，葡萄树，杨树，

接骨木，连同它春天的脆弱……

甚至，不再置身于拉各斯[1]周围的森林里，

————
1 拉各斯（Lagos），尼日利亚和非洲大陆人口最多的城市，非洲的主要
金融中心之一和拉各斯州的经济中心。该市的 GDP 在非洲排名第四，拥
有非洲大陆最大和最繁忙的海港之一，也是世界上发展最快的城市之一。

和苏丹的粉色大草原上，

或者亚丁[1]火山紫色的山峰——

你将步入一句诗行，自徒劳的

预言。在我最后的角落里，

在世界灿烂的阳光下，

阿拉伯人或基督徒的世界，

地中海或印度洋的阳光，

它既不适合历史，也不适合我，

我将适应未来的地球，

当社会回归自然。"

　　而那上面，没有人听得到、看得见我们，　　正如我满足了身体的需要，　　除了生命的纯真，　　欢欣鼓舞地背叛了我的一千个影子　　它们种在世界角落里的，　　只存在于荒凉的憎恨中。

　　它又一次离开了我，快乐得　　像是苏格拉底挠了挠脚踝。　　它去了圣诞马槽耶稣诞生的场景，穿过逶迤的粉红色的云朵和微蓝色的　　雪中的空气，　　在道德主义的凯尔特[2]的上空。

1　亚丁（Aden），也门主要城市之一，阿丹省（Adan）的首府。整座城市坐落在一座死火山的陨石坑上，由丛聚的古老村庄所构成，俯瞰着朝向同名海湾的天然港口。
2　原文为 Keltikè，拉丁语为 Celtica，"凯尔特人的""凯尔特语"之意。

［继续强迫性的视觉重复，出于弃绝的理由，以首字
母重复的方式被插入的报道，等等……每一个火焰都是
一个小神殿　　有其圆柱和小小的拱顶等等　　祖母绿色
和橙红色的花环等等。（而今，红色的花，密如树叶：它
们的红色是山茱萸的红，　　是旗帜的颜色，甚于花的颜
色。）　　一排小神殿寺庙夹杂在监狱的石灰棚屋间。某个
天堂的**红，绿**，和白，天堂里的一切都已死去——距蒙巴
萨[1]九英里。　　这里生活着许多年轻人；有些是囚犯，被
困在金合欢树干燥的，火焰的舌头之间，　　面容亲切黝
黑，　　堆满同样亲切的笑容，山茱萸的，　　花儿的笑容；
年轻人浑身烦躁，身着丝绸，　　或许犯下了形形色色的
罪行，杀害索马里人，或是　　偷盗吉里亚马人[2]牲畜的毛
贼；另一些人，穿着肥肥大大的、时髦的士兵服，带着年
轻兄弟般，或婊子式幻想的微笑，他们看着犯人，有气无
力地扛着　　黑色或淡红色的步枪，沐浴在沉入肯尼亚金
合欢树的猩红舌头后面的大海泛出的光芒中……］

1　蒙巴萨（Monbasa），肯尼亚的第二大城市和主要港口。旅游业为
其重要收入来源，其海滩水质清澈，沙质细腻，吸引了不少欧洲和以色
列等地的游客前往度假。
2　吉里亚马（Giriama），组成米吉肯达（Mijikenda）的九个种族之一。
米吉肯达占据了从北部拉穆到南部肯尼亚-坦桑尼亚边界的沿海地带，
以及大约三十公里的内陆地区。吉里亚马人是这些种族中最大的一个。
他们居住在与沿海城市蒙巴萨和马林迪，以及内陆城镇马里亚卡尼和卡
洛莱尼接壤的地区。

而……

啊啊啊，现在，我要在车里尖叫

老朱丽叶 [1]，熟悉的烟头的味道，

诞生在邪恶之星的闪耀下

（事实上，它走在意大利邪恶的道路上）……

如果上帝之家从里面反锁

而只有他才有钥匙，我也

住在从里面反锁的房子里：

仁慈之姊理性的家。我打开

门，走了出去……现在，喏，前方就是

从里面反锁的，该死的上帝之家，

给我一种恶心的令人厌恶的感觉，

而后面，是我还可以重新踏入的无聊的历史。

恰恰相反，我无家可归——啊啊啊啊，而今我尖叫，

啊啊啊啊……

只有，朱丽叶型轿车里肮脏的烟蒂的味道，

穿过这些邪恶的国家公路。

再说，由于在意大利，一切都是半吊子，

瞧，我们在半空中挣扎，

1　朱丽叶（Giulietta），意大利阿尔法·罗密欧汽车公司生产的一种汽
车型号。

在基亚肖河 [1] 和佩西奥河的大河谷。

在高教堂的门廊附近,

有一股熟悉的、敌意的风

从波河平原一路刮过来……

夏日永恒残余上的褴褛的亚麻,

或者无法除掉的十四世纪的雪下面

生锈的丰产, 下方, 寂静有着垄沟的

巨型梳子, 掠过亚平宁稀疏的皮毛。

"我忘记了理由——同上帝的

协议——我在冬日的空气中呼喊,

像一匹被送往屠宰场的老马一样挣扎——

我爱死者的死亡, 那在下方

亚平宁的忧郁中,

见证财产幸存的界石!

巴洛克风格的! 八角形的! 碑文刻在羊皮纸状

犹如招风耳一般起卷的大理石上!

人类永远无法适应社会。"

从福利尼奥 [2] 或佩鲁贾 [3] 传来雪的声音,

1　基亚肖河(Chiascio), 意大利中部流经翁布里亚大区的一条河流,
属台伯河的一条支流。

2　福利尼奥(Foligno),意大利翁布里亚大区佩鲁贾省的一个古老城镇,
毗邻托皮诺河畔。

3　佩鲁贾(Perugia), 意大利中部翁布里亚大区佩鲁贾省的首府。其历
史可以追溯到伊特鲁里亚时期,系伊特鲁里亚人所建造的主要城市之一。

一阵钟声，连同悲痛的作坊里

摩托车的抒情小诗，

向着山谷敞开，在街道荒芜的拐弯处，

或城镇的次要街道，通往

结冰的小村庄，呈现出兵营，发电厂

的科罗里诺[1]棕……

我在教堂的气氛中呐喊：

"我也喜欢乔托的死，

我再也不喜欢，那边，在那个悲伤的过道里，

狭小得像一艘海盗船，

脑袋短得像翁布里亚[2]的画家！

我甚至也可以在那些充满虔诚的

令人难忘的壁画上刷一道石灰

那种虔诚催生虔诚，以其神圣的淡褐色，乏味地

对抗普鲁士蓝的熔流，

他表现得像个圣人：毫无隐喻的分离，

因为，生者的死需要死者的死。"

....

---

1 科罗里诺（colorino），一种主要种植在托斯卡纳地区的意大利红葡萄品种，以其深黑的颜色而闻名，主要用作红色混合物的着色剂。

2 翁布里亚（Umbria），位于意大利中部的一个大区，也是意大利唯一既没有海岸线也没有与其他国家接壤的大区。

瞧，在博洛尼亚和米兰之间的高速公路上，

它向我的挡风玻璃发射了一千只蚊蚋。

每一个都是小怪物

像传令官一样讲述真相的故事

从牛奶场的上空降临，落入白杨空荡荡的

被加冕的绿色的崇高，背靠阿尔卑斯山，依然明亮。

"是霜冻——他拼劲全身力气告诉我，在弥留之际，

报信人，带着一个抄写员的腔调，

死后消失了，死后——

是波河地区的霜冻。

你知道，但你不想再知道了。"

我在母亲曾经生活的天空呐喊：

"带着无可救药的天真

——在应该是一个男人的年龄——

我反对对于尊严的专横"

（顺便说一下，这不是孩子们感兴趣的）。

而，出于一丁点儿历史学给我的经验

结束的历史悲剧巨大到，

我抓住了未来生命的全部纯真！"

我在母亲曾经生活的天空呐喊：

没有任何五十年代的问题

我不在乎！我背叛毫无血色的

道学家，他们把社会主义变得和天主教

一样令人厌倦！啊，啊，被典当的外省！

啊，啊，一个比一个更理性的诗人的竞争！

意识形态的毒品，给可怜的教授们！

我弃绝荒谬的十年！

美丽的旗帜

早晨的梦：当

太阳已成熟得

坐上王座

只有流动商贩知道，

他已经在街上走了好几个小时

他那可怜的青春的皱纹上

留着病人的胡须：

当太阳君临

已温热的蔬菜王国，疲累的

帐篷，人群

他们的衣服已隐约地明白了艰难

——数百辆电车进进出出

穿行在环绕城市的路轨上，

无以言表的芳香，

早上十点的梦境，

在睡梦中，太阳，

就像一个狗窝里的朝圣者，

一具无人认领的尸体

——出现在明亮的希腊文里，

在两三个音节的简朴的神圣性中，

的确，充满了凯旋的太阳的光亮——

人们占卜现实，

它从根子里就是成熟的，而今，它已成熟得像太阳一样，

或让人享受，或使人害怕。

早晨的梦告诉我什么？

"大海，以蓝色晶粒缓慢的宏波，

拍打，满含子宫里不可化约的

愤怒劳作，

几乎是幸福的——因为它带来幸福

就连命运最令人发指的行为也证实了这一点——

你的岛屿粉身碎骨，而今

缩小到数米见方的土地……"

救命啊，孤独来了！

像一个国王，我是否知道我想拥有它，并不重要。

睡梦中，我的内心，一个无言的婴孩感到害怕，

他乞求怜悯，骚动不安地，

拼命寻求庇护

"美德心烦意乱"，可怜的造物。

独自一人

像大地深处的一具尸体。

这个念头吓坏了他。

再见，尊严，在梦里，即便是早晨！

谁当哭泣，就哭泣吧，

谁该拽紧别人的衣摆，

就拽紧，谁该拉，就拉吧，

因为，那些色如污泥般的面孔转过身，

打量他惊恐的眼睛

为了打听他的悲剧，

好弄明白他的状况到底有多可怕！

太阳的光亮，君临一切，

就像一个历史的幽灵，

以巴洛克或罗曼式大理石的分量

压在你的眼皮上……

我想要我的孤独。

对于一个可怕的诉讼而言

或许唯一能显露的

不过是梦中之梦……

与此同时，我独自一人。

迷失在过去。

（因为人的一生中，有一个孤独的阶段。）

突然间，我的诗人朋友们，

和我分享这六十年代

丑陋的光明，

男男女女，稍微年纪大点的

或者更年轻的——他们在那儿，在阳光下。

我不知道是否有恩典

可以让我紧握他们——在一生的阴影里

过度依恋我的灵魂

根深蒂固的懒惰的一生。

而后，老妪，变成了

我的母亲和我

两副面具

此外，它们丝毫没有失去

清晨的温柔

——和在真实性中

重复的

古老的表现

只有在梦里，我梦见

自己或许才能呼喊她的名字。

整个世界都是我尚未埋葬的身体。

环状珊瑚岛

被大海蓝色的微粒击得粉碎。

该当何为？如果不能在守夜的时候保持尊严，

是时候流亡了。

或许：是时候由一个古人赋予现实以

真实，

围绕着他的成熟的孤独，

该会有孤独的形式。

而我——如在梦中——

我渴望获得蚯蚓令人痛苦的

幻觉，它因无法理解的力量而瘫痪：

"可是，不！可是，不！这只是一个梦！

现实

就在外面，在凯旋的阳光下，

在空荡荡的街道和咖啡馆里，

在上午十点的无上的失音症里，

日子，像其他所有的日子一样，带着它的十字架！"

我的朋友生着父亲的下巴，我的

棕色眼睛的朋友……

我北方的亲爱的朋友们

建立在像生命一样亲切的感情共鸣之上

——他们在那里，在阳光下。

还有艾尔莎[1]，金发碧眼，

她——从受伤的战马上，跌落，

血流如注——就在那儿。

而我的母亲就在我的身旁……

但逾越了时间的一切限制：

我们是一个人身上的两个幸存者。

她的叹息，就在这儿，在厨房里，

她对每一个堕落的消息，

对任何针对成群的大学生们

仇恨的抬头所抱有的疑虑都感到不适，

他们在我奄奄一息者的房间下面冷笑

——他们只是我的孤独的真实性。

1　艾尔莎·德·吉奥吉（Elsa de Giorgi，1914—1997），意大利作家、导演、场景设计师和电影、戏剧演员。20世纪50年代下半叶，艾尔莎嫁给了桑德林诺·孔蒂尼·博纳科西（Sandrino Contini Bonacossi）伯爵，并与作家卡尔维诺保持着亲密关系。曾在帕索里尼的电影《索多玛120天》中扮演玛吉夫人一角。

就像一个和国王投身火刑的妻子，

或同他一起埋葬

在坟墓里，她像小船驶向千禧年

——那是五十年代的信仰——一样离开人世，

而在这里，和我一道，已轻盈地逾越了时间的限制，

也让她被大海蓝色的微粒

出离愤怒的耐心击得粉碎。

而……

我基于纯粹感官享受的爱情，

在欲望的神圣之谷中被重复，

施虐狂，受虐狂，裤子

还有他们温热的行囊

那是一个人的命运被打上标记的所在

——这是我独自一人完成的剧幕

在大海惊心动魄的动荡的中心。

慢慢地，成千上万的神圣姿态，

手放在温暖的肿胀上，

吻，每次迎向不同的嘴，

越来越像处女。

越来越接近物种的魅力，

接近成为温柔的孩子的父亲的法则，

慢慢地，

他们变成了石质纪念碑

成千上万的人涌向我的孤独。

他们等待

一波新的理性浪潮，

或者你谈论，一场梦，来自另一场梦的深处。

我就这样醒来，

再一次：

我穿好衣服，坐在办公桌前。

阳光更加成熟了。

流动商贩走远了，

世界市场上，蔬菜的温暖更形锐利，

沿着难以言表的芬芳的大道，

海岸上，火山脚下。

整个世界都在工作，在它未来的世纪里。

啊，四十年代美丽的旗帜！

小丑哭泣的借口。

绝望的活力[1]

I

（往事的草稿，在时下的"俚语"

"流动"[2]中：菲乌米奇诺，古老的

城堡，和关于死亡的第一个真实的想法）

就像在戈达尔的某部电影中：只有

一台轿车，行驶在拉齐奥新资本主义

——从机场返回——的高速公路上

[莫拉维亚待在车里，完全夹在行李中间]

独自一人，"驾驶着他的阿尔法·罗密欧"

　　在非哀歌体的诗篇所无法转述的

　　阳光下，因为天上（是）

　　　　——一年中最美丽的太阳——

就像在戈达尔的某部电影中：

　　　　烈日下，有人孤身躺在血泊中

1　"绝望的活力"（una disperata vitalità）一语出自帕索里尼在博洛尼亚大学的老师、著名艺术史家朗吉之口，系针对文艺复兴之后意大利矫饰主义的一个评语。

2　原文为拉丁语 cursus，有"过程""流动""课程"等意。

一动不动

　通往菲乌米奇诺港的运河

　　——一艘摩托艇毫无察觉地返回

　　——披着破烂羊毛衣的那不勒斯海员

　　——一场车祸，几个旁观者围拢上来⋯⋯

——就像在戈达尔的某部电影中——在新资本主义的

玩世不恭，和残酷时期

重新发现浪漫——

驾驶汽车

行驶在通往菲乌米奇诺的公路上，

瞧，这座城堡（多么甜蜜的

神秘，对法国剧作家而言，

在百年一遇的，无尽的激荡的阳光中，

这位教宗巨人，和他耸立在树篱

和农奴们一片片丑陋的田地

之上的城堞）⋯⋯

——我就像一只被活活烧死的猫，

被载重卡车的轮胎碾得粉身碎骨，

被男孩子们吊在无花果树上，

但七条命至少

还有六条，

就像一条蛇被捣成血泥

鳗鱼被吃了一半

——沮丧的眼睛下凹陷的脸颊

脑袋上稀疏到可怕的头发

孩童一般消瘦的胳膊

一只不会死的猫，贝尔蒙多[1]

"驾驶着他的阿尔法·罗密欧"

在自恋的蒙太奇的逻辑中

从时间中分离出来，然后嵌入

自身：

在与任何事情无关的图像中

伴随着成群结队的时间的厌倦……

使下午的死亡缓慢地焕发出光芒……

死亡并

不在于无法沟通

而在于无法再被理解。

1　让-保罗·贝尔蒙多（Jean-Paul Belmondo），法国电影演员；父亲是法国著名雕塑家保罗·贝尔蒙多。早年多拍摄文艺片，1960 年担纲演出法国新浪潮名导让-吕克·戈达尔名作《断了气》(*À bout de souffle*)，从而声名大噪。2016 年获威尼斯国际电影节终身成就奖。

而这位教宗巨人，不缺乏

恩典——对雇主

在乡间所作让步的回忆，

其实，他们是无辜的，就像无辜的

仆从们的恭顺——

在太阳下，

几个世纪以来，

对于成千上万的正午，

这里，（他是）唯一的客人

这位教宗巨人，城堞

蜷缩在杨树林和海边的沼泽地之间，

西瓜田，堤坝，

这位全副武装的教宗巨人

站在罗马美妙的橙色的

扶垛上，裂开的扶垛

像伊特鲁里亚人或罗马人的建筑，

他将无法再被理解。

II

（没有淡出，切换清晰，我代表着
"文化产业"——前所未有——
中的一幕。）

我自愿殉难……而，
她坐在对面的沙发上。
镜头和倒摄镜头，快速闪光，
"您——看着我，我知道她在想什么，
中等身材的意大利女佣
总在戈达尔家里——您，有点像田纳西州人！"
穿着小羊毛衫的眼镜蛇
（一条顺从的眼镜蛇，
在寂静中分离镁）。
而后她提高嗓门："能告诉我，您在写什么吗?"

"诗！我写诗！诗！
（该死的蠢货，
诗，她永远不会理解，
因为她对格律一无所知！诗！）
不再是三行诗节的押韵诗！

您懂吗？

这才是重点：不再是押韵诗了！

我径直回到岩浆里！

新资本主义赢了，我

走在人行道上

　　作为诗人，啊［呜咽］

　　作为公民［又一阵呜咽］。"

拿圆珠笔的眼镜蛇：

"您的作品标题是什么？""我不知道……"

［他现在低声细气地说话，好像被吓到了，扮演起

面试中的角色，他接受了，被迫

进入角色：他的怒容

没几下

就在被判处

死刑的、离不开妈妈的孩子脸上消退］

——或许……"迫害"

　　或者……"一个新的史前史"（或者史前史）

　　或者……

［在这里，他发怒了，重新恢复了

公民仇恨的尊严］

　　"犹太人的独白"……

　　　　　　　　［对话

中断，就像混乱的八音节诗句

无精打采的强音部：岩浆！］

"您指的是?"

"嗯，是关于我的……关于您的，死亡。

不在于无法沟通，［死亡］，

而在于无法被理解……

　　（要是眼镜蛇知道，这

　　　　只是我从菲乌米奇诺回家的路上

　　　　冒出的一个脆弱的念头就好了！）

他们几乎全都是抒情诗，它们的成分

由时间和地点

构成，多么奇怪！，在行驶的汽车上……

以每小时六十到一百公里的速度冥想……

用快速的摇镜头，和移动镜头

跟踪或推进

针对重要的名胜古迹，或人群，

激励

一种公民（或大街上的驾驶员）……

客观的爱……"

"哈，哈"——［那是拿着圆珠笔的眼镜蛇在笑］——

还有……

谁还不明白？"

"那些不再属于我们的人。"

Ⅲ

那些不再属于我们的人！

被历史的新气息，连同他们

天真的青春，拽向别样的生命！

我记得曾经……因为一份爱

侵入我栗色的眼睛和正派的裤子，

家和乡村，早晨的曙光和黄昏的

夕阳……在弗留利

晴朗的星期六，在……在星期天……啊！我甚至

不能说出处子的激情

之词，我的死亡之词（在报春花麇集的

干涸的沟渠中被瞥见，

在金光灿灿中麻木的成排的树木之间，在

映衬着高远蓝天的昏暗农舍的掩映中）。

我记得，在那可怕的爱中，

我悲伤得忍不住号叫

为了那些星期天，阳光将

"普照在儿子们的儿子的头上！"

我在卡萨尔萨的小床上哭泣，

在充满尿臊味和新洗的衣服气味的房间里

在那些闪耀着死亡光辉的星期天……

不可理喻的眼泪！不只是

因为那些我失去的，在那光辉

令人心碎的静止时刻，

也因为那些我原本要失去的东西！当

新一代年轻人——我甚至无法想象，

就像现在穿着白色的

长毛线袜和英式短上衣，

纽扣上别着花儿——或者，穿着

参加婚礼的深色面料，那婚礼以子女的得体精心准备，

——他们要在卡萨尔萨未来的生活中生息繁衍。

不变的卡萨尔萨，连同它的岩石，它的太阳

以濒死的金水覆盖它……

因为癫痫发作时杀人般的

痛苦，我抗议

就像一个被判处终身监禁的人，把我关在

房间里，

没有人知道，

我尖叫，用被熨斗

烫焦的毯子

堵住嘴巴

家里珍贵的毯子，

我曾在上面孕育过我的青春之花。

午饭后，或者某个黄昏，比赛

结束后，我尖叫着

跑过周日的街头，

跑到铁路后面的老公墓，

停止，重复，直到见血，

生命中最甜蜜的行为，

独自一人，站在

两三个

意大利或德国士兵

坟墓的土堆上

木板十字架上没有名字

——自上次战争以来就一直埋在那里。

而后，夜里，在干涸的泪水中，那些

可怜的无名小卒流血的身体

身着绿色套装

成群结队地来到我的床上

我赤身裸体，空空如也地睡在那里，

血玷污了我，直至晨光熹微。

那时我二十岁，甚至还不到，也就十八，

十九岁光景……已过去了一个世纪

自打我来到世上，整个一生

都沉浸在观念的痛苦中

我永远不会献出我的爱

如果不是献给我的双手，或沟渠中的青草，

甚或哪怕是一座无人看守的坟墓上的泥土……

二十岁，以其作为人的历史，他的

诗篇，一生已然终结。

IV

（恢复采访，对马克思主义的作用

所做的一些含混的解释，等等）

　　（啊，这只是一次我对世界的拜访！）

　　但是，让我们回到现实。

［她在这儿，脸上显出担忧的神色，却因良好的教养表现

得很轻松，等待着，在法国古典主义的美好规则的"灰色"

框架下。一幅莱热[1]的作品］

"那么，在您看来，"她有所保留地问道，

嘴里轻咬着圆珠笔，"马克思主义者的

角色是什么？"她开始着手做笔记。

"以……细菌学家的慎重……我想说的是［我结结巴巴，

1　约瑟夫·费尔南·亨利·莱热（Joseph Fernand Henri Léger，1881—
1955）。法国画家、雕塑家和电影制作人。在他早期的作品中，创造了
一种个人形式的立体主义，并逐渐将其转变为一种更具象的、平民主
义的风格。他对现代题材的大胆简化处理被视为波普艺术的先驱。1945
年加入法国共产党。晚年转入古典主义风格，曾为联合国总部作画。
1955年曾获得圣保罗双年展大奖。

被死亡的愿望所压倒〕

转移像拿破仑，斯大林的军队一般伟大的群众……

连同数十亿的流动人员……

以这样一种方式……

自称是〔过去的〕保护主义者

的群众将失去它：

而革命的群众将得到它，

在赢得它的行动中重建它……

这是出于自卫的本能

让我成为共产主义者！

　　　一种生死

攸关的转变：延续了好几个世纪。

动作要慢，就像当一个

天才的工兵上尉拧下

一枚没有爆炸的炸弹的保险丝，而

那一刻，有可能活在地球上

（连同他围绕着太阳的现代化的建筑群）

或者被一劳永逸地抹掉：

两个角之间的不可思议的

不平衡！

转变时

动作要慢，伸长脖子，

　　弯腰，收腹，

　　咬紧嘴唇，或者像木球运动员那样

　　　　　使劲眯着眼睛

左右摇摆，想方设法控制

　　掷球的路径，调整

　　　　以便找到一个解决办法

　　　　它将决定好几个世纪的生活。"

V

几个世纪以来的生活……

暗示着这种——昨天晚上……

那列远方的火车短暂的成段的

呜咽声中的麻木……

那列忧伤的火车

呜咽着，仿佛惊讶于它的存在

（同时也顺从了——因为生命中的每一幕

都是一条线上被标记的片段，

线就是生活本身，只有在梦中才清清如水）

火车呜咽着，而呜咽的行动

——远得难以想象，远在阿皮亚大道

和琴托切莱[1]之外的世界——

与另一个行动相结合：偶然的，

可怕的，怪诞的结合

如此私密

只有在我的视线之外，

纵然闭上眼睛，我也能了如指掌……

爱的行动，我的爱。但我迷失在因奇迹

而被赋予的身体的痛苦中，

迷失在自我隐藏的疲倦中，迷失在沿着

一条阴暗的铁路前行的喘息中，在泥泞中的跋涉

在一个巨人耕作的乡村……

几个世纪以来的生活……

像一颗陨落的星星

在巨大废墟的天空之外，

1　琴托切莱（Centocelle），意大利首都罗马第五市政厅 7A 区。意大利的第一个机场——琴托切莱机场，即毗邻此地，且与之同名。该机场的历史可追溯于 1909 年 4 月 15 日，当日，莱特兄弟中的兄长威尔伯·莱特（Wilbur Wright）曾前来此地进行飞行表演。

在卡塔尼[1]或托隆尼亚[2]的领地之外，

在图斯科兰纳和卡帕内莱[3]之外的世界——

那个机械的呜咽声在诉说：

几个世纪以来的生活……

我的感官就在那里聆听。

我抚摸着一个蓬头垢面的脑袋，

金发是生活所需要的，

被修剪成命运渴望的形状，

和小马驹一样的身体，敏捷，温柔

穿着粗布衣服，上面有母亲的味道：

我完成了爱的行动，

但我的感官开始聆听：

几个世纪以来的生活……

---

1 卡塔尼（Caetani，或 Gaetani），一意大利贵族世家的名字，他们在比萨和罗马的历史上曾经发挥巨大的作用，主要是通过与教皇的密切关系和敲诈手段来谋取家族地位和世俗利益。

2 托隆尼亚（Torlonia），一个起源于法国、发迹于罗马的贵族世家。该家族于 18 至 19 世纪通过协助梵蒂冈进行财务管理而获得了巨大财富，由于其惊人的财富，"托隆尼亚"便成为意大利语当中"巨大财富"的代名词。

3 卡帕内莱（le Capannelle），罗马的第十八区。位于罗马城的东南部，介于东北部的图斯科兰纳大道和西南部的阿皮亚新大道之间。

而后，命运的金发脑袋从一个洞里

消失不见了

洞里是黑夜明亮的天空，

直到，在那片天际的映衬下，出现

另一个发型，另一个脖颈，

黑色的，也许是栗色的：而我

在卡塔尼或托隆尼亚的领地

深处一个迷失的洞穴里

在十七世纪的巨人建造的废墟中

在狂欢节的无边无际的日子里，我

用我的感官聆听……

几个世纪以来的生活……

好多次，在那个朝向白色之夜

的洞里，迷失在

卡西里纳以外的世界，

命运的脑袋消失，又复现

带着南方母亲金色的甜蜜

醉醺醺的父亲金色的甜蜜，总是同一个

蓬头垢面的小脑袋，或许早已

编织成普通年轻人的虚荣心：

而我，

用我的感官聆听……

另一种爱的声音
——几个世纪以来的生活——
在天空中挺立得如此纯净。

VI

（一场法西斯的胜利）

她伤心地看着我。
"所以……您……［世俗的，贪婪的微笑，
连同意识到它的贪婪和讨巧的
卖弄——火焰般的眼睛和牙齿——
对自己带点轻微的孩子气的犹犹豫豫的
蔑视］所以，您，很不开心！"

"是的（我必须承认）
我的状态有点混乱，小姐。

我重新校勘我的诗集的
打印稿（就是我们正在谈论的这本）

我看到的景象——啊，如果只是

一团矛盾的无序就好了——让人放心的

矛盾……不，我看到的是

一个困惑的灵魂的景象……

每一种错误的感觉

都让你对那种感觉十足地肯定。

我的错误的感觉就是那……

健康的（感觉）。奇怪！告诉您这个

——您在定义上是无法理解的，

生着一副没有嘴唇的玩具娃娃的面孔——

现在我根据临床上的清晰性，证实

这一事实

我从来都不曾清晰过。

这倒是真的，有时候，

为了健康（和清晰），

相信它就足够了……然而

（写吧！写吧！）我现在的

混乱是法西斯

胜利的结果。

　　　［新的、无法控制的

　　　　对于死亡忠实的冲动］

一场小范围的，次要的和轻松的

胜利。我则孤身一人：

只有我的骨头，担惊受怕的

胆小的母亲，和我的意志。

目的是羞辱一个被羞辱的人。

我得说，他们成功了，

甚至没费多少气力。或许

要是他们知道事情原来这么简单，

他们就会少些麻烦，再少些！

（哎呀，您瞧，我用的是一般复数形式：他们！

同疯子共谋地爱着自己的恶。）

无论如何，这场胜利的结果，

就连他们也看得无关紧要：和平

请愿中少了一个权威的签名。

好吧，单独反对[1]，这不算多。

单独征服……不要紧：

我已经叙述得太多了，

---

1 "单独反对"，诗人使用了拉丁语 *a parte objecti*，包括下一句的"单
独征服"：*a parte subjecti*。

而从未大声说出，

我的痛苦就像一条被踩碎的虫子

抬起它微小的头，带着令人厌恶的

天真，奋力挣扎，等等。

法西斯的胜利！

写吧，写吧：他们知道（他们！）我知道：

以一只受伤的鸟儿的意识

温顺地死去，但绝不宽恕。"

VII

绝不宽恕！

曾经有一个灵魂，在那些

还在等待着堕落的灵魂当中

——那么多，那么多一模一样的，可怜的灵魂——

有一个灵魂，在栗色的眼睛的光芒中

在被一个母亲有关阳刚之美的思想所梳理的

谦逊的额发中，

燃烧着对于死亡的渴望。

他一眼就看到了她，那
绝不原谅者。

他带走了这个灵魂，把她召唤到自己身边
像一名手艺人，
在生命出现之前的上界，
他把双手放在她的头上
发出了诅咒。

灵魂白皙纯洁，
如同一个初领圣体的小男孩，
有着十年人生智慧的智者，
一袭白衣，布料的选择
源自母亲对男性气概的理解，
他温热的眼睛里流露出对死亡的渴望。

他一眼就看到了她，那
绝不原谅者。

他看到了无穷的顺服的能力，
和无穷的反叛的能力，
他把她叫到身边，任她
——她信任地看着他

就像一只小羊打量着它正义的屠夫——

躺着，为她祝圣，而

她眼睛里的光

熄灭了，怜悯的阴影徐徐升起。

"你将降临到世上，

你将清白而高尚，公正而忠诚，

你将有无穷的顺服的能力，

和无穷的反叛的能力，

你将是纯洁的。

因此我诅咒你。"

我依旧打量着他的目光，

满是怜悯——和轻微的恐怖

可以感受到那激发她的人

——目光追随着

走向死亡而一无所知者，

而出于某种统治的需要，有些人知道，有些人不知道

没有人对他说些什么——

我依旧打量着他的目光，

与此同时远离了

——永恒，走向我的摇篮。

VIII

（葬礼的尾声：附有——供创作
"文章"的女士使用——我的诗人
生涯，和面对未来千年海洋的
先知般的目光的概要表）

"我在模仿的年代来到
这个世界。
我以学徒的身份
在那片田地劳作。
而后，抵抗来了
而我
用诗歌的武器战斗。
我恢复了逻辑，成为
一名公民诗人。
现在是心理
诊疗的时代。
我所以写作，只为在音乐的
迷狂中未卜先知
只因过度的精液或怜悯。"

*

"虽说如今模仿幸存下来

而逻辑却过时了

（我对她说：

我对诗歌已没有任何要求）

心理诊疗

大行其道

（尽管蛊惑人心，

日益主宰着

局面）。

这样，我就

可以创作主题曲和哀歌

还有预言：

作为一个公民诗人，哦，是的，永远！"

*

"至于未来，听着：

您的法西斯子嗣们

将驶

向新的史前世界。

我将留在原地，

就像一个人在海边

生命开始的地方

梦见自己的不幸。

独自一人，或近乎如此，在古老的海岸线上

在古代文明的废墟中，

拉韦纳

奥斯蒂亚，或孟买——都一样——

与旧痂脱落的神和古老的问题

——例如阶级斗争——

一道

溶解……

像一名游击队员

死在 1945 年 5 月之前。

我将开始慢慢地分解，

在大海心碎的光里，

被遗忘的诗人和公民。"

IX

（旋律的尾声）

"我的上帝，那么，您怎么看待

您自己？……"

"我？——［一阵结巴，丢脸，

我忘了带我的奥普塔里酮，我的声音颤抖得

像个生病的男孩］——

我吗？一阵绝望的活力。"

玫瑰形状的新诗

> 我要是活得
>
> 像一头安静的野兽该多好，
>
> 但那封委托给我的信
>
> 已经寄出去了！
>
> ——布莱希特《屠宰场的圣约翰娜》

您在干吗？

我在重新创作

一首玫瑰形状的诗歌（1963 年

9 月 3 日），像艾利达尼亚[1]的糖，易于消融！

所有的移民，全都像燕子一样，留下空荡荡的广场。因此，有人提出了

我们沉默的问题。自巴古塔街，费拉塔[2]露出一抹

奇怪的、心不在焉的微笑，疯狂地打量着另一个疯子，

只是因为有好几年都没有在博洛尼亚结伴

---

1 艾利达尼亚，1899 年创立于意大利热那亚的糖业公司，居于意大利糖业市场的龙头地位。

2 费拉塔（Giansiro Ferrata, 1907—1986），意大利文学评论家、作家，意大利文学评论领域的杰出学者。

唱起《悲伤》[1] 了，为了爱，

为了纯粹的爱，等等。意大利

没有我们会好得多。

但我们，在黑暗的世界

我们何为？

在第二枚

芬芳的花瓣上，**列奥内蒂** [2]

在沉思……大喊大叫"我请求你们" [3]

把诗投给《维里》[4]（而维雷在伦巴第……）。

（拉韦纳……切塞纳 [5]……埃诺迪 [6] 的远大希望，从流放地

就像小时候的摩萨台 [7]，心中怀着一个梦想，在梦里戴高乐是一个王，周围是

党卫军，文体批评的侏儒，而我们是虚无，他最亲密的朋友，等等……

---

1 《Il Magone》，由意大利著名女歌手、音乐家咪咪·贝尔黛（Mimì Bertè）演唱的歌曲。她的歌声被认为是意大利轻音乐史上最美丽、最具表现力的声音之一。

2 弗朗西斯科·列奥内蒂（Francesco Leonetti），见 P5 脚注 3。

3 《ora vos prec》，引自《神曲·炼狱》第二十六歌第 145 行，为阿尔诺·达尼埃尔（Arnaut Daniel）之语。达尼埃尔系 12 世纪普罗旺斯的游吟诗人，被但丁誉为"最好的艺人"，被彼特拉克称为"爱的大师"。

4 *Il Verri*，"Verri"为"Verro"的复数形式，后者的字面意思为"种猪"。《维里》为意大利的一份文学季刊，由卢西亚诺·安塞斯奇（Luciano Anceschi）于 1956 年创办并担任主编。

5 切塞纳（Cesena），位于意大利北部艾米利亚-罗马涅大区的一座城市。

6 埃诺迪（Einaudi），意大利图书出版公司，被誉为"欧洲优秀文学、思想和政治理论的源泉"。1933 年由朱利奥·埃诺迪（Giulio Einaudi）创办。

7 穆罕默德·摩萨台（Mohammad Mosaddegh, 1882—1967），在这里被写作 Mossadeq，作家、律师、政治家。1951 年至 1953 年间出任民选的伊朗首相，但在 1953 年被美国中央情报局策动的政变推翻。他在任伊朗首相期间实施渐进式的社会改革，包括推行失业补偿金制度、解放佃农、将伊朗石油业国有化等。

梦的结局：很好。赦免了罪人的罪，很好。

重新做起一名蚂蚁编辑，他搭乘特快列车前往米兰，

前往罗马，埃诺迪，加尔赞蒂[1]，罗马诺对电视

说拜拜，他开启了丛书的未来……）

但是勤劳的蚂蚁有一个洞

它独自待在里面把歌唱

像蝉一样。这是它的

生活，但它的生活

是黑色的。

在第三枚

芬芳的花瓣上，**罗维西**[2]

在冥想，像一位变得疯狂的

隐修士，在幽闭之地力求

隐修，好重新开始正在行进的旅程，

毫无生平事迹，知了在坟墓的阳光下，

把妒恨变成忧郁——无论如何，

这就是他的生活，他的诗句

是他生活的见证

在漆黑痛苦的

1　加尔赞蒂（Garzanti），意大利最古老、最负盛名的出版社之一，由埃米利奥·特里维斯（Emilio Treves）和圭多·特里维斯（Guido Treves）于 1879 年创立。
2　罗伯托·罗维西（Roberto Roversi），见 P5 脚注 4。

环境里有了

意义。

在第四枚

芬芳的花瓣上，**福尔蒂尼**

在冥想，因自己的预言被证实

而目瞪口呆，他被扔进他所预言的

道德的岩浆中，但不是这样，不是这样……

而蚂蚁－蝉，就连他，也可能会为新的预言宣读新的

文本，出于折磨的新理由，我丝毫不会感到惊讶，如果毛 [1]

由不知名的石膏像在罗马门 [2] 的厕所里歌功颂德，

在这样一颗非罗马人的心中受到款待，

隐逸派在北京被移植到

一部在今天看来纯粹

假设内心黑暗的

作品

而后

在一枚最核心的

花瓣上，**莫拉维亚**

---

1 指毛泽东。

2 罗马门（Porta Romana），位于佛罗伦萨奥尔特拉诺区的一座兴建于 13 世纪的城市最南端的城门。

在冥想，他前往西西里的某些

海滨地带寻找——与被历史吞噬的

顶级天竺葵，历史由红色变为橙色，

再到整个地区充满了某种褪色的独一无二的暴力——

他从自己的生活中，将丧亡的和希腊式的不确定性驱逐出去，

但对于生活他不能没有它，他对此满怀兴趣，就像一个古怪的孩子

站在业已去世的德国考古学家们的风景面前：

他不想，他不想在他的精神和惊愕

之间做接合手术，就让我们

在这些老掉牙的文学问题上

独自争论吧，而他创造了

自己完美的生活，正如对此

了然于胸的人，总是

置身于忧伤之外。

至于我

我离开了自己的岗位

未被雇佣的士兵，不需要的

志愿兵：电影、旅行、耻辱……

我知道，我在梦里就已经知道了：但醒来时

我却置身于边缘。其他的主角进来了。

他们不是自愿的！燕子飞走了，现在是他们在台上

表演。被驱逐的夏娃抱怨九个夏娃的笑声；但这又有

什么关系？真正的痛苦是理解现实：我在63年的存在

只是43年的我的重生——哭泣的男孩，满怀希望的

学徒：头发掉下来，变成了灰色！把自己从这个世界，

从我身上驱逐出去，作为他身体上的异物，以新资本主义的

历史方式发生了：每个人都有生命中一个独特的

时代，用自身的问题自我刮擦。

我无权知道已降生的新

意大利，似乎十年只是

一年：它已经在1964年，

而我却在1954年，同所有

像我一样的马克思主义者

一道儿，在成年累月

航行的激情中

妥协了。

因为

我，对于

新的历史进程

——一无所知——正如

一个外勤人员，一个

迟到者，永远被排除在外。

我所知道的唯一的事：一个人

在伟大的早晨冒出的理想即将幻灭

在意大利或印度的早晨，他专注于自己卑微的工作，

带着一头小牛，或者一匹他疼爱的马，在一方小小的

围栏内，在一片小小的田野里，消失在一片河滩或一道山谷的无边无际中，

播种，犁地，或在家，或棚屋附近的菜园里

在而今已生锈的绿色树叶间，

在一派祥和中，采摘当季的

小红果……人类的理想……在弗留利……

或在热带地区……老人或小伙子，服从于

那些在麦田或橄榄林无尽的监狱里

告诉他重复同样姿势的人，

在不洁净的，或神圣贞洁的阳光下，

一个接一个地重复父亲的行为，

而不是，在大地上再造父亲，

沉默着，或是面带怀疑主义的羞涩的

笑容，或放弃诱惑他的人，

因为他的心里没有位置

留给宗教之外的

情感。

我对着

那幅图像哭泣

早在几个世纪以前

我目睹它从我们的世界消遁，

但我不晓得那个高贵的小圈子

表达"再见"时使用的术语，我采用了

《旧约》里的连祷，新的二十世纪的模式，并预言

预言了一个新的史前时代——确切地说，是未知的——那里

阶级变成了种族，面对某位教宗可怕的幽默，

以十字架形式的革命，听从《乞丐》[1]和

"蓝眼睛的阿里"[2]的命令——

直到这些我的小资产阶级的

"怯懦的呜咽"的令人困窘的

图画诗[3]。

1　*Accatone*，帕索里尼1961年拍摄的第一部影片，以其早期小说《求生男孩》和《暴力人生》为蓝本。

2　"蓝眼睛的阿里"（Alì dagli occhi azzurri）的形象首次出现在《预言》（« Profezia »）一诗中，该诗可能早在1962年就已创作完成，最初题献给法国作家、哲学家萨特，缘于两人在罗马相遇时后者告诉帕索里尼的有关"蓝眼睛的阿里"的故事。《预言》第一版被收入1964年出版的《玫瑰形状的诗篇》中。同年，帕索里尼又发表了《预言》的第二个版本，并将其收入1950—1965年间的一本短篇小说、剧本和电影项目集中，该集于1965年出版，并被命名为《蓝眼睛的阿里》。《预言》一诗保持了图画诗的风格，整首诗以十字架形式排列，象征着当时帕索里尼对于北南问题及基督教和马克思主义间关系的存在主义思考。这首诗被认为是我们这个时代最重要的诗意和预言性作品之一。"蓝眼睛的阿里"的形象可以说是1962—1965年间帕索里尼系列作品中的象征性人物，从《软奶酪》（1962）到《玫瑰形状的诗篇》（1964），从电影《愤怒》（1963）到《马太福音》（1964）和《大鸟和小鸟》（1965—1966），都受到了这种痛苦的影响。《预言》中的诗句还出现在电影《大鸟和小鸟》当中，通过圣方济各的布道形式而得以表达。

3　图画诗，原文为法语：calligrammes，指将诗行安排成图像以与诗的主题相匹配的图形诗。首创于法国诗人阿波利奈尔（Guillaume Apollinaire），他出版于1918年的诗集即命名为"Calligrammes"（图画诗）。帕索里尼在此采用法语表述，或有向阿波利奈尔致敬之意。

就这样

我摘下一朵空洞的玫瑰，

免除了恐惧和性征的

玫瑰，就在这些年，我被要求

成为既不忏悔也不哭泣的

游击队员。

书信片段，致青年科迪诺拉 [1]

亲爱的孩子，是的，当然，我们会见面的，

但不要对这次会面抱任何期待。

万一有什么期待，（那将是）一次新的失望，一次新的

空虚：作为一种痛苦

这些都对你自恋式的自尊有好处。

四十岁的年纪我活得像十七岁。

沮丧的四十岁和十七岁

当然可以相遇，结结巴巴地

就开启了两个十年，整个一生的

问题交换一致意见

看上去它们是一样的。

直到一句话，从不确定的喉咙冒出，

干涩到哭泣，想要成为孤零零的词——

揭示了难以治愈的不平等。

而我将同时扮演诗歌

之父，于是，我诉诸反讽

——你会感到尴尬：作为比十七岁更快乐、

1　科迪诺拉（Codignola），系诗中青年人的名字。

更年轻的四十岁的男人，

他，而今已是生命的主人。

除了外观，除了外表，

我没有什么别的可以告诉你。

我很吝啬，那个我所拥有的些微之物

我抓住它，紧贴着恶魔般的心。

他的颧骨和下巴之间有两层皮，

下方的嘴巴，因为反复害羞的微笑而

扭曲，还有已失去

和蔼的眼睛，就像一株酸涩的无花果树，

它们一道儿向你显现的，恰恰是

一副让你感觉不爽的成熟，

不友好的成熟。一个同龄人

——兀自在那吞噬他的肉体的消瘦中

变得憔悴的同龄人，对你又有何用？

他所给予的他已给予，其余的

不过是无情的怜悯。

Ⅳ 南方的黎明

南方的黎明

我在旅馆周围漫步——黄昏时分——

在草地的虎皮中，出现了四五个

小男孩，没有

悬崖、洞口，和躲避

偶然射击的稀疏植物：

那里，以色列处在同样的虎皮上，

到处都是混凝土房子和敞着门窗的

矮墙，就像所有的郊区一样。

我去过那个疯狂的地方，

远离街道，旅馆，

边境。那是一种伟大的友谊，

那种持续一个晚上，

就可以折磨你一生的友谊。他们，

穷人，更重要的是，孩子们

（穷人的孩子，擅长恶的

学问——偷窃、抢劫、谎言——

而他们的孩子，天真地以为，

自己在这个世界上是神圣的），

他们，在他们的眼睛深处，很快就有了古老的

——犹如感激之情——爱的光芒。

聊啊，聊啊，直到

夜幕降临（其中一个拥抱了我，

一会儿说他恨我，一会儿说不恨我，

爱我，爱我），我知道他们的一切。

任何简单的事情。这些是神，

或神的儿子，不可思议地说大话，

因为一个仇恨就会把他们推下克里特山顶，

犹如嗜血的新娘，从基布兹[1]入侵

耶路撒冷的另一半……

这些流浪汉，现在，就要睡在

露天，在郊区草地的尽头。

连同他们的哥哥，扛着一把

旧步枪，长着两撇雇佣兵的八字胡的

士兵们，雇佣兵听命于死去的老人。

这些约旦人令以色列感到害怕，

他们当着我的面哭诉

难民古老的痛苦。其中的一个，

仇恨的代理人，俨然是个资产阶级（对于敲诈者的

道德主义，对于使神经质的愤怒变得苍白的

民族主义），对我唱起从收音机里，从他们的

1　基布兹（Kibutz），意为"集体农庄"。

国王那里学来的叠句——

另一位，衣衫褴褛，赞许地听着，

像一只小狗，紧紧依偎着我，

不打算换人，在边境的草地上，

在约旦的沙漠里，在世界上，

多么可怜的爱的感觉。

V　未来作品计划

未来作品计划

即便在今天，在忧郁的肉体中

国家忙于组建政府，

对于脆弱的语言学家而言，中左翼让

法律机构停摆——冬天

以暗淡的光浸湿了遥远的事物

淡紫色和绿色的光，勉强照亮近处的东西，在意大利

时代的深处迷失的外表……

连同皮耶罗蓝色的土地[1]，由朗格多克[2]

难以言表的淡蓝色喷涌而出……倘若不是涌自西西里

蓝色的源头……这里，在优雅的中心

粗糙的附属物中，是绿色和淡紫色，

对于泥土和天空，则是柠檬色和玫瑰色……

---

1 这里可能指文艺复兴大师皮耶罗·德拉·弗朗切斯卡（Piero della Francesca，1416—1492）在意大利中北部曾经工作的地方，如里米尼、托斯卡纳、阿雷佐、佩鲁贾、乌尔比诺等地，或指皮耶罗绘画中蓝色的土地。

2 朗格多克（意大利语：Linguadoca，法语：Languedoc），法国南部一地区，曾是法国历史上的行省，首府是蒙彼利埃。13世纪并入法国，其地域大致相当于今天的朗格多克-鲁西永大区。

费德里科夫妇的眼睛 [1]

一半的心思在寻找岩石的杏仁色，那里

阿拉伯的阳光从天而降，另一半又圆又亮

陷在雾里：遥远的阿尔卑斯山，

焕然一新到疯狂的地步……

我要发疯了！我这辈子都在努力

表达这种有待寻觅的恐惧

——从很小的时候我就感受到了，对于切割的恐惧

或对于波河，离聋哑的子宫最近的地方——

在我的等语线的圈子里，出于对任何

私人的，幼稚的，预先表达的

习惯，那里，心灵是赤裸的。

但我——相信死前，某种东西

会把我的千百次的试验引向审判——

在意大利人即将被盎格鲁-撒克逊人

1　费德里科（Federico da Montefeltro, 1422—1482），意大利文艺复兴时期乌尔比诺公爵，其夫人为巴蒂斯塔·斯福尔扎（Battista Sforza）。皮耶罗·弗朗切斯卡曾为公爵夫妇绘制肖像。由于费德里科在一次比赛中失去了鼻梁和右眼，画家所绘制的肖像只表现公爵的左侧面孔，以遮掩公爵面部缺陷。

或俄国人打败的时代，赤裸着

没错，疯子般地，回归绿色的四月，

绿色的四月，北部意大利

明亮方言中的四月（从来没有，从来没有！）……

回到法兰克-威尼托的堕落[1]中，偏远地区

体格粗壮的人民的奢侈品……

回到绿色的四月——伴随着以色列

像灵魂溃疡一般的现代性——

那里，我，被怜悯所冒犯的犹太人，

在生活（悲哀的）另一半的

事件中，我发现一个学徒残酷的

新鲜感……我再度成为罗马式的天主教徒，

民族主义者，在我对《亵渎》或《神圣的模仿》[2]的

1　原文为德语 Verderbnis，意为堕落、腐败、败坏。

2　*La Divina Mimesis*，帕索里尼自 1963 年开始构思的一部巨著，生前并未完成。该作品被认为是对但丁《神曲》的有意模仿。就已完成的内容来看，作品以散文体裁对《神曲·地狱篇》进行了自由的诠释，在其中，作者分饰两个角色：叙述的诗人但丁，即现在的帕索里尼（20 世纪 60 年代的帕索里尼）；以及引导的诗人维吉尔，即过去的帕索里尼（20 世纪 50 年代的帕索里尼）。帕索里尼-维吉尔的合体乃《葛兰西的骨灰》中的公民诗人，全国无产阶级和哀歌体的雄辩的先知；帕索里尼-但丁的合体则是《玫瑰形状的诗篇》中的实验诗人，意在反映资产阶级、新旧资本主义的幽灵并为之驱魔。有评论者认为，《神圣的模仿》若能幸运完成，将不啻为意大利 20 世纪最伟大的文学作品。

研究中——啊，神秘的

语文学！在葡萄收获的季节里
我高兴得一如人们在播种，
以对不可调和的材料调和，

没有杂质的岩浆生成的热情，当
生活是四月的柠檬或玫瑰。
该死！试着解释语言是如何

运作的，而不引起
政治上的并发症！没有卑鄙的
利益动机的语言

单位，没有一个不关心
世俗文学的选举的阶级的
麻木不仁！差不离教授，

新潮或古旧的爱国者，众多科学领域的
榆木脑袋，从十二到十四世纪，
他们看到的只是源自

其他经文的经文……够了，我盲目的

爱！我将练习跨语言
搜索，对一篇经文我就投一次反对票，

对三篇经文我就反对三个圣人，对文学
圈子，我就反对烹饪传统，
边界争端：在一个被说着帕多瓦方言的

抄写员所认可的经文发现之年，
无论是出于愚蠢还是虚荣，我要去看看
画家们是怎么做的，在波河大地美丽的

绿色光芒中，从一个农场到另一个农场……
最重要的是，统治阶级
意欲何为：我一无所知。

我要用二十二个字母，创作一部可怕的
作品，与反-作品[1]同时，以新时尚，
旧形象站在年轻新秀一边。

但你必然会失望。呈现出来的，
只是一篇高尚的，混合着灵感的冗长的文章，
倘若混乱奇迹般地抵达

1　原文为 Anti-opere，为作者新造之词。

某种塑料般的清晰，比方说，罗马式的
嘴脸——大腿、后脖颈、肿得像面包一样的
胸膛，比方说，灰色的岩石，对完整的

现实编码。闭嘴，闭嘴，
任何官方的声音，无论你是谁。
必然会失望。像烤焦的、滑稽的殉道者

一样，在火炭上跳来跳去：通往真理的
道路也要经过美学，歇斯底里，
和疯狂的博学的反复润色中

最为可怕的地方。出于
伟大的，有别于那些浪漫–民族主义的
理由，首版销售的日子，

首次签署合同的日子！如果我有足够的心力
会出写出一部《**意大利诗歌的
激情史**》，除了一部依然付之阙如的

《**诗歌之死**》（但我满怀年轻人的
荣耀，深知对我来说依然是四月，
我满脑子都是柠檬和玫瑰……）在那部《激情史》中

（以八行体写就，采纳讽刺笔法）"我鄙视"

此前一切在马克思的无上标记下

进行的分类，和对弗洛伊德的

亦步亦趋，我将在诗意的爱情的王国

建立新的等级制：以我谦卑的

天赋，以未曾表达出的存在者的观念，

反对文学的存在：没有

它，一切都是神秘的：

此前不曾有，直到最近，才有了划分

世界的明确的阶级意识，风格化的

教育总是被那无法言说

（或知悉）的东西所主宰：但它就在那里。

辩证游戏坍塌在深刻中，哦

是的！为了风格而重建风格，

因为在美丽国度[1]，"不"

1　美丽国度（Bel Paese），意大利文艺复兴时期古典诗歌中，如但丁、彼特拉克的诗篇中对于意大利的称谓，意大利因其温和的气候、文化遗产和自然禀赋，而得此美名。

四处回响，反对那种不具有所有权的

语义学风格，一个民族的语言

依然不得不是阶级的语言，问题

只有在梦中才能获悉和解决。经过漫长的

细微的沉默，我将在《另一种独白》中点燃

对达拉斯 [1] 坟墓般的花椰菜世界

无能为力的愤怒，伴随着给

肯尼迪的两行奔放的诗歌，七十乘

七（千）行诗篇的单一韵脚，通过合唱

或管弦乐队，在七万把小提琴和一面大鼓的奏鸣下，

（还有巴赫的唱片），《布莱希特语录》

或者《亵渎之歌》，它该是，多语的糖浆，

或铁板一块的乱麻：其中，整个历史

作为疯子的作品空洞地显现。

是阿道夫的疯狂，朱塞佩的疯狂，美国精英的疯狂。

意识形态的疯狂，教会的疯狂

1　指1963年11月22日，美国第35任总统约翰·肯尼迪在得州达拉斯市遇刺身亡这一历史事件。

意识形态卫道士的疯狂和敲诈
好人、正常的蠢蛋的教会的疯狂，充满

资产阶级的善意的革命者的疯狂
他们一如既往地只是人类
道德敲诈的保管者。（疯狂）点燃了

性祭坛上这些表现主义的
蜡烛，而我将回到宗教。
我要大胆地给莫拉维亚写一首诗——

《成为帕索里尼式诗人的方式》，包括
符号和事物的关系——最后
我要揭示我真正的激情。

那是愤怒的（或不情愿的）（或奄奄一息的）生活
——因此，诗歌，再度变得：
无论对于符号还是存在之物都无关紧要，

就这样。如果人是一个在毫无语言资本的
世界里工业开发区中的单体，
他就会把话语从他种种事关听、说的

途径中排除掉，它们依然使他
和事物发生着紧密的神秘联系，那就是事物
之所是，不再捆绑于悲伤的

语境，它恒常如新，充盈着实用真理的
欣悦——而不再是（实用的）工具，
痛苦将其转化为柠檬，转化为玫瑰……

但光，恒常而孤独，就像是事物的
现实，当事物在记忆中
置身于被指定的开端，就已

充满了肉体的荣耀。
如果随后我发现自己罹患癌症，并且死去，
我会认为那是事物实在性的

一场胜利。对于世界
子女的怜悯已终结，和世界来往还有什么意义？
啊，别再站在他人世界之盐的

味道里（小资产阶级，文学的世界）
手里端着一杯威士忌，一脸装逼，
——因为我为不代表他而感到遗憾

这就像——对我而言，人在自我迷失之前——

在歌剧，《**神圣的模仿**》中，如果有的话，

所做的那样，因为我昔日青春的痛苦，

我青春[1]的痛苦，如此活跃，如此活跃，

在我的灵魂枯萎的不堪世界里。

可是，不，可是，不，现在是四月，我比那

情窦初开的少年

更清新……我要早早抛下，以书信体的

口吻，以注解和圆括号，一阵

"被提及的主题""诸如此类"的暴风雪，徽章，

引文，尤其是引喻

（无限的自我反省和在与整体的

比较中个体的不对称），

《第一歌》中，岩浆制作的书页上

第一首三行诗节押韵的滑稽

模仿诗，急于在上半场之前抵达，

1　这里诗人使用了西班牙语：*mi joventud*（我的青春）。

那里，在古老的、要着重强调的地狱

（罗曼风格的，就像从如今无法治愈的

郊区看我们的城市中心一样）

嵌入一个新资本主义时代的

地狱穿插镜头，以便新型的

罪恶（理性和非理性中的

过度）和古人的合为一体。

在那里，认出了你们，朋友和敌人，

你会看到，在美丽的混凝土建筑中，

在描述体貌特征的标志牌 **"地狱刑罚**

混凝土作品" 下面，A：**太多的大陆**：墨守成规者

（贝隆奇[1]沙龙），庸俗者（奎里纳尔宫[2]举办的

招待会），愤世嫉俗者（《晚邮报》和相关单位

召开的新闻发布会）：而后，还有：

弱者，模棱两可者，胆小如鼠者（这些个人主义者

---

1 贝隆奇（Maria Villavecchia Bellonci，1902—1986），意大利作家、翻译家，与阿尔贝蒂（Guido Alberti）共同创办了意大利最负盛名的文学奖——斯特雷加奖。

2 奎里纳尔宫（Palazzo del Quirinale），坐落于意大利罗马旧城地势最高的奎里纳尔山丘上，现为意大利总统府。在1870年教皇国覆灭之前，这里一直是教皇的夏宫。

在各自家里）；B：无节制者，第一

区：**过度严苛者**（资产阶级社会主义者，

自视为小英雄的小正统派，

只为英雄择善而从的旗帜），过度

内疚者（士兵们，皮奥维内[1]）；过度卑屈者

（数不清的群众，没有登记卡，没有名字，没有性别）；

第二区：擅长推理的（兰多菲[2]）人们独自

坐在厕所里；非理性主义者

［整个国际先锋都在

从内文学[3]（戴高乐）向着德国佬

或意大利佬庞德的贞女前进］；

理性者（莫拉维亚，稀世珍禽和有

新哥特式倾向的翅膀）

1　或指圭多·皮奥维内（Guido Piovene，1907—1974），意大利作家、新闻工作者。曾获斯特雷加文学奖。1974 年，与蒙塔内利（Indro Montanelli）共同创办了著名报纸《日报》（*Il Giornale*）。

2　托马索·兰多菲（Tommaso Landolfi，1908—1979），意大利作家、翻译家和文学批评家。他的许多怪诞的故事和小说，有时接近于推理小说、科幻小说和现实主义，使他在意大利作家中处于一种独特而非正统的地位。一生荣获斯特雷加奖等诸多奖项。

3　这里，帕索里尼发明了一个新词 Endoletterario，姑且翻译为"内文学的"。

哦，爱的盲目！
我在两副卑微的面颊上

在两只天真的眼中看到了它；那是爱，
因为我笑了，那是一个小女孩
在内心向着太阳奔跑——

在她盲目的爱中——笔直，不幸，
衣衫褴褛，
在一个巨大的渡槽下面，在泥泞的

人行道上，在涂着焦油的棚屋之间，
——小女孩在阳光弥漫的内心
笔直奔跑，瞳孔被一种

卑微的、唯一的，爱的盲目所吸引，
冲着另一个向她跑来的
受造的孩子奔跑，在照耀着

母亲陋屋的阳光里，她——很贫穷
穿着破旧的外套，
奔跑，一个受造物向着另一个更小的受造物，

带着共谋的微笑，因彼此

来自同一个爱而激动。

他们互相向着对方奔跑，眼睛被

阳光下同龄人的微笑所绑缚。

哦，马克思——一切都是金子——哦，弗洛伊德——一切

都是爱——哦，普鲁斯特——一切都是回忆——

哦，爱因斯坦——一切都是终结——哦，卓别林——一切

都是人——哦，卡夫卡——一切都是恐惧——

哦，作为我的兄弟的人民——

哦，祖国——哦，那使身份安心的东西——

哦，允许野蛮痛苦的和平——

哦，童年的标志！哦，建立在

爱欲和死亡之上的金色命运，就像是

某种心不在焉——以及它的一千个借口

笑，哲学！幻觉（爱）

产生分化，但是在一个以不可替代的作品

所约定俗成的圈子里。我在内心同以色列一道回归，

为它的子嗣－兄弟们承受

罗曼语的、奥克语[1]的欧洲的乡愁，伴随着微微发黄的

辉煌，但在河流或海洋上，全都是它的

资产阶级资本的一首残暴的诗……

爱的禁忌。真正的道路

对于想要走上这条路的人而言乃是失望。它对

他们一视同仁，就像对待死人一般：

却重新讨论小圈子的

神圣文本。所以，等待它带来

一个伟大的新犹太人，一个全新的一切

——对此，一个败坏的世界奋起反抗——

我们的孩子是一定会失望的……啊！

必须放弃自己在阳光下的好位置

（犹太人，你们必得离开以色列！

因为，爱的盲目

将发明降级为制度，

1　Occitanico（奥克语），中世纪法国卢瓦尔河以南地区的方言。

好用心灵独自事后重新发明；

甚至将国家和母亲
与女儿在阳光下的沉默结合在一起
——迫害，不是吗？，反对意见……）

至于我，我也倾向（愤怒）于这样的爱，
一个悲哀的儿子的宗教，
他渴望不惜一切代价获得荣誉。

此外，它也不会在业已发生和
行将发生的生活的混乱中终结：想要
使一切都服从于它纯洁的命令。

够了，这引人发笑。啊，促成
某种"反对者的命运"的黑暗的迂回！
但对于我未来的作品，我别无选择。

《纯粹的反对》《教宗若望二十三世》或者《六十年代的
激情（或档案）》，我将首先存放的机关刊物，
是一种半私人的

视野，有人知道，那些我未来的作品，看起来像是

别无选择的路，对于我，对于初出茅庐的

热忱的代表组成的编辑部——一个小小的群体

渴望知道：好像是在挑选

种子。因此，没人不爱的人的反对

和没人爱的人的反对，设想

他的爱就像一种预先

安排好的"不"，是对政治义务的

履行，一如对理性的运用。

最后，啊，我知道，

在我破败的激情中，绝不，

我绝不只是一具尸体，就像现在

我重新拿起我的具有表 [1]——

如果现实就是真实，但之后

就在永恒和当下被

---

1 tabulae presentiae，拉丁语，语出培根的《新工具论》一书，该书
被认为是近代归纳逻辑的代表作。在这部作品中，培根提出了三表法
和排斥法，并将其作为整理和概括经验材料的归纳方法。三表法包
括：具有表（一译存在表），用以罗列具有被研究性质的实例；缺乏表
（tabulae absentiae），用以研究缺乏被研究性质的实例；程度表（tabulae
graduum），用以罗列被研究性质出现变化的实例。

无物发光的痴迷观念所摧毁 [1]。

但在这个真实中——我们的真实——
在结构的命运后面气喘吁吁，
——因为延误，因为延误，在此前

一个小小的时代的葬礼的延误中——
或者是提前，因为世界终结的
痛苦，正如世界的无从停止——

我弄清了结盟的少数民族
痛苦的需求。犹太人哪，你们要回到
这史前的开端，

对大多数人来说，这是一个犹如面对真实的微笑：
人性的损失和新人类
文化的重建——行家

里手们说。事实上，事情是这样的：
在一个小国的气氛中，
以意大利为例——在革命

1 　参见诗句："符号和存在的东西都不重要。"（ non conta né il segno né
la cosa esistente. ）

和被称为中左翼——语言学家

感到脸红——的实质之间，出现了虚假的

困境……现实的新进程

就这样被允许和接受。回来吧，

犹太人，用寥寥无几的

反驳，最终澄清

他们的命运：迈向未来

权力，随之而来，在胜利的行动中，

反对，权力中的权力。

对于那些被钉在他们悲痛理智的十字架上的人而言，

这清教徒苦修的十字架，除了某种贵族气派的

哦，和不受欢迎的反抗，再无别的意义。

革命不过是一种情感。

（1963 年 11—12 月）

VI 胜利

胜利

武器在哪里？我只认识
我理智的武器：
我的暴力中，**甚至没有**

非知识分子行为的影子的
立足之地。我如今惹人
笑话，如果来自梦的启示，

在一个灰色的早晨，死人
看见过，其他的死者也将看得到，但对我们而言，
这不过是又一个早晨，我要喊出

战斗的口号？我不知道
到了中午，我又会变成什么样子，
但老诗人"出于喜悦"[1]，

---

1 《Ab joy》，奥克语，出自中世纪吟游诗人旺塔多恩的一首著名的世俗歌曲《Ab joi mou lo vers el comens》，翻译为现代法语为《La joie inspire et ouvre mon chant》，意译为中文则是"欢乐给我灵感，让我一展歌喉"。

侃侃而谈，像云雀¹或紫翅椋鸟

——也像一个寻死的年轻人。

武器在哪里？过去的日子

一去不复返，我知道，每一个红色的

四月，青春的四月，都已成过眼烟云。

只有一个梦想，快乐的梦想，才能开启

全副武装的痛苦的季节。

我曾是一个解除了武装的游击队员

——一个不可思议的、初出茅庐的无名小卒——

现在我在生活中闻到了

抵抗的胚芽可怕的芳香。

早晨，树叶就像塔利亚门托河

或利文扎河²上的树叶一样静止不动：

并非暴风雨戛然而止，

也非夜晚降临，而是生活的

1 "云雀"（lauzeta），奥克语，语出吟游诗人旺塔多恩的另一首著名
的世俗歌曲《当我看见云雀飞起》（《Can vei la lauzeta mover》），据云，
但丁的《神曲·天堂篇》第 XX 歌第 73–75 行所描绘的云雀飞翔的诗句，
就是受此歌曲之启发。
2 利文扎河（la Livenza），帕索里尼母亲家乡的河流，流经波尔代诺内、
特雷维索和威尼斯三个省份。

缺席，沉思，远离
自身，试图理解
是何许可怕，平静的

力量依然将它充满：四月的芬芳！
一个年轻人为了每一片草叶而全副武装，
渴望一死的义勇兵！

…………

好吧，我有生以来第一次醒来
怀着拿起武器的冲动。
可笑的是，我用诗歌来表达

——并说给罗马的四个朋友，帕尔马的两个朋友听——
他们会理解我的，在这种完美地译自
德语的怀旧中，在这种考古学的

宁静中，凝视着阳光充沛、人口稀少的
意大利，野蛮游击队的所在，
他们从阿尔卑斯山或亚平宁山脉下来，沿着古老的大道……

这只是我对黎明的狂热。

中午，我将和我的同胞们一起
工作，吃饭，面对旗帜升起的

现实，而今是普遍命运的白旗。
而你们，共产主义者，我的不是同伴的同伴们，
同伴的影子，分离的叔伯兄弟

迷失在眼前的日子犹如迷失在遥远的过去，
而非未来的想象的日子，你们，父辈们，
没有名字，你们听到的召唤

我相信，与我听到的召唤相似，而今，那些召唤
燃烧着，犹如被遗弃的火焰，
在寒冷的平原上，沿着沉睡的河流

边缘，在被轰炸过的山上……

…………

我承担一切加在我头上的
我们令人绝望的脆弱的罪过
（我古老的、未曾供认的使命，容易疲劳）

为此千百万的我们，过着某种

共同的生活，无法做到

全力以赴。一切都结束了，

特啦啦啦，让我们一起歌唱吧，战争和

殉难的胜利的最后的

叶片飘落，越来越少，

渐渐地被那成为现实的

东西扫荡净尽，

不仅是可爱的反动派的现实，也是那美好的

新生社会民主党的现实，特啦啦啦。

我（很高兴）承担加在我头上

使一切保持原样的罪责：

失败的，不信任的，惨痛的年代

肮脏的希望的罪责，特啦啦啦。

我承受着加在我身上的最阴郁的

怀旧令人心碎的悲痛，

那象征着令人惋惜之物，

与诸多的真实相伴，或许

希望去重新创造它们，或重建

它们所需要的被打破的条件，特啦啦啦。

…………

武器丢在了哪里？和平

丰饶的意大利，对于世界无足轻重？

今天，在受奴役的安宁中，

贫困为自己辩护，就如同昨天幸福为自己辩护——从无意识

到荒谬——在最完美的孤独中——

我控诉！不，冷静点，不是政府，也不是大庄园，

或者垄断集团，而只是他们的捍卫者，

意大利知识分子，所有人，

甚至那些理直气壮地自诩为

我的挚友的人。这必定是他们生命中

最丑陋的岁月：**为了接受**

一个从来都不存在的事实。这种纵容的

结果，这种理想的侵吞公款的结果，

就是，而今真正的现实中没有诗人。

（我？我已灵感枯竭，过时了。）

现在陶里亚蒂[1]伴随着上次

流血罢工的回声离去了，

垂暮之年，跻身先知之列

唉，他们说得对——我梦见藏在

污泥中的武器，悲哀的污泥中

孩子们在玩耍，年老的父辈们在用铁锹翻地，

当悲伤自墓碑上跌落，

一行行的名字破裂，

墓盖弹起，

还有年轻的尸体，身穿那些年代

常用的防尘罩衣的，宽大的

裤子，军帽罩在游击队员的

1　陶里亚蒂（Palmiro Michele Nicola Togliatti，1893—1964），前意大利共产党总书记。1911年入都灵法学院学习。1921年1月参与创建意大利共产党。1945年在意共五大上，当选为意共总书记。1964年病逝于苏联雅尔塔。

头发上，他们沿着市场的
围墙逶迤而下，下到
连接第一批菜园和山脊的

羊肠小道：下到公共墓园。年青人，
眼里除了爱，还有别的东西：
男人为之战斗的某种秘密的疯狂，

似乎他们被迥异于自身的另一种命运所召唤。
怀揣那个不再是秘密的秘密，
来到山下，缄默着，在第一缕阳光中，

虽然离死亡如此之近，但他们的脚步是
世上那些赶远路的人才有的轻快的脚步。
但他们是山区的居民，是波河

荒野的河滩上的居民，寒冷的平原
尽头的居民。他们到我们这儿干什么？
他们回来了，没有人能阻止他们。他们没有藏起

武器——他们紧握钢枪，不悲不喜——
没有人打量他们，犹如因冲锋枪令人作呕的
光彩，因秃鹫的脚步而羞怯失明，

它们自天而降，在阳光下履行着自己黑暗的职责。

…………

我想看看，谁有勇气告诉他们

那个燃烧在他们眼中的秘密的理想

结束了，属于另一个时代，现在他们

兄弟的孩子们已好多年

不战斗了，历史已残酷地刷新，

提出了别样的理想，任他们静静地腐烂……

他们粗暴得像贫穷的野蛮人，将触及

残酷的人类在过去二十年中

被给予的新事物，无以撼动

寻求正义之人的事物……

不过，让我们开个派对，拿起

合作社上好的葡萄酒……

为了总有新的胜利，新的巴士底狱干杯！

拉福斯科，巴柯[1]……万岁，万岁！

健康，老前辈！加油，同志！

鸿运当头，帅气的伙伴们！

太阳来自葡萄园那边，来自

池塘那边：来自空荡荡的坟墓，

白色的墓碑，遥远的时间。

但如今，暴力，荒谬的移民

及其籍籍无名的声音，充盈于此。

被吊死在路灯上，被绞刑架撕裂，

谁将带领他们投入新的战斗？

陶里亚蒂，他，终于老了

就像终其一生

想要——心中保持着警觉，

像教宗一样——我们对他的爱，

这种爱也被固定在史诗般的情感中，

和忠诚，这种忠诚连最不人道的，像疥疮

---

1 拉福斯科（Il Rafosco）、巴柯（il Baco'），或为两款葡萄酒的品牌。

一样有着坚韧、焦灼光泽的果实也会接受。
"所有的政治都是现实政治"，好战的

灵魂，带着你微妙的愤怒！
你不认识另一个灵魂，嗯？这里面
有机智的人，有忠于诚实的

普通人的革命者全部的
平凡（即使与痛苦岁月里
杀人犯的共谋也与古典主义的

保护人有联系，共产主义者造就了
正派人）：你认不出那颗
成为敌人奴隶的心灵，在历史的

指引下，敌人走哪儿，他去哪儿
这敌我两者共有的历史，而在无意识的深处
怪异地使他们成为兄弟；在与世界的斗争中，

你认识不到分享着几个世纪
以来斗争法则的良知的恐惧，
就像穿越希望深陷其中，

以便更具男子气概的某种悲观。

这支军队的喜悦是某种不知道内幕的

喜悦——在盲目的太阳下的

盲目——死去的年轻人的军队，他们来了，

原地待命。如果他的父亲，他的领导，

把他们独自留在白雪皑皑的群山，留在宁静的

平原——而他却专注于陷入了一场同

受制于其辩证法的权力的不可思议的辩论，

而历史永无宁日地更新着这一辩证法——

慢慢地，孩子们野蛮的

胸中，恨成为对恨的爱，

只在他们当中燃烧，寥寥无几，蒙福的人。

啊，你无法洞悉密码的绝望！

啊，无政府主义，神圣的自由

之爱，唱出你勇敢的歌声！

…………

我也要背负起试图背叛之

罪，放弃战斗之罪，

将轻微的恶当作某种善好接受之罪，

我将对称的冲突握于

股掌之中，一如旧习……

人类所有的问题，连同他们的可怕

模棱两可的需求——自我的

孤独之结，它感受到死亡的

而不愿赤身裸体地置身于上帝面前：

我承受一切，以便能从内心

理解，这种模棱两可的结果：

一位值得尊敬的男人，在这个无法估算的

四月，上千名降临自彼岸的年轻人，来到他的面前，

满怀信心地等待一个无情的

具有信念力量的信号，

来为他们卑微的愤怒献祭。

南尼 [1]，内心充满了痛苦的不确定性，

1　南尼（Pietro Sandro Nenni），见 P238 脚注 7。

他把自己连同这种不确定性重新押上了赌注，灵巧的

一致性，公认的伟大，

他以此放弃了史诗般的情感

他有权利使自己的灵魂养成

这样的习惯：而离开布莱希特的舞台，

是为了退回黑暗的内幕，

在那里，不确定的英雄学习了新的现实的言辞，

他拼尽气力砸碎了锁链

那把他和人民捆绑在一起的锁链，犹如一尊古老的偶像，

为他的衰年添上新的惩罚。

年轻的切尔维兄弟[1]，我的弟弟圭多[2]，

1　年轻的切尔维兄弟（I giovani Cervi），即切尔维七兄弟：杰林多（Gelindo）、安德诺尔（Antenore）、阿尔多（Aldo）、奥维迪奥（Ovidio）、费尔迪南多（Ferdinando）、奥古斯丁（Agostino）和埃多里（Ettore），来自一个根深蒂固的反法西斯的农民家庭。1943 年 12 月 28 日，切尔维七兄弟因积极参加反法西斯的抵抗运动，被意大利法西斯分子俘房并严加拷打，随后被杀害于雷焦艾米利亚的射击场。

2　吉达伯托·帕索里尼（Guidalberto Pasolini, 1925—1945），帕索里尼的亲弟弟，意大利游击队员。又名"圭多"（Guido），在游击队中的名字为"艾尔莫斯"（Ermes）。年满十九岁即在一次有争议的屠杀中被杀害。事件的起因是：圭多参加的抵抗德国占领军的游击队组织奥索波旅（Brigate Osoppo）中的十七人，被一队由意大利共产党领导的游击队加里波第旅（Brigate Garibaldi）枪杀，因为后者认为前者不参加针对意大利法西斯的斗争。

六十年代阵亡于雷焦[1]的孩子们，

以他们纯洁，坚强，忠诚的

眼睛，圣光之座，

注视着他，等待着那些古老的话语。

但是他，而今已分裂的，而今

缺少触击心灵的声音的英雄：

他诉诸那不是理性的理性，

诉诸理性悲伤的姐妹，想要

理解现实中的现实，满怀激情地

拒绝任何极端主义，任何莽撞。

该跟他说些什么？现实有了新的张力

它就是它自个儿，而今没有

比接受它更有意义的了……

如果从来都没有品尝过胜利的滋味，

革命就会变得贫瘠……也许现在还不晚

1　此处指"雷焦艾米利亚大屠杀"（La Strage di Reggio Emilia）事件，系 1960 年 7 月 7 日发生于雷焦艾米利亚的流血事件，当日，五名艾米利亚的年轻工人在参加由当地工会组织的游行示威时被意大利安全部队射杀，死者生前均加入了意大利共产党。

对于那些想赢得胜利的人，但不是借助陈旧、
绝望的武器的暴力……

对于生活的毫无条理
必须牺牲条理性，尝试某种创造性的
对话，即使有违我们的良心。

即使是这个狭小的、吝啬国度里的
现实，也远多过我们，始终是个庞然大物：
需要重新进入，即使是如此痛苦……

但是，你们需要什么样的理性，好去倾听人类中
这喧闹、焦虑的人群，他们抛下了——正如
歌中唱到的那样——房子，新娘，

生命本身，恰恰以理性的名义？

…………

但也许，南尼灵魂中有一部分想要的
对这些同伴们诉说——他们来自地下，
身穿军装，布尔乔亚的鞋底上

磨出了破洞，他们的青春

天真地渴望流血——

呐喊着……"武器在哪儿？前进，冲啊，

把它们从稻草里，从污泥里拿出来，

你们看不见，什么都没变吗？

那些昔日哭过的人依然在哭泣。

你们当中那些内心清白无辜的人

会走到邈遇的茅屋当中

会在穷人的摩天大楼——蛾摩拉[1]当中讲话

在他们的小巷和墙壁后面

隐藏着那些被排除在未来生活之外的人

可耻的臭味和逆来顺受。

你们当中，那些内心

围着被诅咒的清醒打转的人，

他们前往工厂，学校，

使人想起，知识的质量，

1　蛾摩拉（Gomorra），《圣经·旧约》中提及的罪恶之城之一，另一
个城市为索多玛（Sodom）。

永恒的借口，权力，有用而

甜蜜的形式统一仍其旧，**却从未触及真理。**

你们当中，有些人服从某一正当的

古老的宗教律令

他们走在那些成长中内心缺乏

任何真正激情的孩子们当中，

提醒他们，新的邪恶

总是，并依然是世界的分裂。最后，

你们当中，有一位不幸地偶尔出生于

绝望的家庭，有着坚强的肩膀，罪犯的

鬈发，阴沉的颧骨，无情的眼睛，

他们首先来到克雷斯皮家族[1]，阿涅利家族[2]，

1　克雷斯皮家族（Crespi），意大利一个重要的现代商业家族，其产业阿达河畔的克雷斯皮工厂，如今已被列为联合国教科文组织指定的世界文化遗产。创始人为棉纺企业家克里斯托福罗·贝尼尼奥·克雷斯皮（Cristoforo Benigno Crespi，1883—1920）；长子西尔维奥·贝尼尼奥·克雷斯皮（Silvio Benigno Crespi，1868—1944）是企业家、发明家和政治家，在第一次世界大战结束时代表意大利签署了《凡尔赛条约》。
2　阿涅利家族（Agnelli），意大利一个拥有众多产业的商业王国，由乔瓦尼·阿涅利（Giovanni Agnelli）创立，他是菲亚特汽车公司的最初创始人之一。阿涅利家族在汽车行业的其他重要投资和举措包括投资法拉利、阿尔法·罗密欧和克莱斯勒等。阿涅利家族还以管理和成为意大利意甲足球俱乐部尤文图斯俱乐部的大股东而闻名。

瓦莱塔家族[1]，那些把欧洲

带到波河岸边的公司强人：

他们每个人的时辰已到，它

与他们占有的多少和他们仇恨的多寡不成比例。

而后，他们使宝贵的资本躲开了

公共利益，没有法律可以

惩罚他们，好吧，用屠杀的绳子把他们

捆起来。洛雷托广场[2]的尽头

还有几家加油站，你们去，

重新把它们粉刷成春天和煦

安静温阳里的红色，春天伴随着

它的命运重新莅临：是时候再起一座墓地了！"

…………

1　维托里奥·瓦莱塔（Vittoria Valletta，1883—1967），意大利工业家，1946—1966 年担任意大利菲亚特集团董事长。

2　洛雷托广场（Piazzale Loreto），米兰的一座广场。1944 年 8 月 10 日，埃托雷·穆蒂独立机动军团（Legione Autonoma Mobile Ettore Muti）的士兵曾在此枪杀了十五名意大利反法西斯游击队员，史称"洛雷托广场大屠杀"。1945 年 4 月 28 日夜里 3 点，墨索里尼、克拉蕾塔·贝塔希（Claretta Petacci）和十八名意大利社会共和国高级官员被执行死刑后，其尸体被运到洛雷托广场，倒吊在一个加油站顶上曝尸示众。

他们要走了……来人哪，他们冲我们背过身去，

他们的脊背掩饰在乞丐，在逃兵

英雄的夹克下面……群山如此宁静地

朝向打道回府的他们，冲锋枪

如此轻微地叩击着身体两侧，叩击着

生命原封未动的形式，他们迈着

太阳下山时的步履——那生命在地下和内心深处

并无两样！来人哪，他们离开了！他们回到马尔扎博托[1]

或塔索街[2]自己沉默的世界……

脑袋碎裂，我们的脑袋，家中

卑微的宝贝，家中次子巨大的头颅，

我的弟弟又沉入血淋淋的睡眠，独自

---

1 马尔扎博托（Marzabotto），意大利艾米利亚-罗马涅大区博洛尼亚省的一个城镇，距离大区首府博洛尼亚市约二十七公里。1944 年 9 月29 日，占领意大利的纳粹德国在此制造了马尔扎博托大屠杀，在马尔扎博托镇屠杀了至少 770 名平民。这是"二战"期间武装党卫军在西欧针对平民制造的最大规模的屠杀，也是意大利历史上最致命的大规模枪击事件。1975 年帕索里尼所拍摄的惊世骇俗的电影《索多玛 120 天》，故事背景即刚刚发生过大屠杀的马尔扎博托。
2 意大利罗马的塔索街（Via Tasso）145—155 号为国家解放历史博物馆（Museo storico della Liberazione），该博物馆的旧址系纳粹占领罗马期间（1943 年 9 月 11 日至 1944 年 6 月 4 日），安全警察总部用来关押犯人的监狱。

在枯叶中，在阿尔卑斯山前

某座森林宁静的隐居之所，迷失在一个

漫长周日的和平的黄金中……

…………

然而，这是胜利的一日。

（1964 年）

译后记
"我是来自过去的力量"

> 我是一股来自过去的力量。
> 我唯一的爱植根于传统。
>
> ——《世俗之诗》

一 序

皮埃尔·保罗·帕索里尼，意大利当代文化艺术界不世出的天才，英年暴毙，死因成谜。世人多惊艳于其风格怪异、离经叛道、横遭非议而又令人欲罢不能的电影作品，却不知其在诗歌、小说、戏剧、文学评论、社会批判方面同样留下了非凡的成就，创作数量和质量无不令人叹为观止。

但迄今为止，帕索里尼在诗歌领域的成就，无论在英美文化圈还是汉语文化圈，读者对其认知不是极其有限，就是不明就里。或者，即便对其诗歌略知一二，也不过视之为其电影声名下的副产品，或可有可无的点缀。但是，倘若我们有幸进一步了解其诗歌、小说、评论和戏剧等其他创作形式，便不难发现，在他的所有作品形式中，居于中心的地位的，恰恰是不折不扣的诗歌，这一点早已为《帕索里尼诗全集》的编选者费尔南多·班迪尼（Fernando

Bandini）所揭示："始终不变的是，无论在理论上还是实践中，帕索里尼都将诗歌写作视为写作的特权形式，绝对者的处所，在那里，每一个论断都成为真理，个体可以呈现为普遍。他所有的其他写作形式，包括电影在内，都必须追溯到这种对诗歌的永恒冲动中。"

换句话说，他的一切创作都是围绕诗歌而展开的，它是其他全部创作形式的灵魂，而后者不过是诗歌的另一种书写方式，只是媒介和形式稍有不同而已，他的小说、电影、诗剧、评论、天才式的幼稚症、自恋情结、毫不留情的社会批判，以及被同时代人视为病态的同性恋等，无不如此。正如帕索里尼在这本自选诗集的前言中提及的那样："（自）1964 年出版的《玫瑰形状的诗篇》，六年过去了，这段时间里，我拍摄了好几部电影（从《马太福音》……到《大鸟和小鸟》《俄狄浦斯王》《定理》《猪圈》《美狄亚》）：所有这些电影，我无不是'以诗人的身份'在进行拍摄。"这也是帕索里尼称自己的电影为"诗意电影"的原因；同样，也可以恰如其分地将其称为"电影诗人"。

1975 年 11 月 5 日，在帕索里尼的葬礼上，意大利国宝级小说家，帕索里尼生前的挚友阿尔贝托·莫拉维亚曾盖棺定论地评价说："我们首先失去了一位诗人，而世上的诗人并不多——每个世纪只有寥寥三四位诗人出生……在本世纪行将结束时，帕索里尼将成为少数几个重要的诗人之一。诗人应该是神圣的。"

事实上，早在20世纪50年代，帕索里尼就已奠定其作为"二战"后意大利最重要的诗人之一的地位，而标志便是1957年出版的诗集《葛兰西的骨灰》。诗中对战后意大利社会希望落空的沉痛哀悼，在广大的读者群中激起了普遍的共鸣，卡尔维诺评论它"不同凡响……是意大利战后文学的一项重要成果，无疑也是诗歌领域最重要的作品"。

由于他的诗歌长期以来对现实所抱持的深刻批判和冷峻的洞察力，以及他猝不及防、过分凄惨的死亡结局，帕索里尼也被誉为"诗歌界的切·格瓦拉"。

帕索里尼自七岁写诗，以兰波为诗歌领路人；早年沉湎于方言写作，自恋而清丽；中年移居罗马，站在意识形态和社会批判的立场，激情而沉痛，排山倒海处常不免泥沙俱下。他身体强健，精力过人，极其自律而内省，自十七岁起便每日读书一部半，创作勤勉，坚持不懈，一生共出版诗集十七部，这还不算他导演的二十四部电影，创作的二十一部小说、戏剧和电影剧本，以及六部文学和社会批评文集等。单就诗歌创作而言，帕索里尼经后人整理的诗歌作品可谓数量惊人，2003年由蒙达多利（Mondadori）出版的两卷本《帕索里尼诗全集》，共2894页，重达1.7公斤，比隐逸派"三驾马车"：翁加雷蒂、蒙塔莱和夸西莫多的作品总和还多。

帕索里尼的一生激烈而悲悯，离经叛道而又天性纯洁，他的作品犹如岩浆一般充满了智性的暴力和奇崛的压力与速度，他对政治、宗教、社会、思潮暴风骤雨般的批判和苛责背后，是对理想至死不渝的追求和对自由的赤裸之爱与洁癖。

在当代意大利的文艺界和知识界，从没有一个人能像帕索里尼一样激起人们如此之多的关注和非议。在他曾经生活和工作过的地方，人们都不忘为其留下铭牌，以资纪念；举凡公共性的文化讲座，帕索里尼的名字和作品片段总是被不厌其烦地引用和争论。时至今日，他的死仍然是个未解之谜，虽然历经数次公众呼吁和重新审判，但1975年11月2日凌晨在罗马近郊奥斯蒂亚海滨水上飞机起降跑道上被毁损的身体和面容，依然是压在当代意大利人心头的道德重负和沉默的钟鸣。在罗马街头，时不时会发现有关帕索里尼的涂鸦，其中的一幅，帕索里尼双手承托着自己的尸体，这无疑象征着死去的不过是帕索里尼的肉体，而他的精神将经久不衰，并将成为持续不断地驱策意大利社会良知这匹颟顸之马的马刺。

摆在读者面前的这本《回声之巢：帕索里尼诗选》，系帕索里尼生前的自选集，原名《诗歌》(*Poesie*)，1970年由著名的加尔赞蒂出版社出版。

不过，这本诗选并非帕索里尼各个时期的精选集，而是上一部诗集——《玫瑰形状的诗篇》(1964年)出版六年后的一部"旧诗"选，收录了他在罗马时期处于诗歌创作巅峰期的大部分代表作。所选作品出自1951年—

1964 年十三年间出版的诗集，主要包括：1957 年的《葛兰西的骨灰》，1961 年的《我的时代的宗教》和 1964 年的《玫瑰形状的诗篇》，共计 24 组作品，其中多以小长诗（poemetto）、组诗为主，当然也包括诸如《祈求母亲》这样早就被广为传颂的短诗名作。使得这些入选的作品"构成了一个连贯而紧凑的整体"的，在帕索里尼看来，乃是"一种普遍的、令人沮丧的痛苦感：一种作为语言自身的内在构造的痛苦，犹如一种在数量上可以减少而近乎肉体痛苦的事实"。如果，我们稍稍理解一番帕索里尼一生惊世骇俗、内在高度统一的生活和作品，以及他一生中遭遇的不下 33 次诉讼，尤其是这些诉讼多与小说或电影作品的表达方式和内容有关，就多少能明白这种痛苦感对帕索里尼来说意味着什么。

在这部自选集的篇首，帕索里尼应加尔赞蒂出版社负责人李维奥·加尔赞蒂（Livio Garzanti）之邀，特别撰写了一篇导言，题为《致新读者》（Al lettore nuovo）。在导言中，帕索里尼坦言自 1964 年后，有六年的时间，自己仅仅通过电影来写诗。这么说或许有些绝对，因为他因批评罗马大学学生运动而创作的名篇——《意大利共产党致青年人！！》就发表于 1968 年 3 月初，时间恰在 1964—1970 年间。

不过，帕索里尼有意编选一部"旧诗"选，并非出于怀旧，而是意图"结束一个文学时期并开启另一个文学时期"，开启的对象无疑是他的下一部诗集——《超然与组织》，当然也包括他生前最后一部作品，基于对弗留利时期青春诗篇的再创作而完成的《新的青春：弗留利诗歌，1941—1947》（*La gioventù nuova: poesie friuliane,1941-1947*），虽然他在导言并未提及。

在导言中，帕索里尼简单回顾了自己七岁时如何因为母亲的诗歌启蒙而一发不可收拾地爱上了诗歌，早年的求学经历和诗歌的学徒期，到"二战"后期因躲避战乱而在母亲的家乡弗留利从事方言诗歌创作的努力，再到1950年因丑闻而出走罗马的备受贫穷困苦折磨的人生经历，以及他如何在诗歌写作之余从事小说创作，他的政治立场，他在弗留利方言和意大利语之间所进行的转变和融合，等等。

不过，对于对帕索里尼的人生经历和遭际不甚了了的读者而言，上述导言不免因显得过于简省从而令人一头雾水。下面，笔者将从多个角度对其诗歌作品和作品背后的生活背景、心理空间、精神向度、现实关怀等方面进行力所能及的论述，以期提供一个有助于深入理解帕索里尼诗歌世界的简略地形图和聊胜于无的文字索引。

二 作为"纯粹诗歌"理想载体的弗留利语

帕索里尼 1922 年 3 月 5 日出生于博洛尼亚，父亲卡洛·阿尔贝托·帕索里尼时在意大利军队中担任陆军中尉，母亲苏珊娜·科鲁茜为意大利北部弗留利大区卡萨尔萨市的一名小学教师，其名源自犹太裔曾祖母；父母双方于1921年结婚。帕索里尼出生后，以父亲叔叔的名字命名。

帕索里尼并非家中的长子，他曾有一个哥哥，但在出生几个月后就不幸夭折了，那是母亲和父亲未婚先孕的成果。从十一岁到二十岁，因为父亲不断调换驻防地的缘故，他基本上随家人生活在罗马北部的艾米利亚–罗马涅大区。但是，帕索里尼的文学故乡既不在出生地，也不在少年时期的漂泊之所，而是在母亲的家乡卡萨尔萨。甚至在1942—1949年，为了躲避德国人和萨罗共和国纳粹法西斯保安队的白色恐怖，帕索里尼从军队叛逃到卡萨尔萨，从此得以长期"蛰伏"在那里，并视之为精神的故乡。

> ……哪怕当
> 欧洲在最致命的前夜颤抖。
> 我们把家什放在推车上，从
> 卡萨尔萨，逃到一座迷途在灌溉渠和
> 葡萄树之间的偏僻村庄：那是纯净的光明。
>
> ——《反抗与光明》

不过，有意思的是，帕索里尼和母亲在家中主要讲意大利语，即便偶尔说方言，那也是不同于卡萨尔萨当地方言的另一种，即在帕索里尼眼中被视为小资产阶级语言的威尼斯方言，而帕索里尼独独钟情于卡萨尔萨方言。不过，体现在他的诗歌中的，却是比卡萨尔萨方言更文雅、更城市化的弗留利方言，后者又不同于被语言学家皮罗纳规范化之后的弗留利方言。

据帕索里尼自己的回忆，早在 1941 年夏日的一个清晨，听到邻居家的男孩用方言说出 Rosata（露水）这个词时，他顿时被这种声音所传达的类似于天启般的奇妙感觉所震撼，并即刻写下了数行诗作，其情形或许不亚于昔日奥古斯丁受感于一段奇妙的童音——"拿起来，读吧"——而瞬间顿悟，皈依基督教一般。

不过，帕索里尼选择用卡萨尔萨方言写作，并非仅仅出于一种别出心裁或突发的兴致，虽然他认为自己的初衷不过出于一种对母亲隐秘的爱：

> 而我的母亲就在我的身旁……
>
> 但逾越了时间的一切限制：
>
> 我们是一个人身上的两个幸存者。
>
> ——《美丽的旗帜》

但事实上，背后的原因或许更为复杂。一方面，他采用这种土得掉渣的卡萨尔萨方言创作，是出于对饱受法西斯思想影响的父亲的反叛，后者作为一名没落贵族的后裔，向来对高雅的意大利语之外的方言鄙夷不屑；另一方面，鉴于当时的法西斯政权对于方言的压制，这一抉择显然具有反抗法西斯政权的政治姿态。但是，比这些表面的原因更为基本的驱动力，则是诗人对于一个未曾受到现代世界污染的农耕文明的本能之爱，这种爱终其一生都伴随着他：

午饭后

塔利亚门托河，广阔如一片沙漠，

在梦一般静止的葡萄树间流淌，桑树

已散发出丝绸的味道，玉米地

像一群咆哮的狮子。

——《因莎士比亚的诗句而写就的诗篇》

在此基础上，帕索里尼还结合在博洛尼亚大学期间修习的罗曼语，以及对于 12—13 世纪游吟诗人——如普罗旺斯以奥克语写作的伟大游吟诗人阿尔诺·达尼埃尔（Arnaut Daniel）等——的研究，试图以强烈的自觉意识，将弗留利语这一古老的方言转变为一种崭新的诗意语言。在帕索里尼看来，用这一方言创作诗歌的神奇之处，在于它捕捉到了 19 世纪象征主义者和音乐家努力想捕捉的东西——"无限的旋律"。在此意义上，弗留利语便成了他追求"纯粹诗歌"的理想载体。

帕索里尼不仅自己对于方言诗歌创作乐此不疲，还在当地寻觅到一批志同道合的同好，并于 1945 年成立了一座"弗留利语学院"。1942 年自费出版的方言诗集《献给卡萨尔萨的诗篇》，不久即获得对方言诗歌情有独钟的、20 世纪意大利最重要的文学批评家孔蒂尼的赏识，后者在瑞士的一家报纸上对其不吝溢美之词。

帕索里尼对方言的关注可谓一以贯之——从早期以弗留利方言创作的诗歌，到 20 世纪 50 年代初负责编选《20 世纪方言诗歌集》（*Antologia della poesia dialettale del Novecento*, 1952），再到以罗马方言写就并暴得大名的小说《求生男孩》（*La Ragazzi di Vita*, 1955）和《暴力人生》（*Un vita violenta*, 1959）等。虽然，到 1953 年底，他以弗留利方言创作诗歌的动力画上了休止符，但这一点也不减损他对方言的重视和因此而取得的成就。

几乎与方言诗歌创作同步，帕索里尼也在坚持用意大利语创作，而后者，因为对弗留利方言的借用，也在某种意义上被赋予了浪漫和天真的气息。

1950 年，因为被人告发引诱未成年人集体手淫而引起轩然大波，帕索里尼不得不忍痛离开卡萨尔萨这片给自己在战乱时期带来庇佑的"世外桃源"，悄然随母亲迁居罗马，并在那里开始了人生中第二个高光时刻——"罗马"时期。

三 孤标独树的异类

帕索里尼虽然几乎同时使用弗留利方言和意大利语进行诗歌创作，二者在创作主题、形式和对诗歌的态度方面却呈现出鲜明的差异：前者更多地借鉴了马拉美的象征主义传统，后者则尽情取法波德莱尔的"颓废"脉络，经由兰波、洛特雷阿蒙、邓南遮、帕斯卡利、"黄昏派诗人"，直抵隐逸派。如果说帕索里尼的弗留利语诗歌倾向于暗示性和象征性地处理自传材料，那么，其意大利语诗歌则显然更为直接，更少暗示性和隐晦表达，并以一种个人的开放性令诗人的信仰危机、对死亡的迷恋，以及对意大利文化机体的深刻矛盾心理等关键主题得以凸显。

帕索里尼的意大利诗歌之所以展现出与方言诗歌截然有别的路径，在于他将现代人的精神危机视为我们这个时代艺术的中心问题。就此而言，用意大利语这一母语创作，以回应这一精神危机，显然比用弗留利语这样的方言创作更为恰当。

在近代，帕索里尼将这一精神危机的表达源头追溯至莱奥帕尔迪，并视之为揭示现代人困境的最近的先驱，因为后者展示了"一种没有限制或幻想、无时无刻不意识到虚无、死亡和自身存在的不合理的、毫无防备的赤裸的精神"。

在帕索里尼看来，象征主义以降的现代诗歌，并非某种诗歌的颓废和堕落，恰恰相反，乃是一种对人的尊严的重新恢复："从象征主义开始，到超现实主义和存在主义的漫长危机，从我们的角度来看，是一种上升，而不是下降，在那里，波德莱尔的脾性（和莱奥帕尔迪的苦闷）、兰波的地狱、马拉美的纯粹主义，以及基尔克果的焦虑和弗洛伊德的无意识，一个接一个成为高峰……这种新的、太过清醒的、绝望的文明，却能够为人类尊严找到一种新的含义。"

文学批评家孔蒂尼曾将文艺复兴以降的意大利诗歌传统划分为两大类：多语主义（plurilinguismo）和"单语主义"（monolinguismo）。前者，按照文学史家的定义，为源自但丁的诗歌语言，由高度多样化的术语、语系，甚至形态（包括方言）组成，根据表达需要、情境、地点等予以转换；后者，则指从彼特拉克开始的诗歌表达传统，由非常有限的术语和表达方式组成，用于特定的抒情情境，通过长期的反复使用，为稀薄的语言结构赋予了丰富的联想源泉。就此而言，帕索里尼的意大利语诗歌作品被孔蒂尼划归"多语主义"传统，与之相较，他的弗留利方言则更接近"单语主义"传统。也正是在此意义上，虽然从 1937 年到 1942、1943 年，帕索里尼经历过一段"伟大的隐逸派时期"，但他最终还是和隐逸派的前辈分道扬镳了，因为，帕索里尼成熟期的诗歌更偏重"多语主义"传统：复合、多元、及物、直接、咄咄逼人，呈现出高度的智性特征、意识形态色彩和批判意识，而隐逸派的诗歌立场则是高度个性化的、隐晦的、内敛的、含蓄的、间接和隔山打牛式的。

从 20 世纪 50 年代开启"罗马时期"开始，帕索里尼就将意大利语诗歌创作的"多语主义"风格发展到一个令人赞叹的炫目地步，在这里，过去-现在-未来、传统和实验的语言交汇，成为一种自觉的、属己的对诗歌的独特处理方式，加之其对葛兰西有关知识分子 / 艺术家在甄选和塑造"民族-民间"文化形式方面所扮演角色之强调的服膺和自觉践行，帕索里尼以其灼目的才华成为意大利"二战后"年轻诗人群体中孤标独树的异类。

这里，仅就其诗歌中几个惹人注目的独立处理方式加以举例，以管窥一豹：一个是对小长诗（poemetto）的热衷，一个是对于三行隔句押韵体（terza rima）执拗的偏爱，以及在诗歌创作中首次融入电影语言风格。

创作于 1951 年的《亚平宁》（L'Appennino）一诗预示着帕索里尼所钟爱的小长诗的正式亮相。这首诗后来收入1957 年出版的诗集《葛兰西的骨灰》中。

在意大利语中，"小长诗"系"长诗"（poema）的缩化和昵称形式，后者专指长篇叙事类诗歌，如史诗或骑士诗；而"诗歌"（poesia）这一统称通常意义上指短篇抒情类诗歌。小长诗在体量上比史诗或骑士诗短，又较通常意义上的诗歌为长，且往往采用意大利语中"最高贵"的十一音节诗句（endecasillabo），因此适合用来创作中长篇幅的沉思类诗歌形式。在这一点上，帕索里尼可谓直接师承 19 世纪的大诗人乔瓦尼·帕斯科利，后者曾创作大量此类诗歌。

对帕斯科利诗歌的偏爱，从帕索里尼就读于博洛尼亚大学时选择的毕业论文主题便可见一斑。1945 年 11 月 26 日，帕索里尼以论述帕斯科利诗歌的毕业论文获得了 110/110 的优异成绩，并从博洛尼亚大学文学系顺利毕业。与此同时，他还在 1944—1945 年间致力于编纂一本《帕斯科利诗选》，并亲自撰写导言和评论，这一内容广泛的导言，揭示和讨论了论文的理论前提，《诗选》中的作品以帕索里尼的个人喜好进行选取，并借助自身独特的敏感性予以分析和评论。但是，遗憾的是，直到 1993 年，他编纂的《帕斯科利诗选》才在埃诺迪出版社得见天日。

鉴于帕斯科利本人是"多语主义者"这一事实，帕索里尼偏爱小长诗这一体裁就显得顺理成章了。此外，天赋和个人的独特取向也是不容忽视的因素。帕索里尼曾坦承，十三岁时，自己就已经是"一名史诗诗人"了。虽然还不清楚这一点是就其阅读视野而言，还是创作风格而言，但对宏大诗歌体裁涉猎的自觉意识，和如此稚嫩的年龄之间所表现出的反差，无疑令人叹为观止。当然，中长诗相较抒情性的短诗，对于"多语主义"诗人而言，无疑更为趁手，也为诗人在创作上提供了其客观所需的容量和广度。

除了广泛而娴熟地使用这种动辄长达 300—600 行的小长诗，帕索里尼还热衷于一种看似保守落伍的诗歌表现形式，即三行隔句押韵体。说其保守，是因为早在20世纪初，隐逸派的开山鼻祖翁加雷蒂就已率先将无韵体自由诗引入意大利诗坛，而在此之后数十年间，帕索里尼对于这一发端于但丁，并在19世纪末期由帕斯科利发扬光大的三行隔句押韵体仍乐此不疲，多少有些与现代诗歌的实验风格和开放性"背道而驰"。

不过，如果我们从"多语主义"的诗歌创作路径予以理解，这一看似保守的语言风格的选取，则显得顺理成章。换言之，帕索里尼之所以对三行隔句押韵体这种自但丁以来已极为成熟的语言风格情有独钟，无疑在于其意图在传统与现代，保守与开放的两极张力中，担当起诗人作为知识分子甄选、塑造意大利民族-民间文化的自觉角色。

此外，就技术层面而言，帕索里尼诗歌写作中饱满而火热的激情和一泻千里的语速，诉诸于一种看似保守的诗歌形式时，无疑确保了诗歌表达上的某种平衡、节制和可控，从而使得风格和形式之间产生某种适度的和谐。

除了运用小长诗和三行隔句押韵体之外，帕索里尼还孤标独树地大量使用了前人从未使用过的电影镜头语言，以诗集《葛兰西的骨灰》的同名诗作为例，这首创作于1954年的作品，从其诞生之日起，就已成为战后意大利诗坛的不朽名篇和帕索里尼的身份标签之一。

暂且让我们来关注一下本诗的开篇部分：

这肮脏的空气，不像五月天，

晦暗的外国人的花园

更形晦暗，或者，在炫目的阳光下

令人眼花缭乱……淡黄色

天台上的苍穹，分泌着唾液

以无尽的半圆，天台为

台伯河的曲线，拉齐奥苍翠的

群山蒙上面纱……古老的城墙间

秋日般的五月，弥漫着一阵致死的宁静，

兴味索然，一如我们的

命运。

　　镜头从置身于英国人公墓的作者身旁逐步向远处推
移，从附近的天台到台伯河，再从台伯河到拉齐奥苍翠的
群山，过渡自然，寥寥数行，便横跨了巨大的空间，勾勒
出一幅辽阔的视野和景象，与诗人意图在整首诗中所建立
的批评视阈悄然吻合。

　　这一对于电影镜头语言的自觉运用，早在 1951 年的
《亚平宁》一诗中就已展露头角。虽然帕索里尼迟至 1954
年才与人合作撰写第一部电影剧本《河娘泪》（*La donna del*

378

fiume），但是，初来乍到罗马时，迫于生活所困，在罗马电影城打工的经历，无疑让帕索里尼迅速认识到战后电影作为最富有表现力的艺术手段必将迎来辉煌，从而对电影另眼相待。

就《葛兰西的骨灰》一诗的内容而言，作为意大利马克思主义奠基者葛兰西在道德上的儿子，帕索里尼早在1968年的学生运动之前十四年，就已经准确地预见到，消费社会最终将遗弃和背叛葛兰西毕其一生所追求的令历史的真实成为现实的那个世界。也因此，这部诗篇以罕见的冷静和热情，缅怀了葛兰西死后所面临的四重流放：祖国的流放，社会的流放，阶级的流放和历史的流放。这种对于葛兰西的死后流放的揭示，在某种意义上，成为20世纪50年代对共产主义革命在资产阶级进程面前所表现出的心灰意冷、无能为力之疲软所谱写的激情的挽歌。

帕索里尼的大部分马克思主义知识来自他极为推崇的葛兰西，他对于共产主义的理想信念就是攀附在葛兰西这棵民族共产主义大树上的藤蔓，这棵倔强的藤蔓的根扎在本土文化的期望、理想主义和个人苦闷的土壤里，并以葛兰西式的本土的、民粹的、散发着浓郁民主气息的共产主义为生长的方向。但是，这棵大树在彼时整个政治环境的野蛮公园里，注定是个异类，这也解释了长久以来，何以帕索里尼在意大利共产主义阵营的内部里外不是人。葛兰西的理念其实就是他自青年时期奋起反抗法西斯主义以来持之以恒的立场。当法西斯政府试图让艺术为政治服务时，他选择了自由主义的路线；但当战后知识分子普遍左倾，致力于为国家和人民服务时，他又一次选择了个人主义的路线。就这样，在左派和右派之间，在意大利共产党内部，他都是孤标独树的异类，这个异类总是在精神层面而非现实层面测算着政治的轨迹。

四 "只为映照自我"

孔蒂尼在评价帕索里尼的早期诗歌时，曾敏锐地洞见后者身上严重的自恋情结：

"帕索里尼，这个有严重自恋，在医学上患了'幼稚症'的人，竟然逐渐将这作为他作品一贯的主题，这不得不让人赞叹。这个主题似乎并不会成为丰富的创作资源，但是，在帕索里尼和从乔瓦尼·帕斯科利到'黄昏诗派'作家到萨巴再到佩纳等人不同体裁的文学作品中（方言诗、诗歌体散文、铭文、戏剧，特别是技巧丰富的抒情诗），形成了并不有序却相当明显的一条脉络。"

虽然孔蒂尼针对的对象不过是 1947 年 8 月帕索里尼投递给他的组诗《日记》，当时，帕索里尼的目的不过是参加瑞士卢加诺市《自由新闻报》举办的文学大奖赛，当时，而对帕索里尼青睐有加的孔蒂尼恰为此次大奖的评审成员。但是，如果读者有机会读到帕索里尼 1946 年创作的另一首作品《那喀索斯和玫瑰》(Il Narciso e la rosa，后收入 1958 年出版的《天主教会的夜莺》中)，就不得不佩服孔蒂尼笔锋之机敏和洞察力之敏锐：

> 道德或诗歌
> 或美，我不晓得，
> 我伸出这枝玫瑰
> 只为映照自我。

这种自恋情结，并非仅仅强烈地传递自帕索里尼青春时期的作品，事实上，他终其一生都活在这种腼腆、内省，在陌生人面前莫名的紧张，对自己不可知的内心世界既感到无尽的好奇又心怀罪恶感的状态中。这种自恋并非自我中心或自私，相反，帕索里尼天生对世界充满母性和充沛的激情，他心地纯洁，不谙世事，他只是试图把外部世界折射在内心，从而一探究竟或丈量人性的复杂与多样性，在这个意义上，他的纯真和牺牲便有了基督般的彻底：

> 我将我
> 所有的纯真和鲜血归于基督
> ——《我的时代的宗教》

与帕索里尼不断自省式的自恋情结息息相关的，则是基于对日常现实的日记体省察和回忆风格的、普鲁斯特式的对生活、记忆和现实的捕捉。

　　与20世纪意大利文坛的其他著名人物如翁加雷蒂、蒙塔莱、夸西莫多、萨巴、佩纳、莫拉维亚、卡尔维诺、艾柯等有所不同的是，这些伟大的诗人或作家更像是一个个彼此分离、独特分明的恒星；与之相较，帕索里尼却更像一个星座，由一个人独立支撑的星座，他同时具有多个化身，折射在不同的文学和艺术形式中，如诗歌、小说、电影、戏剧和文论等，他既是一，也是多。

　　支撑这样星座的共同特征是一种可以称之为普鲁斯特式的实验派写作的风格，只不过这种日记体式的看似极其私密的内省风格，从弗留利时期起，就被帕索里尼转化为一种借助马克思主义文化向资产阶级文化进行批判的社会参与和政治介入。因此，它看起来似乎有些吊诡，即不仅不避世，不仅不以意大利共产党的意识形态"没收"自己的独立思考，反而诉诸于一种更加外向，更加客观，甚至更加基督教的方式来进行思想家式的练习。唯有这样，在帕索里尼看来，才能摒弃昔日普鲁斯特式的贵族资产阶级的"时代错误"，而代之以20世纪中期以后无产阶级的"进步文化"。也正是在这一点上，他和隐逸派诸位大家拉开了距离，他没有选择自觉避世，而是试图在内省和入世之间找到一个矛盾的契合点，在弗留利语与意大利语、青春与成熟、弑父与恋母、同性恋与变态、马克思主义与天主教、神圣与亵渎、压抑与欲望、天真与内疚的挣扎与纠结中，通过不断深入了解自己最为熟悉的人，即自我，从而了解整个人类和深不可测的人性本身。唯其如此，才能理解帕索里尼何以同时被意大利共产党和天主教会视为异类的尴尬处境，因为，他的灵魂和生命纯然被激情和纯粹的思想所主宰：

> 唯有激情和
> 思想的纯粹关系才举足轻重
>
> ——《现实》

不仅如此，意大利社会的观察家，无论是保守派还是左翼媒体，均感到很难将帕索里尼简单归类。对于前者而言，他过于激进；对于后者而言，他的无神论有着让信仰者难堪的内心纯洁，而且他还是个同性恋。他一直在为传统的连续性，意大利法西斯之前的更具人性的价值的复兴，使知识分子投身于不受政党摆布的民主而斗争。事实上，帕索里尼身上看似危险的对立身份的交织，不过是他与生俱来的人性的真诚和温柔，这种温柔既绝望又浩瀚，堪与世界平起平坐：

> 我必须捍卫

我出生时所拥有的，堪与世界比肩的，

令人绝望的温柔这一浩瀚。

——《现实》

借助于这种普鲁斯特式的写作方式，帕索里尼得以将琐碎而千头万绪的社会事件、新闻、个人遭际，通过心灵和记忆的反映，细节性地、多面向地、棱镜般折射出来。如此一来，这些文字便不会随着事件本身的褪色而成为明日黄花；相反，因为它本质上是诗歌，而非"日记"，因此，它是"常青的"（臧佐托语）。

五 最后一位先知式诗人

1962年12月6日，帕索里尼在《新道路》周刊专栏上回复一位读者时指出，存在于历史和过去时代的先知式诗人在大工业生产时代已毫无可能：在大规模生产的时代，作家-神谕是不可想象的；他是一个来自过去的人物（如果有的话）：典型的农业-手工业者文明；但是，即便；具有此等超凡智力的作家……能够使社会陷入危机，他在今天也会被工业力量、报纸的链条，以及保守和反动的发行手段无情地击败。

不过，在《葛兰西的骨灰》一诗和电影《软奶酪》中，帕索里尼却不无笃定和执拗地坚称"我是来自过去的力量"。这一"过去"，就是电影《美狄亚》中，诗人借人马怪卡戎所说的后工业化和消费社会将人改造为相同的生活方式、相同的存在样态之前的时代。那是令诗人对自己的童年深情缅怀的过往，甚至是人类的童年，拒绝被理性纳入必然性历史进程的过往。就事实而言，这些东西业已消亡，诗人不过是在表达和吟唱对于一个已经消失的世界的挽歌——"神圣，一切都是神圣的，没有什么必然性"。

正是基于对"过去"的缅怀和眷恋，才使得当时的人们对于帕索里尼这种看上去相当"入世"的诗人选择拍摄"生命三部曲"这样的古代题材影片略感费解。

不过，就诗人个体的经历而言，这样的往昔既有痛苦也有快乐。最深切的痛苦就是弟弟圭多的死，以及母亲苏珊娜听到弟弟死讯之后撕心裂肺的悲痛。快乐则出自对青年时期自己曾神往留恋的弗留利的农民世界，出自对古代世界的讴歌。但这一讴歌并非一种希望历史倒退的历史还原主义态度，而不过是单纯地赞美现代世界所丧失的美好的东西。这里的美好不是诗人主观赋予他的某种玫瑰色的美化和诗化，而是前现代社会的另一种真实。正如帕索里尼在文论《异端经验主义》中提及的那样：那些古代的、守旧的人，比如弗留利的农民世界，他之所以留恋，是因为在那里，生命"没有被破坏"，"一切得以共存"：

我是一股来自过去的力量。

我唯一的爱植根于传统。

我来自废墟，来自教堂，

来自祭坛上的装饰屏，来自被遗弃在

亚平宁山脉或阿尔卑斯南麓的乡镇，

兄弟们生活过的地方。

——《世俗之诗》

　　但回忆过去，并非要执拗地回到过去（如果是这样，那无非是一种感伤的幼稚病），而是借助对过去的回忆和再现，从而提供一个针对当下现实的批判和反思的镜像。在这个意义上，在最后一部电影《索多玛120天》拍摄结束前举行的记者招待会上，帕索里尼对于自己所眷恋的已然消失的农民世界是否更好这一问题进行了澄清。在帕索里尼看来，他当然不会幼稚和感情用事到认为存在一个好的世界；而是说，往昔的世界有它自身的价值，那些价值带来一些重要的东西，那是人性在其中得以呵护与滋养的东西。与此相较，《索多玛120天》一片对政治权力和性强权进行的隐喻式呈现，在某种意义上是为了表现1975年，意大利青年作为操控性政权的受害者所表现出的被动性，即政权的操控使得青年变成了任人摆布、逆来顺受的物件，粉碎了他们心中的价值，而这一点在电影中则表现为性受虐狂的角色。

对往昔的眷恋，可以说是帕索里尼始终一贯的冲动和自况，在卡萨尔萨时期，这一眷恋表现为对卡萨尔萨方言，这一尚未受到现代工业社会污染的生活语言的钟爱。

也正是基于对于过去和往昔的眷恋，帕索里尼很早就预言了消费社会的宰制和暴政下，人性被批量生产的危险和它所导致的意大利社会在20世纪60年代必然经历的"人类学嬗变"与文化多样性的消亡。

如果说意大利在1870年完成了国家形态的统一，那么战后的六七十年代，则完成了在消费主义意义上的统一，在这个意义上，帕索里尼甚至将之称为"种族灭绝"，当然，这是在其对文化造成均质化和被摧残的意义上来说的。把消费主义称为强权，也就是说，帕索里尼是在一种新近涌现的不容躲闪、吞噬式的专制意义上来看待消费主义的，而这正是日后加拿大哲学家查尔斯·泰勒（Chales Taylor）在《世俗时代》中描写的场景：人们接受了商品和消费商品的新的神圣性。

正是基于对过去的不断丈量，帕索里尼准确且惊人地预见到意大利社会乃至全人类所面临的时代困境。就此而言，他或许是最后一位心怀悲悯地既背对未来，又眺望未来的先知般的诗人。

啊，我眺望罗马，眺望乔恰里亚，

眺望世界上空的黄昏，清晨，

　　　　就像历史涅槃后的第一次行动，

　　　　……

　　　　而我，一个成年的胎儿，比任何

　　　　一个现代人还要现代，游荡着

　　　　去寻找不再是兄弟的兄弟。

　　　　　　　　　　　　　——《世俗之诗》

　　然而，在一个充满了理性的冷漠和倾向于必然性结局的时代，内心悲观的先知式诗人的处境注定是悲惨的。

　　就此而言，帕索里尼很像电影《大鸟和小鸟》（ Uccellacci e uccelini ）中那只被扭断脖子、被蘸着酱汁吞食，又转化在饕餮者身上的乌鸦。如今看来，帕索里尼对电影中乌鸦的处理和以乌鸦自况的寓言式自白，似乎以惊人的巧合暗示了自己日后的死亡方式。

六　无情地深爱着祖国、语言和人类的知识分子

　　帕索里尼去世的第二年，他生前拍摄的最后一部影片《索多玛120天》在意大利仍未解禁，为此，莫拉维亚、蒙塔莱这些当时文学界的头面人物在给意大利司法机关的请愿书上称之为：本世纪意大利最伟大的一位知识分子最后一部重要的作品。

"一位知识分子"，并不仅仅是帕索里尼的文学界同行给他的定性，也是帕索里尼一直以来对自己的期许："我知道，因为我是一个知识分子，一个试图跟踪所有发生的事情，了解所有不为人知或保持沉默的事情的作家；他协调甚至是遥远的事实，把整个连贯的政治图景中杂乱无章和零碎的部分组合起来，在任意性、疯狂和神秘似乎占统治地位的地方重新建立起逻辑。"

　　也正是因为他从未停止履行自己所认为的"知识分子的首要职责"，即"首先要毫不松懈地对事实进行批判性审查"，导致了他和周遭世界的持续紧张：

> 意义的暴力，
>
> 智力的暴力已困扰我多年，
>
> 而那是唯一的道路。
>
> ——《反抗与光明》

　　但是，帕索里尼是无辜的，因为"疯狂和追求真实"不过是他与生俱来的的禀赋：

> ……疯狂
>
> 和真实的语言最熟悉的声音
>
> 我一出生就拥有，并在生活中纹丝不动。
>
> ——《我的时代的宗教》

以非凡的智力殚精竭力地追求意义和真实，这十足是帕索里尼的自况。然而追求真实，就难免背负启蒙、怜悯同一命运者却往往惨遭后者欧击的命运。苏格拉底如此，耶稣同样如此。因为，真实意味着远离庸常的生活，而非营造当前的生活，它是遥远的秘密，要发现这一秘密，就要设法走出柏拉图笔下的"洞穴"，从而在洞外发现高挂于天空的秘密（巴迪欧语）。

在帕索里尼那里，现实的"洞穴"既包括消费主义，也包括天主教会，甚至日益建制化的意大利共产党。

虽然，帕索里尼向来以马克思主义者自居，并对教会进行了毫不留情的攻击，称之为"国家的冷酷之心"，但这一攻击绝非出于对宗教自身或教会所崇奉的信仰本身。恰恰相反，作为救赎之光而言，马克思主义和宗教在他那里是同义的，同样源于某种指向自我牺牲的神秘的激情：

> 我的宗教是一瓶香水。
>
> 瞧，它现在就在这里，那瓶香水
>
> 在世上，不变，未知，潮湿而
> 光芒四射：和我在这里，总是在
> 成功而无用的行为中迷失，谦卑而
>
> 优雅，在无数的图像中溶解

毫发无损的意义……

在神秘的激情面前，我发觉

自己变得像小男孩一样柔和，

————《我的时代的宗教》

在某种意义上，毋宁说，唯有宗教的光芒才能够拯救和盛放帕索里尼天生具有的悲悯和爱，但这确非信仰者意义上的"宗教"，而是带有清醒的反思意识、发自内心的的悲悯情怀和自觉的道德勇气的知识分子的"超越"之途：

……在混乱中，一道宗教的

光，一道善的光，能够

在绝望中拯救我多余的爱……

————《〈宗教〉附录：一道光》

而帕索里尼正是这样一位知识分子，他集光耀的金子、滚烫的纯洁、邪恶的无辜者、祖国的异乡人和一无是处的预言家于一身，无情地深爱着他的祖国、语言和人类：

他所给予的他已给予，其余的

不过是无情的怜悯。

————《书信片段，致青年科迪诺拉》

因为，诗歌是他的心灵，而知识分子则是他的精神向度和道德责任。这一向度和责任十足像被他视为"天主教会的夜莺"的母性的弗留利：

在一个注定要遭受羞辱的世界里
它是道德之光和反抗。

——《我的时代的宗教》

帕索里尼的意大利诗歌并非以沉思、静谧见长，尽管他的灵魂当中并不缺少这些，但即便如此，它们是在经历激烈的风暴和旋转后被释放出来的，因此，它们无一例外是滚烫的、急促的、迫不及待的，充满了灼烧感，爱和天分给了它们生命，怜悯则让它们光芒四射，一如帕索里尼自己的生命，最终以话语的方式，耸立起思想的峭壁。

从 2019 年 5 月受雅众文化之托正式着手翻译帕索里尼的《自选集》开始，到今天已过去了整整三个年头，也比约定交稿的日子晚了足足两年半，这一方面源于帕索里尼作品罕见的体量、难度和过于复杂、多元的知识与作品谱系，另一方面也源于我个人时间、精力的不济。为此，我要特别感谢雅众负责人方雨辰女士的信任、不厌其烦的敦促和宽容，同时也要感谢为翻译这部诗集提供相关资料和释疑答惑的朋友，如白桦、朱仁宗、晋江等，译稿甫一草就，著名诗人吉狄马加就曾先睹为快，并私下予以积极反馈，此外，亦曾与潘漠子、阿西、殷效庚（雷子）、高兴等诗人朋友共同探讨、交流过部分译作，他们均对帕索里尼的第一本中文诗选充满期待，最后，我还要特别感谢我的妻子庄倩，如果没有她在婚后充分给予的关切和体谅，我无论如何也难以在繁忙的学术活动之余分心他顾，投身于帕索里尼的诗歌翻译，而我的两个年幼的女儿：小朴、小愚（刚满百天）从还在妈妈肚子里的时候，就已参与到见证帕索里尼的诗歌化身为中文的过程之中。愿文化与文化的交流，一如生命与生命的传递，因爱、创造和交流而有容乃大。

二零二二年七月

北京抱朴阁

帕索里尼大事年表

刘国鹏整理

皮埃尔·保罗·帕索里尼（Pier Paolo Pasolini，1922 年 3
月 5 日—1975 年 11 月 2 日），意大利著名电影导演、编剧、诗人、
作家、文学批评家、剧作家和演员。帕索里尼一生才华横溢、作
品丰硕，在诸多文学和艺术领域均有非凡的造诣和成就，除上
述领域外，他还以画家、小说家、语言学家、翻译家和散文家的
身份富有贡献。

帕索里尼是战后至 20 世纪 70 年代中期意大利社会变化的
敏锐观察者，同时也是一个富有争议的人物。他的批判一贯
尖锐、犀利而激进，对资产阶级的习惯和新兴的消费社会，以
及对 1968 年学生运动和作为主角的学生无不进行了严厉的批
评，而这一切和他备受瞩目的同性恋身份，均导致了其言行举
止和作品本身动辄在当时的意大利社会引起轩然大波和激烈的
辩论。

1922 年　零岁

3 月 5 日出生于意大利博洛尼亚大学区博尔格诺尔瓦街 4 号（Via Borgonuovo 4）的一座军事宾馆，时至今日，那里还保留着一块纪念他的大理石铭牌。

母亲苏珊娜·科鲁茜（Susanna Colussi, 1891—1979）为卡萨尔萨的一名小学教师，其名源自犹太裔曾祖母；父亲卡洛·阿尔贝托·帕索里尼（Carlo Alberto Pasolini, 1892—1958），时在意大利军队中担任陆军中尉。父母双方于 1921 年结婚。帕索里尼出生后，以父亲的叔叔的名字命名。

帕索里尼的祖父阿尔戈巴斯托（Argobasto）出生于 1845 年，与拉韦纳的世代贵胄帕索里尼·达·隆达（Pasolini dall'Onda）家族有血亲关系。祖父和父亲均好赌，这一不良嗜好日后不可避免地导致了家庭经济的衰落。

1923 年　一岁

由于父亲的驻防关系，全家频繁搬迁，先是迁往帕尔马，后又搬到威尼托大区特雷维索省的科内利亚诺市（Conegliano）。

1925 年　三岁

全家迁往威尼托大区贝鲁诺省贝鲁诺市（Belluno）；在贝鲁诺，他被修女送到幼儿园，但几天后他拒绝前往，家人不得已表示同意。

同年，帕索里尼的弟弟吉达伯托·帕索里尼（Guidalberto Pasolini）出生。

1926 年　四岁

帕索里尼的父亲因赌博欠债被捕。在拘留期间，指认安特奥·赞博尼（Anteo Zamboni）为暗杀墨索里尼未遂的犯罪分子。

母亲带着孩子回到位于卡萨尔萨（Casarsa della Delizia）的娘家。为了应对家中的经济困难，帕索里尼的母亲重拾教师工作。父亲的监禁结束后，全家人又开始了年度性的搬家状态。但是，每年夏天，全家人在卡萨尔萨的逗留仍然是一个惯例。

1927 年　五岁

全家人再次搬到科内利亚诺市。

帕索里尼年龄尚未满六周岁，开始上小学一年级。

1928 年　六岁

帕索里尼开始写诗，并受到兰波作品的影响。

1929 年　七岁

帕索里尼一家搬到了附近的萨奇莱（Sacile）。

1931 年　九岁

帕索里尼的父亲因工作调动前往威尼托大区朱利亚省的伊德里亚（Idria），即今天斯洛文尼亚的伊德里亚（Idrija）。不久后又迁回萨奇莱，在那里，帕索里尼参加了文法学校的入学考试，因意大利语一科的考试推迟，直至 10 月份才通过考试。

1932年 十岁

全家再次搬到科内利亚诺，帕索里尼开始上初中一年级，但在1932—1933学年中期，他的父亲奉命调到了伦巴第大区的克雷莫纳市（Cremona）。

1933年 十一岁

全家人在克雷莫纳市一直待到1935年。帕索里尼就读于曼宁中学（Liceo Ginnasio Daniele Manin）。在此三年间，帕索里尼步入青春期，几年后撰写的充满活力的自传体小品《海上歌剧》（*Operetta marina*）就是明证，该作品与《罗曼司》（*Romàns*）一起在其过世后出版。

后全家又搬到斯坎迪亚诺（Scandiano）和雷焦艾米利亚（Reggio Emilia）。帕索里尼转入雷焦艾米利亚中学（Reggio Emilia high school）就读，并遇到了平生第一个真正的朋友卢西亚诺·塞拉（Luciano Serra）。

1936年 十四岁

全家迁往博洛尼亚，帕索里尼就读于加尔瓦尼文科高中（Liceo classico Galvani）。在博洛尼亚，帕索里尼先后度过了七年的岁月，并培养起一些新的爱好：如足球，如经常留恋于马焦雷广场（Piazza Maggiore）拐角处南尼书店（Libreria Nanni）门廊下的二手书摊，并购买了大量口袋书，从中培养自己的阅读热情，阅读内容从陀思妥耶夫斯基、托尔斯泰和莎士比亚到曼佐尼时期的浪漫诗人。

在加尔瓦尼文科高中，帕索里尼结识了一些对文学有兴趣的朋友，包括埃尔梅斯·帕里尼（Ermes Parini）、弗兰科·法罗尔菲（Franco Farolfi）、阿戈斯蒂诺·比尼亚尔迪（Agostino Bignardi）和埃利奥·梅利（Elio Meli）等，共同组成了一个文学讨论小组。同时，他的学业不断取得优异成绩。

1939年　十七岁

以极高的平均成绩升入高中三年级，而后跳级一年，在秋季获得了高中毕业证书。

同年，考入博洛尼亚大学文学院。对罗伯托·朗吉（Roberto Longhi）教授的具象艺术美学课程抱有极大的兴趣。

担任文学院足球队队长，常与朋友一起骑自行车旅行，并参加博洛尼亚大学组织的夏令营。他给朋友们留下的形象是"我们是阳刚的战士"，如此一来，他们就不会察觉到他内心的苦闷。

开始阅读当代诗人如翁加雷蒂、蒙塔莱、夸西莫多的诗作，以及贝杜齐（Betocchi）、鲁兹（Luzi）、嘉托（Gatto）和塞雷尼（Sereni）等人的作品，并广泛涉猎弗洛伊德的著作；此外，参加了博洛尼亚的电影俱乐部，对雷内·克莱尔（René Clair）、雷诺阿（Jean Renoir）、卓别林的电影很着迷，以及贝多芬和巴赫的音乐。

1940年　十八岁

夏天，前往威尼托大区贝鲁诺省最北端、靠近奥地利边境的卡多雷（Cadore）度假，后前往弗留利，这些经历在致弗兰科·法罗尔菲的信中有所体现，其中还提到了当时创作的一些实验诗作，如《耍蛇人》（L'incantatore di serpenti）、《魔笛手》（Il flauto magico）等。

1941 年　十九岁

在卡萨尔萨度假期间，结识了画家费德里科·德·罗科（Federico De Rocco），并跟随其学习绘画。

在给博洛尼亚朋友们的信中，帕索里尼附上了自己创作的部分诗作，这些朋友包括塞拉、罗伯托·罗维西（Roberto Roversi）和弗朗西斯科·列奥内蒂（Francesco Leonetti），他们四个人联系紧密，并打算创办一份名为《接班人》（Eredi）的文学杂志。

父亲被调往东非服役，后被英国人俘虏。

自 1941 年的最后几个月到 1942 年初，集中创作了部分以弗留利语写就的诗歌。

1942 年　二十岁

7 月 14 日在博洛尼亚自费出版了以弗留利语创作的诗集《献给卡萨尔萨的诗篇》（Poesie a Casarsa），并迅速收到评论家孔蒂尼（Gianfranco Contini）、安东尼奥·鲁西（Antonio Russi）和诗人嘉托（Alfonso Gatto）的关注和好评。

7 月，在波雷塔泰尔梅（Porretta Terme）附近的军官受训营，前后持续三周。

博洛尼亚的法西斯青年刀斧手[1]当时正计划出版一份杂志《筛子》（Il Setaccio），其中涉及一些文化方面的内容。帕索里尼

1　法西斯青年刀斧手（Gioventù italiana del littorio, GIL），依照 1937 年 10 月 27 日第 1839 号法令成立，直接隶属于法西斯国家党总书记，以便给予年轻人更大的军事地位。在意大利，该组织大约共吸纳了 800 万会员。

加入了该杂志并成为副主编，但很快就与忠于法西斯政权的主编乔瓦尼·法尔佐尼（Giovanni Falzone）发生冲突。该杂志仅出版了六期便宣告停刊，但对帕索里尼而言，这是一个重要的经历，他由此了解到法西斯主义的倒退和狭隘本性，其反法西斯的文化态度也日渐成熟。

秋天，帕索里尼进行了一次纳粹德国之旅，这是法西斯国家组织的一次青年大学生集会。此次集会向帕索里尼展示了欧洲文化中不为意大利地方主义所知的方面。

年底，全家人决定搬到弗留利的卡萨尔萨，即帕索里尼母亲的家乡，那里被认为是一个更安静、更安全，可以躲避战乱的地方。

1943 年　二十一岁

自德国旅行归来后，帕索里尼在法西斯大学团体（Gruppi universitari fascisti, GUF）的杂志上发表了《意大利文化和欧洲文化在魏玛》（Cultura italiana e cultura europea a Weimar）一文（1943 年 1 月），这篇文章勾勒了一项文化计划的轮廓，该计划的原则是自我意识的努力、个人和集体的内在痛苦，以及经受着内心折磨的出于批评的敏感，这条道路已把他带离法西斯主义。

诗人、艺术史家弗朗切斯科·阿尔坎杰利（Francesco Arcangeli）对帕索里尼的绘画给予高度评价，建议其和朗吉合作完成一篇有关当代意大利绘画的毕业论文，这篇论文的手稿在 1943 年 9 月 8 日后不慎丢失，不过，帕索里尼只草拟了第一章就放弃了，转而撰写有关帕斯科利（Pascoli）诗歌的毕业论文。

9 月 1 日，帕索里尼被迫在比萨应召入伍，一周后的 9 月

8 日，帕索里尼拒绝服从向德国人交出武器的命令，并设法伪装成农民逃回卡萨尔萨避难。在卡萨尔萨，帕索里尼和几位年轻的诗歌爱好者，如切萨雷·博尔托托（Cesare Bortotto）、里卡多·卡斯特拉尼（Riccardo Castellani）、奥维迪奥·科鲁西（Ovidio Colussi）、费德里科·德·罗科及其表弟多梅尼科·纳尔迪尼（Domenico Naldini），一道儿成立了弗留利语学院（Academiuta di lenga furlana），旨在恢复卡萨尔萨的方言——弗留利语的文学用途，反对乌迪内（Udine）语言的霸权地位。

1944 年　二十二岁

帕索里尼选择了他的意大利文学教授卡洛·卡尔卡特拉（Carlo Calcaterra）作为毕业论文指导老师，在 1944—1945 年间致力于编纂《帕斯科利诗选》项目，并撰写导言和评论。

5 月，帕索里尼和同伴在卡萨尔萨出版了一份弗留利语杂志，名为《本地流水日历》（Stroligùt di cà da l'aga）。此时，卡萨尔萨的宁静正被法西斯分子的轰炸和围捕破坏——后者强制征召当地青年加入萨罗共和国[1]的新军队；而第一批反抗法西斯的游击队也开始形成。帕索里尼试图尽可能地远离这一切，全身心地投入他的研究和诗歌创作；与此同时，他给那些因为轰炸而无法返校的波尔代诺内市（Pordenone）的学生或乌迪内体校的学生进行私人授课。

1　意大利社会共和国（Repubblica Sociale Italiana），第二次世界大战末期，墨索里尼在希特勒的扶植下于意大利北部建立的法西斯主义傀儡政权，成立于 1943 年 9 月 23 日，于 1945 年 4 月 25 日灭亡。因其中央政府位于加尔达湖上的一个小镇萨罗（Salò），又称萨罗共和国（Repubblica di Salò）。

同年 10 月，帕索里尼和母亲、弟弟同时加入卡尔尼亚游击队（Carnia），并迁往维尔苏塔（Versuta）村，一个远离军事目标的更安静的地方。由于村里没有学校，而距此三公里之遥的卡萨尔萨的学校也已被炸毁，因此，帕索里尼和母亲决定在家中开办一所免费学校。

在前来就学的学生中，帕索里尼爱上了年龄最大的男学生，经历了自己的初恋；而同时，一位年轻的斯洛文尼亚小提琴家尤斯皮娜·卡尔奇（Josipina Kalc）和她的家人来到帕索里尼的避难所，并且爱上了他。帕索里尼对男学生的爱和皮娜对帕索里尼的爱交织在一起，使战争结束前的几个月变得痛苦而复杂。

1945 年　二十三岁

2 月 7 日，帕索里尼年仅十九岁的弟弟圭多和其他十六名奥索波旅（Brigata Osoppo）的游击队员在弗留利的波尔祖斯（Porzus）被意大利共产党游击队的民兵杀害，时称"波尔祖斯大屠杀"。消息于 5 月 2 日传到帕索里尼处，使他和母亲陷入极度的心碎状态。

2 月 18 日，弗留利语学院正式成立，其周围聚集起一批新人。

8 月，《日历》（Il Stroligùt）第一期出版，采用了新的编号，以区别于之前的《本地流水日历》；与此同时，开始以意大利语创作"日记"系列诗作。

11 月 26 日，帕索里尼以论述帕斯科利诗歌的毕业论文获得了 110/110 的优异成绩，并从博洛尼亚大学文学系顺利毕业。但是，直到 1993 年，他编纂的《帕斯科利诗选》才在埃诺迪出版社得见天日。

1946 年　二十四岁

帕索里尼在学院出版社（academiuta edition）自费出版了第一本意大利语诗集《日记》（*I diari*）。蒙塔莱亲自从中选出两首，发表在《世界》（*Il Mondo*）杂志上。

同年，加入总部位于乌迪内的弗留利自治协会（Patrie tal Friul）。

秋天，父亲作为英国战俘被从肯尼亚提前遣返。

着手创作一部未完成的自传体小说，起初命名为《红色笔记本》（"Quaderni rossi"），因其抄写在五个红色封皮的学校练习本上而得名；后更名为《意外之页》（"Pagine involontarie"）；最后定名为《那喀索斯的小说》（*Il romanzo di Narciso*）。在小说中，帕索里尼首次描写了自己的同性恋经历。由于在卡萨尔萨的房子被炸毁，帕索里尼被迫待在维尔苏塔村，他试图重新与文学界建立联系，以打破隔绝状态，并写信给孔蒂尼，计划将《日历》从一张简陋的活页提升为一本像样的杂志。大约在 8 月份，帕索里尼寻机去了一趟多莫多索拉（Domodossola），以便与孔蒂尼会面。

与此同时，"自由新闻奖"（Libera Stampa）公开了评奖计划，作为评委之一的孔蒂尼敦促帕索里尼把《天主教会的夜莺》（*L'usignolo della Chiesa Cattolica*）的排版稿和《玫瑰的哭泣》（*Il pianto della rosa*）的第二部分一起寄给评奖委员会。

1947 年　二十五岁

1 月 26 日，帕索里尼在乌迪内的地方报纸《自由》（*Libertà*）上发表文章，内中写道："就我们而言，我们相信目前只有共产主义能够提供一种新的'真正的'文化，……一种作为道德的文化，对存在进行完整解释的文化。"

3月29日，获弗留利语和威尼斯语诗歌的安吉洛奖（Il Premio Angelo）。

10月，帕索里尼前往罗马，在那里结识了一批文人，他们邀请他和"文学展览会"开展合作。帕索里尼还完成了名为《堂区神父》（*Il Cappellano*）的意大利语三幕剧，在学院出版社出版了意大利语诗集《哀悼者》（*I Pianti*）。同年，在卡萨尔萨加入意大利共产党（PCI）。1949年成为该组织的秘书。

1949年 二十七岁

8月29日，在拉穆谢洛（Ramuscello）的圣萨宾娜节上，帕索里尼接受了三个未成年人的手淫。此事惊动了科尔多瓦多（Cordovado）警察局的宪兵和帕索里尼的家人。律师布鲁诺·布鲁辛（Bruno Brusin）受帕索里尼家人之托说服孩子们的家人不要起诉，并向每人支付了十万里拉的赔偿。但针对帕索里尼的调查继续进行，帕索里尼被指控针对未成年人猥亵和受贿（其中一名少年尚不满十六岁）。

1950年 二十八岁

1月，帕索里尼和母亲苏珊娜搬到罗马开始新的生活。

1950—1952年，帕索里尼被裁定猥亵未成年人的罪名不成立。帕索里尼和五十九岁的母亲借住在舅舅的公寓，前后长达一年，位置毗邻马泰伊（Piazza Mattei）广场。

帕索里尼在罗马电影制片厂（Cinecittà）找到了一份工作。

为了维持生计，帕索里尼加入了电影制片厂的临时演员工会，并在一家报社担任校对员。此外，还设法在某些天主教报纸上发表文章，同时继续以弗留利语创作：《不洁》（*Atti impuri*）、《我的阿马多》（*Amadeo Mio*）和《灿烂青春》（*La meglio gioventù*）。同时着手创作小说《求生男孩》（*La Ragazzi di Vita*）。

1951 年 二十九岁

在以阿布鲁佐方言写作的诗人维托里奥·克莱门特（Vittorio Clemente）的帮助下，帕索里尼在首都郊外钱皮诺（Ciampino）的一家私立学校找到了一份中学教师的工作，这一工作一直持续到 1953 年。住宿地和学校之间的通勤时间很长，其间要换两次火车，工资只有区区 2.7 万里拉。

帕索里尼和母亲搬到罗马近郊的塔里埃热街（Via Tagliere），该地位于破败的瑞比比亚（Rebibbia），毗邻监狱，前后历时三年。同时，帕索里尼的父亲也赶来罗马相聚。

与诗人桑德罗·佩纳（Sandro Penna）结为挚友；同年结识一位名叫塞尔焦·西提（Sergio Citti）的年轻画家，并向其学习罗马俚语，称他为这方面的"活字典"。

以诗作《古兰经的圣约》（Il testamento di Coran）参加了一场名为"天主教"的方言诗歌奖评比，获二等奖，奖金五万里拉。该诗后收入诗集《灿烂青春》。

1952 年 三十岁

与乔治·卡普罗尼（Giorgio Caproni）、卡洛·埃米利奥·嘉达（Carlo Emilio Gadda）和阿蒂利奥·贝托鲁奇（Attilio Bertolucci）

过从甚密。

在朋友阿蒂利奥·贝托鲁奇的帮助下，帕索里尼与光达出版社（Guanda）签署了平生第一份出版合同：《20 世纪方言诗歌集》（*Antologia della poesia dialettale del Novecento*），并于是年 12 月出版，蒙塔莱特别为之撰写评论。

10 月 26 日，鉴于帕索里尼在两年前与未成年人发生性行为的指控，乌迪内的意大利共产党领导决定将帕索里尼开除出党。

1953 年　三十一岁

为阿蒂利奥·贝托鲁奇担任负责人的光达出版社编选一本民间诗选。

出版用弗留利语创作的诗集《一个少年的内心》（*Tal còur di un frut*），共印刷 200 册，收集了帕索里尼 1942—1952 年十年间创作的方言诗歌，大部分后来收入诗集《灿烂青春》。

10 月，在《寓意》（*Paragone*）杂志发表短篇小说《钢筋混凝土》（*Ferrobedò*[1]），该小说后来成为《求生男孩》中的第一章。

创作中长诗《亚平宁》（L'Appennino）。

构思并着手创作《葛兰西的骨灰》（Le Ceneri di Gramsci）。

撰写其他一些用罗马方言创作的短篇小说。

1　Ferrobedò 为罗马本地方言之一种，流行于罗马奥林匹亚女士街高处的蒙特韦尔德区，字面意思为"钢筋混凝土"，因一家生产钢筋混凝土的公司建于此地而得名。

1954 年 三十二岁

1月，经维多里奥·塞雷尼[1] 建议，帕索里尼的诗集《人民之歌》(*Il canto popolare*) 被纳入蒙达多里出版社出版的一套诗歌系列，该系列由维多里奥·塞雷尼和塞尔焦·索尔米[2] 担任主编。

诗集《灿烂青春》由桑索尼 (Sansoni) 出版社出版，扉页上有题献给孔蒂尼的字样。

《灿烂青春》获卡尔杜齐文学奖 (il Premio Giosuè Carducci)。

同年3月，与乔治·巴萨尼 (Giorgio Bassani) 合作，为马里奥·索达蒂 (Mario Soldati) 拍摄的电影《河娘泪》(*La donna del fiume*) 撰写剧本。

投身电影行业后，遂离开讲台，并搬至罗马的芳台雅纳街 (Via Fonteiana)。

1955 年 三十三岁

4月13日，将致力于描写罗马流氓无产阶级的小说《求生男孩》打字稿寄给加尔赞蒂出版社，并于同年出版。该书因涉及男妓主题而被当时由天民党主政的政府斥责为"淫书"，并受到了严厉的审查，这是他后半生所面临的层出不穷的因艺术引发法律问题的众多案例中的首例。尽管有不少批评家对《求生男孩》提出严厉批评，意大利两大最高文学奖项：斯特雷加

---

1 维多里奥·塞雷尼 (Vittorio Sereni, 1913—1983)，意大利后期隐逸派著名诗人。曾任米兰蒙达多里出版社主编。1982年获意大利国家文学最高奖维阿雷乔奖。

2 塞尔焦·索尔米 (Sergio Solmi, 1899−1981)，意大利著名诗人、文学批评家、律师。曾获圣文生奖 (Premio Saint Vincent)、蒙帕纳斯文学奖 (Premio Montparnasse)，两次获得维阿雷乔文学奖。1968年当选林琴科学院 (Accademia dei Lincei) 院士。

文学奖和维阿雷乔文学奖均拒绝该书参选，但《求生男孩》在公众层面仍然获得巨大成功，并获得了帕尔马"马里奥·科伦坡·圭多蒂文学奖"（Premio letterario Mario Colombi Guidotti）。

老朋友列奥内蒂致函帕索里尼，认为创办一份新的文学杂志的时机已经成熟，这一杂志于是年5月正式创刊，名为《工作坊》（Officina），直至1959年6月停刊，该刊前身为《接班人》。

为光达出版社编选的《意大利歌谣选》（Canzoniere italiano）出版。该诗集题献给自己的胞弟圭多。

7月，与乔治·巴萨尼前往意大利北部阿尔卑斯山麓的奥蒂塞伊（Ortisei）小镇会见路易斯·特伦克尔（Luis Trenker），讨论其电影《山中囚徒》（Il prigioniero della montagna）剧本合作事宜。

在这段时间里，正如帕索里尼在给孔蒂尼的信中所言：电影和文学开始沿着两条平行的轨道前行。

继续和共产党麾下的杂志关于《求生男孩》展开激辩。

大诗人翁加雷蒂致函具体负责《求生男孩》是否涉嫌淫秽罪案的米兰地方法官，认为《求生男孩》是那个时代所能读到的最好的小说。

8月，为莫洛·鲍罗尼尼（Mauro Bolognini）的电影《小妖精马里莎》（Marisa la civetta）担任编剧，同时和费里尼在电影《卡比利亚之夜》（Notti di Cabiria）中展开合作。

1956年　三十四岁

完成小说《暴力人生》（Un vita violenta）的打字稿。

创作组诗《挖掘机的哭泣》（Il pianto della scavatrice）。

1957 年　三十五岁

8 月，组诗《葛兰西的骨灰》被寄给加尔赞蒂出版社。《葛兰西的骨灰》从 1951 年起开始撰写，至 1956 年基本完成，共由十一组中长诗组成。这部作品甫一出版，即引发了一场激烈而尖锐的辩论，但在公众层面产生了巨大影响，首版两周内即告售罄。

获该年度维阿雷乔奖，同时获奖的还有佩纳的《诗集》（*Poesie*）和阿尔贝托·蒙达多利（Alberto Mondadori）的小说《近乎一次事件》（*Quasi una vicenda*）。

相对于很多马克思主义批评家表现出的冷漠和不屑一顾的态度，卡尔维诺对《葛兰西的骨灰》表达了郑重的支持："面对思想冲突、文化和道德问题，社会主义世界观在一部庞大的诗歌创作中第一次得到表达，在形式手段的发明和运用方面取得了非凡的成功。"

1958 年　三十六岁

9 月，受苏联方面的特别邀请，前往莫斯科参加世界青年节。

诗集《天主教会的夜莺》在朗格内西（Longanesi）出版社出版。

创作首部自传性剧本《狂乱之夜》（*La notte brava*）。

和莫洛·鲍罗尼尼在电影《年轻的丈夫们》（*Giovani mariti*）中展开合作。

12 月 19 日，父亲卡洛·阿尔贝托去世。这一变故使得帕索里尼与知识分子群体的关系变得紧张。

随着对电影事业的投入，文学创作的数量开始下降。

1959 年　三十七岁

3 月，小说《暴力人生》交由加尔赞蒂出版社。经过一番严厉的"自我审查"，最终于同年 5 月出版。小说虽然取得巨大成功，但和此前《求生男孩》的命运一样，无缘该年度的斯特雷加文学奖和维阿雷乔文学奖。尽管如此，他还是受到了相当数量的文学界人士的赞赏和尊敬，小说获得了由翁加雷蒂、德贝内德蒂（Giacomo Debenedetti）、莫拉维亚、嘉达和巴萨尼组成的评审团颁发的"克罗托内奖"（Premio Crotone）。

6 月，因为工作关系，由芳台雅纳街搬入卡利尼街（Via Giacinto Carini），贝纳尔多·贝托鲁奇（Bernardo Bertolucci）也住在同一条街上。

为维托里奥·加斯曼（Vittorio Gassman）的戏剧公司翻译埃斯库罗斯的悲剧《俄瑞斯忒斯》。

修订诗集《我的时代的宗教》（*La religione del mio tempo*）。

天主教进行会（L'Azione Cattolica）就小说《暴力人生》向法院提出"淫秽"指控，该指控被法院迅速驳回。

1960 年　三十八岁

同意大利共产党麾下的时政文化类周刊《新道路》（*Vie nuove*）展开合作。

创作并编纂文论集《激情与意识形态》（*Pssione e ideologia*）。

出版两卷本诗歌合集《罗马 1950：日记与春天十四行》（*Roma 1950 – Diario e Sonetto primaverile*）。

1961年　三十九岁

元旦前夕，同莫拉维亚和艾尔莎·莫兰黛（Elsa Morante）前往印度旅行，为在《日报》主持的系列专栏文章积累素材，后结集为《印度的气味》（L'odore dell'India）。

5月，诗集《我的时代的宗教》出版，受到老朋友弗兰克·福尔蒂尼的高度评价。

同年，全情投入自己热爱的电影事业，担任多部电影的编剧，如：鲍罗尼尼的《疯狂的一日》（La giornata balorda），詹尼·普奇尼（Gianni Puccini）的《9月8日的坦克》（I Carro armato dell'8 settembre），根据巴萨尼的故事改编、由弗洛雷斯塔诺·万奇尼（Florestano Vancini）执导的《1943年的长夜》（La lunga notte del '43），以及改编自维塔利亚诺·布兰卡蒂（Vitaliano Brancati）同名小说的《英俊的安东尼奥》（Il bell'Antonio）。

开始筹划拍摄电影《乞丐》（Accattone）。鲍罗尼尼向帕索里尼推荐了制片人阿尔弗雷德·比尼（Alfredo Bini），贝纳尔多·贝托鲁奇也为影片拍摄提供了帮助。

电影叙述的是一个有关罗马流氓无产阶级的故事，和他此前的小说大同小异。影片《乞丐》将意大利新现实主义传统发挥到极致，并将其转变为某种更加黑暗和悲观的东西。就技术而言，这部电影以视觉上的直率和文艺复兴早期绘画中纪念碑式的宏大而令人难以忘怀。

影片于7月拍摄完毕。这部电影未能获准在意大利电影院放映，但还是于1961年8月31日在威尼斯国际电影节非竞赛单元进行了放映。继在威尼斯国际电影节受到暴风雨般的欢迎后，《乞丐》成为意大利国内第一部禁止十八岁以下未成年人观看的电影。1961 年 11 月 23 日，在罗马巴贝里尼电影院，一群新法西斯分子闯入电影院，袭击观众，破坏放映设施。

意大利评论家对这部电影反应平平；但在巴黎，影片迅速上映，并得到了著名导演马塞尔·卡内（Marcel Carné）和作家安德烈·尚松（André Chamson）的热情评价。

秋天，同塞尔焦·西提合作创作电影剧本《罗马妈妈》（*Mamma Roma*）。

1962 年　四十岁

5 月，出版描写自己在弗留利生活经历的小说《一件事的梦想》（*Il sogno di una cosa*）。

4—6 月间，《罗马妈妈》拍摄完毕。8 月 31 日在威尼斯国际电影节放映并获得巨大成功。影片被指控"淫秽"，但随后被撤销。9 月 22 日，在罗马的四座喷泉电影院（Le quattro fontane）举行的《罗马妈妈》的首映式上，帕索里尼遭到一群新法西斯分子袭击，警察随后介入。

9 月，帕索里尼在阿西西参加会议期间，有机会读到《马太福音》，萌生了拍摄一部与之有关的电影的想法。

秋天，同制片人阿尔弗雷德·比尼一道，参加了由罗西里尼发起，戈达尔、格雷戈雷蒂（Ugo Gregoretti）等人合作拍摄的集锦片项目《罗戈帕格》（*Ro.Go.Pa.G*），旨在展现意大利经济奇迹和消费社会对个人的影响。电影名称是四个人名字的缩写。帕索里尼拍摄了一部中长片[1]《软乳酪》（*La ricotta*），影片叙述

1　中长片（mediometraggio），顾名思义，介于长片（lungometraggio）和短片（cortometraggio）之间、长度适中的影片。

了在拍摄有关基督受难的影片中的一个可怜的配角的故事，他扮演同基督一起被钉在十字架上的强盗。在现实生活中，他备受同事们的欺凌，就像他扮演的角色一样。最后，他因吃了过多的软奶酪（由于长期没有吃东西）在被钉上十字架时死去。

1963年　四十一岁

2月，继续与阿西西方面保持联系，为拍摄《马太福音》着手进行文学和历史学方面的研究，并同圣经学家卡拉罗（Andrea Carraro）保持合作，前往以色列、约旦等地寻找合适的外景地和演员。影片的关键点是找到扮演耶稣的合适人选，帕索里尼先是尝试着联系苏联诗人叶夫根尼·叶夫图申科和其他一些著名诗人，但并不满意。后来在一次偶然的机会中，帕索里尼发现了年轻的西班牙大学生埃里克·伊拉佐科（Enrique Irazoqui），因其高傲、孤独的面容酷似戈雅、格列柯绘画中的基督形象，便立刻拍板。

在这部影片中，帕索里尼的母亲苏珊娜扮演耶稣的母亲马利亚，恩佐·西西里亚诺（Enzo Siciliano）和阿甘本（Giorgio Agamben）扮演两位门徒。

3—11月，在准备拍摄电影《马太福音》的同时，帕索里尼制作了一部关于意大利人的性取向的电影，取名为《爱情百科》（Comizi d'amore，一译《幽会百科》）。

3月1日，中长片《软乳酪》拍摄完毕。在同日仅有少数人参加的放映中，该片被指责蔑视为意大利国教的天主教。6—8日，罗马地方法院做出裁决，帕索里尼因"亵渎罪"被判处四个月监禁。影片被扣押，直到同年12月才交还到帕索里尼手中。对于这一事件，作家莫拉维亚在《快讯》(*L'Espresso*)杂志上撰文说："指控的理由是对宗教的蔑视。公平点，倒不如说是指责导演蔑视意大利中小资产阶级的价值观。"

3月，帕索里尼在幼发拉底街（Via Eufrate）购入一座住宅，同年5月，同母亲搬入新家。

着手拍摄纪录片《狂暴》(*La rabbia*)的第一部分，由帕索里尼自己的抒情和散文形式的评论新闻短片剪辑而成；第二部分则由乔瓦尼·瓜雷斯基（Giovanni Guareschi）拍摄。帕索里尼在审片后，撤回了自己的签名，并试图阻止发行，认为自己是制片人加斯顿·费兰特（Gaston Ferrante）操纵的受害者。

4月，《狂暴》仅在少数影院上映，反响差强人意。

帕索里尼遇到了他"伟大的爱"，时年十五岁的乔瓦尼·尼内托·达沃利（Giovanni "Ninetto" Davoli）。

开始写作长诗《神圣的模仿》(*La Divina Mimesis*)，试图对但丁的《神曲》进行批判性的再现，用罗曼语再现古罗马诗人普劳图斯（Plautus）的《骄兵》(*Miles gloriosus*)，并应维托里尼（Vittorini）的要求，在文学杂志《装帧样本》(*Il Menabò*)上发表了其中的部分诗作。

6月，帕索里尼在给制片人阿尔弗雷多·比尼的信中提及影片《马太福音》的拍摄时写道："对我来说，所谓的美永远是'精神上的'；然而它总要经由中介抵达我们，这中介或者是诗歌，或者是哲学，或者是实践；而我唯一一次体验到不须媒介的、直接的'精神之美'，它的纯粹境界，正是在福音书中。"

1964　四十二岁

4月24日，正式开机拍摄电影《马太福音》，并于夏初拍摄完毕。9月4日于威尼斯国际电影节放映，并迅速在欧洲各地院线铺开。影片在公众层面获得了巨大的成功，获得第39届奥斯卡最佳改编配乐等多项大奖提名，并参加了佩萨罗国际新电影展（Mostra internazionale del Nuovo Cinema di Pesaro）。就在那时，帕索里尼结识了罗兰·巴特。

5月，出版了自己的第四本意大利语诗集《玫瑰形状的诗篇》（*Poesia in forma di rosa*）。

1965年　四十三岁

10月，开机拍摄影片《大鸟和小鸟》（*Uccellacci e uccellini*，一译《鹰与麻雀》），影片以"意识形态"的方式处理了意大利共产党和马克思主义的政治危机。达沃利在《大鸟和小鸟》中扮演角色。帕索里尼自此成为达沃利的导师和朋友。

11月，出版了一部小说集，在萨特的建议下，取名《蓝眼睛的阿里》（*Ali dagli occhi azzurri*）。其中收录有《狂乱之夜》《乞丐》《罗马妈妈》和《软奶酪》等剧本。

受阿尔贝托·莫拉维亚和阿尔贝托·卡洛奇（Alberto Carocci）之邀，主持改版后的《新话题》（*Nuovi Argomenti*）杂志。

年底，计划推出与托托（Totò）合作的新电影；并在小斯卡拉剧院（Piccola Scala）执导一部歌剧之后，启程前往北非旅行。

1966　四十四岁

3月，胃溃疡发作，导致胃部大出血，不得不卧床休息一月。养病期间阅读《柏拉图对话录》，受启发打算创作一系列散文体戏剧，并完成了六部悲剧的框架：《卡尔德隆》（*Calderón*）、《皮拉德》（*Pilade*[1]）、《无稽之谈》（*Affabulazione*）、《猪圈》（*Porcile*）、《狂欢》（*Orgia*）和《野兽的风格》（*Bestia da Stile*）。

身体康复后，致力于创作小说《亵渎》（*Bestemmia*）；

5—6月间，完成《狂欢》和《野兽的风格》两部剧本，并致力于创作一些他想拿到国外演出的戏剧。

5月3日的戛纳国际电影节上，《大鸟和小鸟》大获成功。

夏天，为电影《定理》（*Teorema*）和《俄狄浦斯王》（*Edipore*）编写剧本草稿，同时也在创作其他几部悲剧：《皮拉德》《猪圈》和《卡尔德隆》。

10月，前往纽约，携《大鸟和小鸟》参加一国际电影节放映活动，期间结识了诗人艾伦·金斯伯格。

10月初，前往摩洛哥，探访拍摄电影《俄狄浦斯王》的外景地。

11月，西尔瓦娜·曼加诺（Silvana Mangano）、托托和达沃利一起拍摄了电影《女巫》（*Le streghe*）中的一集，名为《从月亮看地球》（*La terra vista dalla luna*）。

从摩洛哥第二次旅行回来后，仅用一周时间就拍摄了《意大利式狂想曲》（*Capriccio all'italiana*）中的《云是

1　Pilade 源于希腊语 Πυλάδης，古希腊神话中福西亚王子，俄瑞斯忒斯的挚友。其父为国王斯特罗菲斯（Strophius）；其母为阿特柔斯之女、阿伽门农和墨涅拉俄斯的妹妹阿纳西克比亚（Anaxibia）。

什么》(*Che cosa sono le nuvole*) 一集。

1967 年　四十五岁

4 月，开始电影《俄狄浦斯王》的拍摄工作，取景地包括摩洛哥南部的红色沙漠、伦巴第大区的洛迪平原（Lodi）和博洛尼亚城区。

9 月，《俄狄浦斯王》在威尼斯国际电影节上亮相，虽然在意大利反响一般，但在法国和日本赢得了公众和评论家的青睐。

撰写有关电影理论和技术方面的文章，并于 1972 年收入《异端经验主义》(*Empirismo eretico*) 一书。

10 月 26 日，受意大利国家电视台（Rai）之托，在庞德（Ezra Pound）位于威尼斯的家中采访了当时已年届八十三岁的诗人。两人讨论了意大利新先锋派和艺术，然后帕索里尼朗读了《比萨诗章》(*Canti pisani*) 意大利译本中的一些诗句。

1968 年　四十六岁

3 月，小说《定理》付印，随后着手拍摄同名电影；9 月 4 日，影片参加威尼斯国际电影节，并获得"国际天主教电影视听协会特别奖"（Premio OCIC, Office Catholique International du Cinèma）。参加首映式的法国著名导演让·雷诺阿对记者说："在（电影的）每一个画面，每一个场景中，都能感受到艺术家的烦恼。"

9 月 13 日，罗马检察院没收了电影《定理》的拷贝。

随后，占领罗马建筑学院的警察与年轻学生之间爆发了冲突，帕索里尼随即写了一首名为《意大利共产党致青年人！！》（Il PCI ai giovani!! ）的诗歌，这首诗本来是为《新话题》杂志准备的，却在《快讯》杂志上毫无预兆地刊发，从而引发强烈争议。在这首诗中，帕索里尼以第一人称口吻对年轻人说，他们的革命是虚假的，他们只是顺从的资产阶级，是新资产阶级手中的工具。

夏天，与达沃利一起拍摄电影《纸花的故事》（La sequenza del fiore di carta ）。

在《新话题》杂志上发表专文《新戏剧宣言》（Manifesto per un nuovo teatro ），宣布自己全面拒绝意大利戏剧。

11 月 27 日，在都灵国家剧院演出戏剧《狂欢》，公众和评论界对该剧评价很差。

11 月，开始拍摄电影《猪圈》。帕索里尼自认《猪圈》是"我的电影中最成功的一部，至少对外而言是如此"。

1969 年　四十七岁

电影《纸花的故事》发行，成为短片合集《爱情与愤怒》（Amore e rabbia ）的第三部分。

《猪圈》拍摄完毕后，帕索里尼着手拍摄《美狄亚》（Medea ），并邀请希腊著名女高音歌唱家卡拉斯扮演电影中的"美狄亚"一角，二人因此结下了深厚的友谊。拍摄电影期间，前往乌干达和坦桑尼亚，为他计划在《猪圈》之后拍摄的《非洲俄瑞斯忒斯的札记》（Appunti per *una Orestiade Africana*）寻找外景地。

1970 年　四十八岁

在《新话题》杂志上激烈批评蒙塔莱的诗集《土星》（*Satura*），蒙塔莱以诗歌《致恶意者的信》（Lettera a Malvolio）予以回敬。

4 月，他的最后一部诗集《超然与组织》（*Trasumanar e organizzar*）出版，读者和批评家的反响显得有些心不在焉。

秋天，帕索里尼购得西米诺的索里亚诺（Soriano nel Cimino）附近的基亚塔（la Torre di Chia），将之改造为自己和母亲居住的一座庇护所。

拍摄电影《非洲俄瑞斯忒斯的札记》。

1971 年　四十九岁

年初，完成一部纪录片《十二月十二日》（*12 dicembre*），该片得到极左翼团体"继续斗争"（Lotta continua）的一些激进分子的合作，以"米兰农业银行大屠杀"[1]为主题。

夏天，着手创作十部剧本，其中的"生命三部曲"——《十日谈》（*Il Decameron*）、《坎特伯雷故事集》（*I racconti di*

1　Strage alla Banca dell'Agricoltura di Milano，又称"丰塔纳广场大屠杀"（Strage della Piazza Fontana），指 1969 年 12 月 12 日在米兰市中心的国家农业银行发生的一场严重恐怖袭击，共造成 17 人死亡，88 人受伤。此次袭击被认为是"所有屠杀之母"（la madre di tutte le stragi），是"'二战'后第一个最具破坏性的恐怖行为"，是"紧张战略的最炽热时刻"，并被一些人认为是意大利历史上被称为"铅年"（anni di piombo）时期的开始。

Canterbury）和《一千零一夜》（*Il fiore delle mille e una notte*），是帕索里尼真正在公众层面大获成功的影片。

9月，开始在卡塞塔维基（Casertavecchi）、那不勒斯和布列瑟农（Bressasone）等地考察拍摄用外景地。

6月18日，《十日谈》在柏林国际电影节上获得银熊奖，并在意大利引发三十多场诉讼。

9—11月，《坎特伯雷故事集》在英国进行拍摄，前后持续九周。

1972年　五十岁

夏天，不等电影《坎特伯雷故事集》上映，开始马不停蹄地根据《一千零一夜》小说改编同名剧本，并多次访问了埃及、约旦、几内亚、印度和加纳等国。

《坎特伯雷故事集》在柏林国际电影节上获得金熊奖，但被国际评论家诟病，并在意大利多次被查封。

在评论家们的冷眼旁观下，出版文论集《异端经验主义》，并避居于基亚塔中继续工作，以创作小说《石油》（*Petrolio*），该书后来于1992年出版。

三年来，他为写作这部小说整理了五百余页打字稿，并认为，"或许是我余生"最后的作品。

11月，开始与《时代》（*Tempo*）周刊合作，撰写文学评论，过世后收入文集《叙事之叙事》（*Descrizioni di descrizioni*）。

1973 年　五十一岁

年初，转而与《晚邮报》合作，并于 1 月 7 日发表了第一篇文章《反对长发》(Contro i capelli lunghi)，从此开始了一系列不间断的有关政治、习俗、公共和私人行为的文章，这些文章后来被收入文集《海盗笔记》(*Scritti corsari*)。

开始在伊朗的伊斯法罕拍摄电影"生命三部曲"的第三部：《一千零一夜》，拍摄工作进展顺利。与此同时，帕索里尼还成功地拍摄了一部名为《萨那的城墙》(*Le mura di sana'a*) 的纪录片，以配合教科文组织对保护也门古城的呼吁。

中断了同加尔赞蒂出版社的合作，转而与埃诺迪出版社合作。

9 月，发表两篇有关戏剧《狂欢》和《无稽之谈》的文章。

年底，开始构思一部新的电影，暂时命名为《色情-神-巨像》(*Porno-Teo-Kolossal*)，由爱德华多·德·菲利波 (Eduardo De Filippo) 担任主角。

1974 年　五十二岁

年初，《一千零一夜》在戛纳国际电影节上获得评审团大奖。影片获得了巨大的成功，尽管评论家们表现得并不怎么满意。

夏天，为诗剧《野兽的风格》撰写了一个长长的附录。

继意大利全民离婚公投之后，6 月 10 日于《晚邮报》

上发表了《意大利人不再是老样子》(Gli italiani non sono più quelli) 一文，引发了与毛里齐奥·费拉拉[1]和卡尔维诺之间的激烈争论。

11月14日，在《晚邮报》上发表《这场政变是什么？我知道》(Cos'è questo golpe? Io so) 一文，文中指责天主教民主党和政府中与他们结盟的其他政党是"丰塔纳广场大屠杀"以来一系列大屠杀的真正煽动者。

1975年　五十三岁

2月初，完成电影《野性的父亲》(Il padre selvaggio) 的剧本，但从未投入拍摄。

2月中旬在曼图亚开始拍摄平生最后一部电影：《索多玛120天》(Salò o le 120 giornate di Sodoma)。夏天，帕索里尼致力于电影的剪辑工作。过世后，该作品于1975年11月22日在巴黎艺术节上放映。2015年9月12日，在第72届威尼斯国际电影节上，该片被评为经典类最佳修复影片。

"生命三部曲"的剧本于1975年出版。

电影《一千零一夜》获意大利国家电影记者联合会最佳摄影及最佳服装设计两项提名。

5月，《新的青春》(La gioventù nuova) 付印，该作品是对《灿烂青春》的再创作。

10月，向埃诺迪出版社交付了《神圣的模仿》手

1　毛里齐奥·费拉拉 (Maurizio Ferrara, 1921—2000)，意大利记者、政治家。

稿。而后前往斯德哥尔摩参加当地的意大利文化研究所（Istituto italiano di cultura）举办的会议，返回时在巴黎停留，审查《索多玛120天》的法国版。10月31日回到罗马。

11月2日凌晨，帕索里尼被人以极其残忍的方式棒杀于罗马附近的奥斯蒂亚海滩上。清晨6∶30左右，一名路过此地的女性发现了尸体，后经帕索里尼生前好友达沃利辨认，尸体得以确认身份。绰号"皮诺"的佩洛西（Giuseppe "Pino" Pelosi）被指控为凶手，佩洛西此前因偷车和其他作奸犯科之事成为警察局的常客。据佩洛西声称，11月1日晚，帕索里尼在罗马主火车站附近位于十五世纪广场（Piazza dei Cinquecento）的甘布赖纳斯（Gambrinus）酒吧与他接触，邀请他进入其私家汽车阿尔法-罗密欧2000 GT，并承诺支付现金。

图书在版编目（C I P）数据

回声之巢：帕索里尼诗选 /（意）皮埃尔·保罗·帕索里尼著；刘国鹏译 . — 北京 : 北京联合出版公司，2022.8

ISBN 978-7-5596-6151-7

Ⅰ . ①回… Ⅱ . ①皮… ②刘… Ⅲ . ①诗集 – 意大利 – 现代 Ⅳ . ① I546.25

中国版本图书馆 CIP 数据核字 (2022) 第 064161 号

回声之巢：帕索里尼诗选

作　　者：［意］皮埃尔·保罗·帕索里尼
译　　者：刘国鹏
策划机构：雅众文化
策 划 人：方雨辰
出 品 人：赵红仕
特约编辑：陈雅君
责任编辑：龚　将
装帧设计：PAY2PLAY

北京联合出版公司出版
（北京市西城区德外大街 83 号楼 9 层　　100088）
北京联合天畅文化传播公司发行
山东临沂新华印刷物流集团有限责任公司印刷　新华书店经销
字数 241 千字　860 毫米 × 1092 毫米　1/32　13.5 印张
2022 年 8 月第 1 版　2022 年 8 月第 1 次印刷
ISBN 978-7-5596-6151-7
定价：82.00 元

Questo libro è stato tradotto grazie a un contributo del Ministero degli
Affari Esteri e della Cooperazione Internazionale Italiano.
感谢意大利外交与国际合作部对翻译本书中文版提供的资助